세종대왕 이도

* 이 책은 2008년 6월 20일 집사재에서 출간한《대왕세종》(전 3권)의 개정판입니다.

세종대왕 이도 1

1판 1쇄 발행 | 2016년 10월 9일
1판 2쇄 발행 | 2017년 12월 15일

지은이 | 이상우
펴낸이 | 김경배
펴낸곳 | 시간여행
편 집 | 이진의 · 박정민
마케팅 | 강민정
본문 디자인 | 디자인 [연:우]

등 록 | 제313-210-125호 (2010년 4월 28일)
주 소 | 서울시 마포구 토정로 222 한국출판콘텐츠센터 419호
전 화 | 070-4032-3664
이메일 | sigan_pub@naver.com

종 이 | 엔페이퍼
인 쇄 | 한영문화사

ISBN 979-11-85346-34-2 (04810)
979-11-85346-33-5 (세트)

이 도서의 국립중앙도서관 출판예정 도서목록(CIP)은 서지정보유통지원시스템 홈페이지(http://seoji.nl.go.kr)와 국가자료 공동목록시스템(http://www.nl.go.kr/kolisnet)에서 이용하실 수 있습니다. (CIP 제어번호 : CIP2016023336)

* 이 도서는 국제친환경 인증을 받은 천연펄프지(Norbrite 95#)로 제작되었습니다.

세종대왕 이도 1

이상우 장편소설

시간여행

세종 이도(李祹)의 진솔한 인간적 생애

우리 국민에게 이상적인 정치 지도자가 어떤 사람이냐고 물으면 대다수가 세종대왕이라고 답할 것이다. 세종대왕은 우리 역사상 가장 뛰어난 정치가였을 뿐 아니라, 위대한 사상가요 외교가이고, 과학자이며 학자였다. 국방 · 외교에 선견지명을 갖고 여진족이나 대마도 문제도 실리 위주로 잘 처리해 외환을 없앴다. 농사나 의학에도 과학적 방법을 도입하기 위해 제도를 개선하고 발명을 독려했다.

또 세종 시대에는 뛰어난 인물이 눈에 띄게 많았다. 실천적 행정가인 황희, 명신이자 문장가인 맹사성, 발명가 장영실, 불세출의 화백 안견, 천재적 음악가 박연, 절개의 상징 성삼문, 손꼽히는 유학자 정인지. 이 모든 인물이 세종 대에 집중된 이유는 간단하다. 세종이 인물을 알아볼 줄 알았고, 또 적재적소에 등용하였기 때문이다.

무엇보다 세종대왕은 사람을 생각하는 지도자였다. 재위 중에 시행했던 세법 개량이나 천민의 부당 대우 개선 등의 정책을 보면 백성들을 한순간도 소홀히 하지 않은 세종의 진심을 느낄 수 있다. 가장 위대한 업적, 한글 창제 역시 민초들을 위해 만든 것이었다.

한글 창제에 대해서는 사실과 다르게 알려져 있는 것이 의외로 많다. 얼마 전까지만 해도 세종이 "정음청을 설치하고 정인지, 성삼문 등 집현전 학자들을 시켜 훈민정음을 만들었다." "10월 9일 한글을 반포했다." 등이 통설이었다. 그러나 한글은 세종이 직접 만든 것이다. 세종은 한글을 만들기 위해 수십 권에 달하는 음운 서적을 연구해 스스로 동양 최고의 음운 학자가 되었다. 자식들에게 여러 음운을 발음하게 하여 입 모양과 혀의 움직임을 관찰하는 등 침식을 잊고 연구를 거듭했다.

또한 한글은 어느 날을 정해 발표한 것이 아니다. 창제 후에도 그

실용적 가치를 실증하기 위해 용비어천가를 짓는 등 연구와 개발을 계속했다. 즉 한글이 10월 9일 반포되었다는 기록은 아무 데도 없다. 현대에 와서 기념일을 그날로 정한 것뿐이다.

이렇게 모든 분야에 통달한 세종이지만 완벽한 사람이었던 것은 아니다. 세종은 재위 32년 동안 내내 임금 역할에 대해 고뇌한다. 국가의 기강을 유지하기 위해서는 끊임없이 사람을 죽여야 했다. 죄질이 극악무도한 경우는 덜했으나, 정치적 사안으로 무고한 사람에게 사형 선고를 내려야 할 때는 많은 번민을 해야 했다.

조선의 사상적 기틀인 유교와 개인적으로 마음을 두고 있는 불교를 두고 갈등하고, 지배계층인 양반과 평민의 틈바구니에서 고민한다. 백성들에게는 금주령을 내려놓았지만 스스로는 주연에서 술잔을 기울이고 덩실덩실 춤을 추기도 한다. 그 춤이 즐거움을 표하는 춤이었는지, 괴로움을 삭이는 춤이었는지는 세종 본인만이 알 수 있을 것이다.

당대의 유명한 명신들 중에 실망스런 일을 저지른 인물도 많았다. 청백리의 표상인 황희 정승은 뇌물 수수로 여러 차례 조사받거나 투옥되었으며 간통 혐의까지 받은 기록이 실록에 남아 있다. 명신 맹사성도 하옥해야 한다는 상소가 여러 차례 올라온다. 천재 장영실도 뇌물 혐의로 투옥된다. 세종의 형 양녕대군은 일생 동안 나쁜 버릇을 고치지 못하고 온갖 말썽을 다 부린다. 역사 드라마에서는 충녕대군에게 왕위를 넘겨주기 위해 양녕대군이 일부러 망나니짓을 했다고 묘사하곤 하지만, 실록에는 그렇게 여길 만한 근거가 전혀 남아 있지 않다.

이 소설에서는 세종대왕은 물론이고 모든 등장인물의 인간적 고뇌와 약점이 노출된다. 세종대왕의 업적을 부각시키기보다는 임금 이도(李祹)의 인간적 고뇌를 절실하게 조명하고자 했다.

소설 속에 등장하는 인물과 사건 대부분은 실록을 근거로 한 역사적 사실(史實)이다. 또 주요 인물로 등장하는 홍득희는 실존 인물이되 그의 활약은 실록의 사건들을 바탕으로 창작했음을 밝혀둔다.

운초당(雲艸堂)에서

이상우

대세 왕종

목차

두 개의 태양이 뜨다

무술년(1418)도 지평선 끝에 닿았다. 자정이 지났으니 이제 닷새만 지나면 새 태양이 솟는다. 모두가 잠든 경복궁의 하늘에는 함박눈이 소헌왕후의 한이라도 덮어줄 듯 펑펑 쏟아지고 있다.

"상감마마 듭시오."

소헌왕후 문전에서 제조상궁이 나직한 목소리로 알렸다. 방바닥에 엎드려 하염없이 눈물만 흘리고 있던 중전이 황급히 일어서며 우선 눈물 자국부터 지웠다. 곧 세종이 방 안으로 들어섰다.

"마마, 어서 드십시오."

중전은 눈물로 얼룩진 얼굴이 들킬세라 고개를 옆으로 돌려 숙인 채 말했다. 임금은 깊은 한숨을 쉬면서 자리에 앉았다.

"지금 밖에는 흰 눈이 퍼붓듯이 내려 온 세상을 모두 묻어버릴 것만 같소."

"눈이 아무리 온들 우리 친정아버님의 죄야 덮을 수 있겠습니까."

"중전! 참으로 할 말이 없소. 내 명색이 나라의 만인지상(萬人之上) 금상이지만 속수무책이니 무슨 낯으로 중전을 보리오."

임금이 다시 긴 한숨을 쉬었다. 중전의 수척하고 슬픔에 젖은 모습을 보는 눈에 한 줄기 눈물이 주르륵 흘렀다.

"내 오늘밤 연화방 수강궁 상왕 전하 앞에서 술 마시고 춤추며 놀다가 이제야 오는 길이오. 상왕 전하는 '주상이 나를 위로하니 지극히 즐겁구나.'라 하셨소. 박은, 이원 양 정승, 그리고 형조 조말생, 맹사성까지 즐겁다고 춤추더군요, 무엇이 즐겁습니까? 중전의 친아버지요, 나의 장인을 날만 새면 황천길로 가게 만들어 놓고 무엇이 즐겁습니까?"

세종이 마침내 더 참지 못해 손으로 방바닥을 치며 울음을 삼켰다. 참으려고 애쓰던 중전이 통곡을 시작했다.

"전하. 정녕 길이 없는 것인지요. 신첩 숙부의 목숨을 빼앗은 지 몇 달 되지도 않아 이번엔 아버님을……. 정말 못난 딸자식 때문에 집안이 이 무슨 날벼락이랍니까. 전하……."

왕과 왕비가 넓디넓은 궁전 침실에서 목놓아 통곡하는 목소리는 밖에서 슬퍼하던 상궁들의 가슴을 쥐어짰다.

“전하, 고정하십시오”

“중전마마…….”

상궁들이 황급히 달려와 임금 내외를 위로했다.

“중전, 정말 미안하오. 내가 이 나라 왕이 된 것이 한스럽기 짝이 없소.”

“모두가 신첩의 죄입니다. 고정하시고 자리에 드십시오. 안 상궁, 전하 침소 드시게 차비하여라.”

중전이 먼저 울음을 그치고 상황을 수습하기 시작했다.

중전의 나이 스물네 살, 임금보다 두 살이 위였다. 성정이 온화하고, 인정 많고 덕이 있어 세자빈 때도 궐내에서 칭송이 자자했던 중전이었다. 어떤 어려운 일이 있어도 내색 않고 임금을 보필할 자질이 충분하다고, 시어머니이며 여걸인 원경대비도 평소에 아끼는 마음을 숨기지 않았다.

아무리 침착하고 너그럽고 지혜로운 사람이라도 내일 아버지가 목숨을 잃는다는데 어찌 평상심을 유지할 수가 있겠는가.

왕비가 된 것이 참으로 한스러웠다. 2년 전 충녕대군이 우여곡절 끝에 세자로 책봉되어 세자빈이 되었던 때의 기쁨이, 오늘날 이렇게 엄청난 비극으로 돌아올 줄이야 누가 짐작이라도 했겠는가.

왕의 장인이며, 이 나라의 영상이라는 막중한 자리에 있는 청천부원군 심온 대감은 날이 밝으면 역적으로 몰려 목숨을 잃게 된다. 중전의 어머니이자 왕의 장모인 삼한국부부인 안씨를 비롯한 모든 친정식구는 관기나 노비가 되어야 한다. 집안이 풍비박산 나는 것이다. 이런 일을 눈앞에 두고서도 이 나라의 왕과 왕비가 아무 힘도 못 쓰고 보고만 있어야 하다니, 사람으로 태어나 이보다 더 안타까운 일이 어디 있겠는가.

이 모든 일은 상왕인 태종의 의도대로 이루어져 가고 있었다. 태종은 왕실의 인척을 도륙낸 일이 한두 번이 아니었다. 내일이면 사돈이기도 한 공신 심온의 목숨을 빼앗고 그 집안을 쑥밭으로 만들 예정인데, 그런 엄청난 비극을 앞에 두고 밤새 술 마시며 즐겁게 춤춘다는 것이 보통 사람으로는 도저히 상상할 수 없는 일이었다.

태종은 일생 칼에 피를 묻히며 살아왔다. 부왕인 태조가 역성 혁명을 일으켜 조선국을 세울 때부터 칼에 피를 묻히며 함께했다. 수하의 손을 빌려 선죽교에서 정몽주를 타살한 것에서부터 시작하여, 무수한 정적들을 희생시키고 부왕을 왕좌에 오르게 한 강철 같은 무인이 태종이었다. 대군 시절 당대의 실권자 정도전을 비롯해 남은 등의 반대파를 모조리 칼로 베었다. 그뿐 아니라, 비록 배가 다르다고는 하나 형제인 세자 방석까지 죽이고 스스로 용상에 앉았다. 왕이 된 뒤에도 태종은 첫 번째 세자였던 양녕대군의 처가를 쑥밭으로 만들었다.

18년 용상에서 철권을 휘두른 그는 용상에서 물러난 뒤에도 여전히 피 묻은 칼을 놓지 않았다. 그리고 언젠가는 올 것이라고 생각한 일이 바야흐로 세종의 처가에도 닥쳐왔다.

지난 8월 10일. 세종이 왕위에 오른 뒤 채 보름도 안 되어 시작된 피바람은 이제 넉 달 만에 청송 심씨 일가의 멸문으로 대미를 장식하려 하는 것이다.

비극의 발단은 세자가 왕위에 오를 때 상왕으로 물러난 태종의 선지로부터였다.

태종 18년(1418년) 8월 10일 태종은 국새를 왕세자 충녕대군에게 물려주면서 한 가지 교지(敎旨)를 남겼다,

"나라의 모든 정사는 새 임금이 맡아 할 것이다. 다만 군사에 관한 일은 새 임금이 장년에 이를 때까지 내가 맡아서 할 것이다."

말하자면 국가를 다스리는 일 중에서 병권은 내놓지 않는 일종의 분권 정치를 선언한 것이다. 병권을 쥐고 일생을 살아온 태종다운 발상이었다. 그러나 그 병권 분할이 몇 달 가지 않아 엄청난 피바람을 불러올 줄이야 아무도 짐작하지 못했다.

사건은 8월 중순 새 임금 주재로 열린 경연(經筵)에서 시작되었다. 경연을 마치고 더 할 말이 없느냐고 임금이 신료들을 향해 물었다.

그때 병조참판 강상인이 말했다.

"대궐을 지키는 금군 갑사들을 두 패로 나누어 주상 전하와 상왕 전하의 궁을 지키게 하려고 합니다. 상왕 전하의 호위를 위해 따로 군사를 모을 필요가 없을 것 같습니다."

그러나 상왕 태종의 성정을 잘 아는 임금 세종은 대단히 근심스러운 얼굴로 말했다.

"그 무슨 말이오. 군무에 관한 일은 모두 상왕 전하에게 보고하고 지시를 받아야 한다는 것을 참판은 모르시오!"

"새로 갑사를 늘리는 것도 아니니 꼭 아뢸 일이 아니라고 봅니다."

이 날은 강상인이 우기는 바람에 그냥 넘어갔다. 이것이 뒤에 꼬투리가 되어 어마어마한 옥사로 발전했다.

이 일을 박은으로부터 전해 들은 태종은 처음에는 대수롭지 않게 받아들였다.

"전하, 그러나 강상인 등을 벌주어 앞으로 이런 일이 없도록 하심이 타당한 줄로 아뢰니다."

박은이 계속 주장하자 태종이 다시 말했다.

"강상인은 30년 동안 나의 가신으로 충실히 일했으며, 내가 왕이 된 뒤에도 궁정 출납 일 등으로 공로가 있으니 벼슬을 내놓고 멀리 보내 살도록 하는 정도로 하지."

그러나 일은 거기서 끝나지 않았다. 궐내 이곳저곳에서 여러 갈래의 말이 오가기 시작했다. 왕권이 다른 사람한테로 넘어가고 자신이 서 있는 권력의 줄이 의심스러운 대소 벼슬아치들이 그 본성을 드러내기 시작했다. 분할된 권력을 이용해 단단한 줄을 잡자는 정치 세계의 속성이 여지없이 드러났다.

"강상인 등을 잡아 가두고 그 저의를 알아내 뿌리를 캐야 합니다."

"상왕 전하에 대한 불충은 금상 전하가 따지셔야 합니다."

용상에 앉은 지 열흘이 겨우 넘은 시점에서 임금 세종은 참으로 난감한 일을 당하고 있었다. 견디다 못한 세종이 마침내 상왕에게 사실의 심각성을 알리고 처분을 기다렸다. 그러나 그 불똥이 장인인 심온 영상에게까지 튀리라고는 꿈에도 생각하지 못했다.

세종이 명했다.

"상왕께서 모든 정무에 대하여는 보살피기 가쁘시나 오직 군사에 관한 일만은 듣겠다고 하셨는데, 병조에서는 작든 크든 군사에 관한 일을 한 가지도 여쭙지 않았으니 경들은 그 까닭을 국문하라."

임금은 다시 말을 이었다.

"병조는 매양 군사에 관한 일을 과인에게 보고할 때마다 어찌하여 부왕께 보고하지 않느냐고 꾸짖었으나 듣지 않았다."

상왕 태종도 임금이 이러한 지시를 수시로 내리고 있음을 알고 있었기에 강상인을 불러 넌지시 시험했다.

"이것이 무엇에 쓰는 물건인고?"

상왕이 상아패(象牙牌)와 오매패(烏梅牌)를 내놓으며 강상인에게 물었다. 궁전에는 문무 고관들을 급하게 호출할 때는 홍패, 상아패, 오매패 등을 들고 관원이나 전령을 맡은 관리 등이 가서 어명을 전달하는 제도가 있었다.

"대신들을 부르는 데 쓰나이다."

강상인은 엉겁결에 대답했다.

태종의 얼굴에 노기가 서렸다. 그러나 아무 내색도 하지 않고 상아패와 오매패를 강상인에게 던져주면서 말했다.

"여기서는 그 물건들이 아무 소용이 없으니 모두 왕궁으로 가져가거라."

말을 던지고 나서 상왕은 홱 돌아서서 찬바람을 일으키며 내실로 들어가 버렸다.

패를 받은 강상인은 난감했다. 무엇인가 잘못되어 가고 있다는 것을 육감으로 알 수 있었다. 태종을 따라 30여 년 목숨을 같이 해온 그로서는 앞으로 무슨 폭풍이 일지 어렴풋이 짐작이 갔다.

강상인은 하는 수 없이 패를 들고 상왕이 시키는 대로 임금 앞으로 나아갔다.

"이것은 무엇에 쓰는 것이오?"

임금 세종도 패를 보고 똑같은 질문을 했다.

"밖에 나가 있는 장수들을 부를 때 씁니다."

강상인의 말이 채 끝나기도 전에 임금은 나지막하나 서릿발 같은 목소리로 명령했다.

"장수를 부르는 데 쓴다면 군사를 움직이는 부왕께서 가지고 계실 일이오. 나한테는 소용이 닿지 않는 물건이니 속히 부왕께 도로 가져다 드리시오!"

결국 이 일을 도화선으로 강상인을 비롯한 병조가 죄를 받게 되었다. 태종의 명으로 검거 선풍이 불기 시작하고 의금부에서 죄인들을 검거하기 시작했다. 대부분이 병조 고관이었다. 참판 강상인, 참의 이각, 총제 심정, 정랑 김자온, 좌랑 송을개 등 다섯 명을 의금부 제조 유정현의 지휘로 투옥시켰다. 병조판서 박습도 처음에는 면책받았다가 계속되는 대신들의 상소로 다시 투옥되었다.

이중 심정은 소헌왕후의 숙부이며 영의정 심온의 친동생이었다. 동생이 의금부에 갇힐 때 형인 영의정 심온은 사은사(謝恩使, 중국 황제한테 보내는 사신)의 임무를 띠고 압록강을 건너 명나라의 연경(燕京)을 향하고 있어 사실을 알지 못했다.

세종은 일이 이쯤 되자 그냥 넘길 수 없다고 생각하고 삼성(三省, 의정부, 사간원, 사헌부)의 대신들과 형조판서 조말생, 호조참판 이지강 등을 위관으로 삼아 죄인들을 추국할 것을 명했다. 상왕 또한 강상인 등을 죽지 않을 만큼 고문하여 모든 자복을 받아내라고 엄명했다.

"전하, 신첩은 자꾸 불안한 생각이 듭니다. 숙부님이 하옥되었다는데 무사히 나올 수 있을까요?"

밤늦게 내전에 들어온 임금에게 중전 소헌왕후가 떨리는 목소리로 말했다.

"외숙이야 뭐 죄지을 사람이 아니니 곧 오해가 풀릴 것이오. 중전은 너무 심려하지 마시오."

세종은 중전을 안심시키는 말을 했으나 마음속으로는 이 일이 그렇게 흐지부지되지 않을 것이란 예감이 들었다. 태조가 일으킨 왕조를 위해서는 무슨 일이라도 저지를 수 있는 사람이 부왕 태종이라는 것을 임금은 너무나 잘 알고 있었다.

의금부 뜰에 설치된 추국장에서 주범으로 몰린 죄인은 역시 병조참판 강상인이었다. 강상인은 처음에 갑사의 순찰 문제만을 시인하고 다른 죄는 부인했다.

"일개 참판이 국권을 뒤집을 생각을 하지는 않았을 것이고 분명 너의 배후가 있을 터이니 이실직고하라."

추관(왕명으로 중죄인을 심문하는 관리)이 엄중히 죄를 캐물었다.

"심정과 함께 궁정의 시위 문제를 논의한 일이 있습니다."

강상인은 추국 끝에 중전의 숙부를 끌고 들어갔다. 다시 심정이 끌려나왔다.

"나는 내금위 절제사가 된 이후로 강상인과는 궁중 시위의 허술한 점만을 의논하였을 뿐 군사를 두 곳으로 갈라야 한다고 한 일은 없습니다."

심정은 강상인의 말을 단호하게 부인했다.

강상인이 궁중 순찰 외에는 더 토해내는 말이 없자 추관이 주뢰를 틀라고 명했다. 강상인의 허벅지 사이에 주장을 끼우고 비틀자 강상인은 비명을 지르기 시작했다.

"죽어도 더 이상 할 말이 없소. 생사람 잡지 마시오."

강상인은 지옥에서나 지를 법한 비명을 지르면서도 입을 더 이상

열지 않았다.

"독한 놈이군. 압슬을 시행하라."

압슬이란 두 다리 사이에 몽둥이를 끼우고 그 위에 널빤지를 얹은 뒤, 다시 그 위에 무거운 돌을 가져다 얹어 고통을 최대로 유발하는 고문이다. 형을 당하면 살아남는다 하더라도 평생 불구가 되는 무서운 형벌이었다.

"으아악!"

비명을 지르던 강상인이 마침내 정신을 잃고 축 늘어졌다. 정말 지독한 인내력이었다. 형리들이 찬물을 얼굴에 퍼부었다. 잠시 뒤 강상인이 정신을 차렸다. 그러나 이미 혼이 나간 얼굴은 사람의 형색이 아니었다. 눈동자가 풀어져 절명을 눈앞에 둔 것 같았다.

"저놈에게 다시 압슬을 시행하라."

추관의 명이 떨어지자 형리들이 다시 널빤지 위에 무거운 돌을 얹었다. 강상인이 다시 소리를 질렀다.

"내 다 말할 테니 이 돌 좀……."

형리가 압슬을 중지하자 강상인이 체념한 듯 입을 열었다.

"내가 군사를 나누어 시위한다고 심정과 조흡에게 말했더니 그들은 반드시 이 일은 상왕이 주재해야 한다고 했습니다."

"이놈아, 그것은 죄가 되지 않는 거짓말이다. 아직 정신을 못 차렸으니 다시……."

추관의 말이 끝나기도 전에 강상인이 먼저 입을 열었다.

"말하겠습니다. 날짜는 기억하지 못하지만 영의정 심온을 상왕전의 문밖에서 보고 군사를 나누어서 소속시키는데 갑사는 수효가 적으니 3천 명 정도로 해야 되겠다고 했더니, 영의정이 옳다고 하였습니다. 그 뒤 의논할 일이 있어 날이 저물 무렵 영의정 심온의 집에 가서 군사는 마땅히 한곳으로 돌아가야 된다고 하였더니 심 정승도 옳다고 하였습니다. 또한 장천군 이종무도 내 말이 옳다고 빙긋이 웃으며 말했습니다. 그뿐 아닙니다. 우의정 이원 대감도 군사를 나누어 복속시키는 게 어떠냐고 물었더니 말할 수 없다고 했습니다."

군사는 마땅히 한곳으로 돌아가야 한다고 한 말은 군권을 따로 분리한 지금의 체제와 이를 명한 상왕 태종을 비판하는 말이었다. 나라의 틀을 흔드는 대역죄였다.

강상인의 이러한 자백은 세종이 있는 경복궁에는 청천벽력 같은 말이었다. 세종과 왕후가 걱정하던 일이 드디어 터진 것이었다.

강상인의 보고를 자세히 들은 상왕은 회심의 미소를 띠며 말했다.

"과연 내가 전일에 말한 바와 같은 진상이 오늘에야 나타나는구나. 마땅히 대역(大逆)을 제거해야 할 것이니 관련자들을 잘 살펴 문초하라."

좌의정 박은과 함께 듣고 있던 형조판서 조말생이 아뢰었다.

"두 임금님 부자의 정이 자애하시고 효경하심은 천성으로 지극하심은 누가 모르겠습니까. 전하께서 군무를 챙기심은 오로지 사직을 위한 것이온데, 이 무리들이 군무를 옮기고자 하니 그 마음을 헤아리기 어렵습니다. 비록 종실과 혼척의 관계에 있을지라도 어찌 용서할 수 있겠습니까?"

조말생의 이 말은 상왕이 고대하던 말일 것이다. 그뿐 아니었다. 일이 이렇게 돌아가니 심온에게 불리한 진술이 계속해서 쏟아졌다. 강상인과 함께 신문을 받고 있던 이관도 압슬형을 두어 번 당한 뒤 진실인지 거짓인지 모를 자백을 했다.

"내가 심온의 집에 가서 영의정에 제수된 것을 하례하고 이어서 말하기를 병사는 나누어 소속시킴이 불편하니 마땅히 다 주상전에 돌려보내야 하지 않겠느냐고 했더니 심 대감이 말하기를 '그대의 말이 옳다. 그러나 이미 정해져 있는 까닭으로 이렇게 할 뿐이다.' 라고 했습니다."

"드디어 입을 열었구나. 심 본방(本房, 임금의 장인)이 수괴란 말이지. 또 다른 말은 없었느냐?"

추관 조말생이 다시 물었다.

"심정이 말하기를 형 온을 만났을 때 형이 군사는 마땅히 한곳에서 명령이 나와야 된다고 말해서 심정이 형의 말이 옳다고 한 일이 있다는 것을 들었습니다."

좌의정 박은으로부터 이런 국문 결과를 자세히 보고받은 상왕이 마침내 결단을 내렸다.

"정상이 이미 나타났으니 다시 심문할 필요가 없다."

상왕은 단호한 목소리로 말을 이었다.

"주모자는 심온이니 비록 국내에 없더라도 그 일당 강상인, 이관 등을 극형에 처해 5도에 두루 보여야 할 것이다. 속히 단죄하여 아뢰어라."

세종이 즉위하던 달에 시작된 이 피바람은 그 해의 마지막 달인 섣달그믐께 가서야 끝이 났다.

태종이 휘두르는 칼에 조정이 초주검이 되어 숨을 죽이고 있을 때에도 임금 세종은 매일 아침 연화방 수강궁으로 부왕에게 문안을 갔다. 그러던 어느 날 아침이었다. 임금이 문안 인사를 드리자 상왕이 여느 때와 달리 반색했다.

"주상, 이리 들어와 내 말을 좀 듣게."

머릿속에 온통 장인의 일로 근심이 가득 찬 세종은 어쩌면 부왕에게 칼을 거두라고 할 기회가 있을지도 모른다는 기대감으로 부왕을 따라 내실로 들어갔다. 그러나 상왕은 뜻밖의 말을 꺼냈다.

"금상, 내 말을 귀담아 들어야 한다."

"예, 아바마마."

임금은 긴장해서 상왕의 말에 귀를 기울였다.

"후궁을 빨리 두어야 하네."

상왕의 입에서 뜻밖의 말이 나왔다. 중전의 친정아버지와 숙부가 목숨을 잃고 친정이 쑥밭이 될 판이라 중전을 마주 볼 면목이 없는 판인데 이번에는 후궁을 얻으라고 하니 너무나 난감했다.

"아바마마. 소자는 아직 그런 생각을 한 번도 하지 못했습니다. 보위를 물려받은 지 한 달도 채 되지 않았고, 더구나 지금은 옥사를 벌이고 있는지라……."

"알고 있다. 그러나 그런 때이기 때문에 내가 하는 말이니라. 나의 소망은 오직 왕실을 굳건하게 다져 번창케 하는 일이다. 그리하여 외척이나 훈척이 감히 우리 종실을 엿보지 못하게 하는 것이다. 과거 종친이 아닌 외세가 득세하여 사직을 위태롭게 한 일이 얼마나 많았던가. 사직을 만대에 걸쳐 지키는 성스러운 일을 위하여 우선 금상이 많은 왕자를 두는 일이 급하다. 젊음이 항상 있는 것도 아니다. 후손의 생산도 때를 잃으면 안 되는 법이다. 왕실 법도를 상고하면 왕은 비빈(妃嬪) 아홉을 두어야 한다."

"하지만 지금은……."

"내가 예조에 일러 놓을 테니 서두르시게."

임금은 더 이상 반대를 해 보았자 부왕의 고집을 꺾을 수 없다는 것을 잘 알기 때문에 그냥 물러 나왔다. 성미 급한 태종은 그날로 예조판서를 시켜 전국에 금혼령을 내리게 하고 후궁 간택령(揀擇令)을 내렸다. 임금은 착잡한 심정을 그 누구에게도 하소연할 수 없었다.

한 하늘에 두 개의 태양이 떠있으니 어느 왕이 진정 왕인가.

쑥대밭 되는 명문가

세종이 즉위하자마자 시작된 옥사는 왕후 심씨의 애간장을 태우며 그해가 저물 무렵까지 계속되었다.

권력의 속성을 잘 아는 대소 신료들은 이 옥사(獄事)의 시작과 끝이 어찌되리라는 것을 모두 예상하고 있었다. 비극을 연출하고 있는 사람은 상왕 태종이고 그 목적은 금상의 처가를 겨냥한 것이었다.

임금의 처가가 도마에 오른 데는 나름대로 이유가 있었다. 왕후의 아버지, 국구(國舅)이며 영의정에 오른 청천부원군 심온의 화려한 영달이 화를 불러온 것이었다.

심온이 명나라의 사은사로 임명되어 광화문을 떠날 때 그 행렬은 일대 장관이었다. 국왕의 행렬이 무색할 정도로 호화로웠을 뿐만 아니라 육조의 모든 당상관이 눈도장을 찍으러 홍제원까지 따라가는 바람에 행렬이 끝없이 이어지고 육조거리가 텅 비다시피하였다. 그뿐 아니라 사은사 일행에게 노자를 보태준다는 명목으로 싸들고 간 돈이며 주단을 비롯한 귀중품이 산더미 같았다.

심온이 길을 떠나며 인사하러 수강궁에 들렀을 때 상왕 태종은 환관 황도를 문밖까지 내보내 전송하게 하였다. 또한 임금 세종은 환관 최용을, 소헌왕후은 한 상궁을 연서역까지 보내 장도를 축하해 주었다.

현재는 집안이 멸문의 낭떠러지에 처했지만, 심온은 국구가 되기 전까지 승승장구해 온 명신이었다. 12세에 문과에 급제하여 신동 소리를 들었다. 공조의랑을 거쳐 대사헌, 호조판서, 좌군도총제에서 영의정으로 올라섰다. 나이 쉰도 안 되어 한 나라 최고의 신료 자리에 앉아 선망의 대상이 되었지만 질투와 모함의 칼날도 함께 받아야 했다.

세종이 즉위하여 임금의 장인인 국구가 되자 그는 더욱 몸조심을 해 처음에는 영의정 제수를 사양했다. 그러나 태종의 강권으로 영의정에 올랐다. 뒤에 좌의정 박은은 이 일을 모함의 근거로 이용했다.

"그 때 심온이 영의정을 마다하고 좌의정을 고집한 데는 다 이유가 있습니다. 영의정은 육조판서를 겸할 수가 없으나 좌의정이나 우의정은 판서를 겸할 수 있기 때문입니다."

박은이 고하자 상왕이 물었다.

"심 본방이 무슨 판서를 하고자 했는가?"

"병사를 움직일 수 있는 병판을 하고자 한 것으로 보입니다."

박은의 이러한 해석은 뒤에 태종이 심온 일가를 도륙내는 중요한 구실이 되었다. 예부터 병권을 쥔 자가 나라를 쥘 수 있다는 권력의 습성을 잘 알고 있는 태종이 아니던가.

심온의 집안은 문반으로 알려져 있으나 실은 무반을 겸한 가문이었다. 심온의 아버지 심덕부는 전조(前朝)인 고려에서 급제하여 부원수와 좌의정까지 이르러 정몽주, 정도전, 조준, 하륜 등과 겨눌 만한 자리에 있었다. 심덕부는 평소 강직하고 소탈하며 근면했다. 그는 자식들한테 거칠어진 자신의 손을 펴 보이며 훈계하곤 했다.

"나는 손이 이렇게 되도록 열심히 해서 이 정도로 먹고산다. 너희들 역시 벼슬을 하더라도 편히 지내며 먹고살 생각일랑 하지 말라."

특히, 뇌물을 용납하지 않아 녹봉만으로 근근이 가솔을 이끌었다. 이렇게 심덕부는 우왕, 창왕, 공양왕 삼대에 걸쳐 나라 일을 보면서 주로 궁궐의 보수, 창고 신축 등을 빈틈없이 해낸 건실한 대신이었다.

청빈하고 엄격한 아버지 밑에서 자란 심온은 가문의 내력대로 주변을 깨끗이 하고 지냈다. 문과를 통해 벼슬길에 나서기는 했으나 문벌이나 체질은 무인에 가까웠다. 공조의 관원부터 시작한 것을 보아도 알 수 있다. 아버지 심덕부가 고려조 부원수를 지낸 것처럼 도총제를 맡은 것도 무반의 소질이 엿보이는 부분이다. 동생 역시 내금위 도총제 벼슬에 있었던 것도 이런 점을 말해 준다.

심씨 집안의 무인적인 기질 때문에 태종이 더 경계를 했을 수도 있다. 만약 심온이 영의정에 병조까지 겸하게 된다면 사직을 고양이 앞에 갖다 놓는 꼴이 되는 것이다. 더구나 태종 자신이 눈을 감은 뒤에는 문약한 세종이 처족의 손아귀에 놀아나게 되지 않을까 하는 것도 걱정이었다. 그래서 태종은 정권을 분리하여 생전에 세종을 단련시켜 사직을 지키도록 해야겠다는 생각을 가졌던 것이다.

의금부에서는 박습, 강상인, 심정을 처형하겠다고 태종에게 품신을 올렸다.

"다 죽여버리면 심온이 왔을 때 대질 심문할 수 없지 않은가. 한두 사람은 살려 두었다가 대질한 뒤 심온의 죄상을 밝히고 참하는 게 어떻겠는가?"

태종의 물음에 좌의정 박은이 답을 올렸다.

"이미 죄상이 만천하에 드러났는데 대질 심문을 할 필요는 없을 것 같사옵니다. 심 본방이 오는 대로 국문할 것도 없이 참형하면 그것으로 마무리될 것으로 사료되옵니다."

잠깐 생각에 잠겼던 태종이 곧 결단을 내렸다.

"강상인은 가장 죄질이 나쁜 자이니 많은 사람이 보는데서 거열형을 행할 것이며 박습과 심정은 다른 곳에서 참하라!"

11월 중순. 초겨울의 찬비가 부슬부슬 뿌리는 광화문 앞 종로 네거리에서, 의금부 금군들과 병조 관원들이 집행관으로 참석한 가운데 강상인의 거열형이 집행되었다. 강상인은 두 팔과 두 다리를 밧줄에 각각 묶인 채 네 활개를 벌린 형상으로 길바닥에 누워 눈을 부릅뜨고 있었다. 두발은 산발하여 목까지 닿았고 수염은 수세미처럼 흩어져 있었다. 흰 바지저고리는 피에 절어 그 형상이 지옥에서 방금 나온 사람 같았다. 그러나 부릅뜬 두 눈은 불을 내뿜는 것 같았다.

사방에 삼나무처럼 빽빽이 들어선 구경꾼들 가운데는 얼굴을 찌푸리는 사람도 있고, 차마 지켜보지 못하고 고개를 돌려 외면하는 사람도 있었다. 연신 침을 뱉어가면서도 눈은 형장에서 떼지 않는 사람도 있었다. 그러나 군중 대부분이 피에 주린 짐승처럼 기대에 찬 표정으로 처절한 형 집행 과정을 지켜보고 있었다.

"모두 채찍을 올려라!"

금부의 집행관이 소리쳤다. 죄인을 중심으로 사방에는 네 대의 수레가 서고 각 기의 수레에선 말 두 필의 고삐를 잡고 있는 형리들이 일제히 채찍을 높이 쳐들었다.

"쳐라!"

군호가 떨어지자 채찍 네 개가 말 등을 후려쳤다.

"으악!"

비명이 여기저기서 일시에 터졌다. 강상인의 마지막 비명은 군중의 비명에 파묻혀 들리지 않았다. 태종의 30년 동지이며 충복이었던 강상인은 내장이 종로 네거리에 흩어진 채 처참한 모습으로 생을 마쳤다. 부인은 관청의 관비가 되고 아들딸도 5도 각 관청의 노비가 되었다.

심정과 박습은 자하문 밖 들판에서 망나니의 춤추는 칼날에 목이 떨어졌다. 이관은 고문에 못 이겨 의금부 옥중에서 이미 숨이 넘어갔으나, 이날 시체를 형장에 끌어내 다시 목을 쳐서 두 번 죽게 하였다.

소헌왕후의 숙부이며 세종의 처삼촌인 심정은 망나니의 칼에 머리가 땅바닥으로 나뒹굴기 전 질녀인 소헌왕후와 형님 온에게 마지막 인사를 했다.

"중전마마, 부디 만수무강하시옵소서. 못난 작은아비는 먼저 갑니다. 형님! 형님은 아우가 먼저 가는 것도 모르고 이역만리에 계시는군요. 우리 가문이 이 지경에 이른 것은 모두 좌상 박은 때문입니다. 형님, 돌아오시더라도 박은의 음모를 꼭 밝혀내셔야 합니다."

심정은 왕궁을 향해 절을 네 번 올려 금상에게 하직 인사를 하고, 목을 길게 늘어뜨려 칼을 받았다.

태종이 종사를 안전하게 지키기 위한 원대한 계획으로 옥사를 벌였지만 이 일을 엮어내는 데는 좌의정 박은의 활약이 컸다.

박은은 전조 고려 우왕 때 문과에 급제하여 개성 부소윤으로 벼슬길에 올랐다. 조선 개국 후 다시 등용되어 좌보궐, 사헌시사 등을 역임하며 훗날 태종이 된 정안대군의 편에 섰다. 박은은 정도전과 세자 방석이 제거당했던 정안대군의 무인정사에 참여하여 공을 세웠다. 뒤이어 일어난 박포의 난을 평정하는 데도 큰 공을 세워 좌명공신이 되었다.

태종이 왕위에 오르자 크게 신임을 얻어 우의정 겸 수문관 대제학으로 있다가 좌의정이 되어 태종의 작전 참모격인 장자방 노릇을 했다.

한 해가 저물어가는 11월 말에 이르자 태종의 주변에 다시 서릿발이 일기 시작했다.

"전하. 아바마마가 또다시 신첩의 친정을 거론한다고 하십니다."

몇 달 동안 식음을 전폐하다시피 하여 얼굴이 수척해진 소헌왕후가 차마 입에 담기 어려웠던 말을 임금에게 꺼냈다.

"그 정도 다스렸으면 뿌리를 뽑은 셈인데 또 무슨 일이야 있겠소. 중전은 너무 심려 말고 몸이나 추스르시오."

임금이 허리를 굽혀 중전의 손을 잡았다. 그러나 사태는 금상 양위의 뜻과는 정반대로 흘러갔다.

상왕이 임금과 함께 아침 조회인 상참(常參, 왕이 대신들과 정사를 논하는 일)을 마친 뒤 명했다.

"좌의정 박은과 형조판서 조말생은 잠시 남으시오."

상왕은 긴한 말투로 물었다.

"심 본방이 압록강을 건너온 뒤 서울로 오지 않을 수도 있다. 좌의정은 어떻게 했으면 좋겠는가?"

대답이 뻔한 질문이었다. 그러나 박은은 아무 말도 하지 못하고 함께 있던 임금 세종의 눈치를 살폈다.

"왜 방책을 이야기하지 않는가?"

상왕이 다그치자 형조판서 조말생이 입을 열었다.

"사람을 보내 모셔오는 방도가 있습니다."

"그게 좋겠군. 그러면 전의감 판사 이욱을 의금부 진무로 삼아 의주로 보내시오. 그리고 차질 없이 심온을 잡아 오시오."

듣고 있던 세종은 앞이 캄캄했다. 마침내 올 것이 오는구나 하는 생각이 들었다. 그러나 함부로 내색을 할 수도 없었다. 절망어린 중전의 얼굴이 눈앞에 어른거릴 뿐이었다.

"아무도 눈치채지 못하게 하시오."

"예. 분부대로 즉각 시행하겠습니다."

"심온이 만약 명나라 사신과 같이 오거든 심온에게 병을 핑계대어 뒤처지게 하여 사신이 눈치채지 못하게 한 뒤 잡아 오도록 하시오."

상왕은 자세한 작전까지 일러 주었다. 상왕은 덧붙여 말했다.

"만약 명나라 조정에서 알게 되면 우리 부자 사이에 무슨 변고가 있는 것으로 오해할 수도 있소. 그러니 경들은 각별히 조심하라고 이르시오."

정말 용의주도한 태종이었다.

임금은 이날 상참에서 있었던 일을 차마 중전한테 이야기하지 못했다. 그러나 한 상궁이 귀띔해 주어 중전도 이 사실을 알게 되었다. 크게 상심한 중전은 종일 음식을 입에 대지 못했다.

그날 저녁 내전에 든 세종은 태연하게 보이려고 짐짓 애를 쓰는 왕후를 보고 이미 소식이 전해진 것을 알 수 있었다. 그러나 임금은 말을 꺼내지 않았다. 연민의 눈으로 왕비를 바라볼 뿐이었다.

예조가 주관하여 강씨라는 후궁을 뽑아 영빈으로 봉해 임금의 측실에 두었다. 그러나 마지못해 둔 후궁이라 그런지 임금은 좀체 들르지 않았다.

11월 하순에 출발한 심온 체포대장 진무 이욱은 의금부 금군 10여 명을 거느리고 서울을 출발했다. 금군 병사들은 북방 국경인 압록강변 의주에 도착할 때까지 자기가 무슨 임무를 띠고 있는지 아무도 알지 못했다.

12월 초순 의주를 거쳐 압록강 나루터에 이르러서야 금군 병사들은 자신의 임무를 알았다. 날씨가 그렇게 춥지 않아 압록강은 완전히 얼어붙지 않았다. 건너편 중국 땅 나루까지 듬성듬성 얼음이 떠 있어 그 사이로 크고 작은 장삿배들이 오가고 있었다.

며칠째 압록강을 건너다보고 있던 이욱은 마침내 사은사 심온 일행이 타고 오는 배를 맞게 되었다. 배에서 내린 심온은 몸이 전보다 야위어 보였지만 당당한 풍채는 변함이 없었다.

"아니, 자네는 전의감의 이 판사 아닌가?"

심온은 뜻밖의 환영객이 반가워 손을 덥석 잡았다. 그러나 이욱은 손을 정중히 뿌리치고 한발 물러서서 엄숙하게 말했다.

“영의정 심온은 어명을 받으시오!”

“응?”

심온은 놀라 눈을 크게 떴다. 그러나 곧 무슨 곡절이 있다는 것을 알아차리고는 말없이 땅바닥에 부복했다.

“영의정 심온은 대역죄의 수괴이므로 포박하여 의금부로 압송하라는 주상 전하의 엄명이 있었소. 순순히 압송에 응하시오.”

“도대체 나의 죄명이 무엇인가?”

심온은 조금도 흔들림이 없었다. 그러나 죄인이 서울 의금부 옥사로 압송되어 추국장 형틀에 묶일 때까지 이유를 말하지 말라는 엄명이 있어 이욱은 말을 할 수가 없었다.

“그것은 나도 모르오. 다만 의금부 옥사까지 압송하라는 주상 전하의 명령을 받았을 뿐이오.”

“주상 전하의 명이라고요? 그러면 중전마마는 지금도 경복궁에 계시온지?”

전후사정을 도저히 짐작할 수 없는 심온이 가장 궁금한 질문을 했다.

“그렇소.”

심온은 더욱 이해할 수 없다는 표정을 지었다. 심온은 도성에 이르러 잘못된 일을 바로잡으리라 마음먹고 순순히 진무 이욱의 지시를 따랐다.

심온이 포승에 묶인 채 한성으로 오고 있는 동안 경복궁의 암울한 구름은 더욱 짙어갔다.

"중전, 오늘은 내가 말 좀 하고 오리다."

임금이 곤룡포를 입고 익선관을 쓴 다음 수강궁으로 상왕에게 문안을 가면서 말했다.

"전하. 너무 무리한 말씀 마시고 순리대로 따르도록 하십시오."

중전은 임금의 결심에 조금은 마음이 놓였으나 과연 소망하는 결과가 있을지 의심스러웠다.

연화방 수강궁에서 임금은 문안을 마치자 그날따라 많이 참석한 대신들과 함께 자리에 앉았다.

"그래, 별달리 할 말이 있는 대신들은 얘기를 하시오."

상왕 태종이 자리에 있는 사람들을 일일이 둘러보았다.

"대사헌 허지 한말씀 올리겠습니다. 귀양 가 있는 김한로에 대한 말씀이옵니다. 죄인을 청주에 두는 것은 가당치 않다고 사료되옵니다. 청주는 서울에 가까우니 나주로 옮김이 어떠할는지요."

"나주라. 뭐 꼭 그렇게 할 이유야 있겠소. 그냥 두지요."

김한로는 양녕대군의 장인이다. 고려 때 벼슬길에 나아가 명나라에 사절로 갔다가 금은보화를 너무 챙겼다고 하여 파면되었다. 후에 세자 양녕의 장인이 되어 병조판서에 이르렀으나, 사위 양녕에게 천한 여자를 소개해 주었다고 하여 다시 파면되고 귀양 가 있었다.

허지의 말을 무시한 상왕은 세종의 얼굴을 바라보았다. 임금이 무엇인가 할 말이 있는 것을 알아차린 듯했다.

"아바마마, 소자 여쭙겠습니다."

"주상, 말해 보시오."

임금이 결심하고 온 말을 어렵사리 꺼냈다.

"강상인 등의 옥사는 더 확대하여 근본을 캘 작심이시온지요?"

"주상, 그건 무엇 때문에 물으시오?"

상왕이 심히 불쾌한 표정을 지었다.

"소자의 처가와 관계된 일인지라 소홀히 넘기기 어려워 여쭈었습니다."

"어흠!"

상왕은 큰 기침으로 불쾌감을 표시했다. 지금까지 단 한 번도 부왕이 하는 일에 대해 간섭하거나 반대 의견을 내놓은 일이 없는 효자 세종이 아닌가.

"그게 내 마음대로 되는 일이 아니오. 옥당(玉堂, 정책 건의를 하는 젊은 관원이 모인 곳)과 대간이 가만있지를 않소. 또한 성균관 유생들도 보통 강경한 것이 아니오."

"그러하옵니다. 전하 양위께서 하시는 말씀에 감히 끼어드는 것을 용서하십시오. 강상인 등의 군사에 관한 일은 나라의 근본을 흔드는 대역죄인지라 중도에 흐지부지할 성질의 것이 아닌 줄로 아뢰오."

대사헌 허지가 아뢰었다.

"허 대감의 말씀이 백번 옳은 줄로 아뢰오. 이 일은 종사를 지키는 일이나 진배가 없소이다."

이어서 좌의정 박은이 나섰다.

"지당하오."

"옳고말고요."

참석한 고관들이 논리에 뒤질세라 저마다 한마디씩 했다. 그 중에도 가장 과격한 논리를 편 사람은 좌의정 박은이었다.

"불순한 세력이 병권을 장악하게 되면 사직을 무너뜨릴 천부당만부당한 일이 생길 수 있습니다. 영의정 심온으로 말씀드리면 이제 겨우 불혹을 넘긴 나이에 세력이 하늘을 찌를 듯합니다. 전번 명나라 사은사로 갈 때 그 행렬이 모화관, 연서역까지 인산인해였다는 것을 상기해 보십시오. 만약 이 무리의 뿌리 가운데 한 가닥이라도 남겨 두었다가는 후환이 있을까 두렵습니다."

"하지만 심온 정승은 중전의 가친으로……."

임금의 말을 박은이 무엄하게 가로막았다.

"사직을 지키는데 사사로움을 참고해서는 아니 되옵니다. 지난 왕조에서 외척이나 인척이 나라를 망친 일이 얼마나 많습니까. 주상 전하께서는 사사로움에서 벗어나소서."

"아니 박 정승, 과인과 중전의 피붙이 일인데 어찌 그리 매정하게 말씀하시오."

임금이 얼굴에 노기를 띠었다.

"자자, 좀 식히시고 내 말을 들으시오."

상왕 태종이 두 사람의 충돌을 막으러 끼어들었다. 아무리 정승이라도 박은이 감히 신하로서 임금 앞에서 말을 가리지 않는 것은 임금보다 더 막강한 상왕 태종의 앞이기 때문이었다.

"이 논의는 주상의 장인에 관한 일이니 당사자인 주상은 이 자리를 좀 피해주는 것이 좋을 듯하오. 주상은 이만 경복궁으로 돌아가시지요."

세종은 어이가 없었다. 그러나 더 이상 부왕과 충돌할 경우 사태가 수습하기 어려울 지경으로 확대될지도 모른다 생각하여 부왕의 말을 따랐다.

임금이 자리를 뜨자 과격론은 더욱 힘을 얻었다.

"대역죄인 심온을 속히 압송해서 참형을 내려야 합니다."

"국문을 할 것도 없습니다. 괜히 추국청에서 나온 말이 세상의 오해를 살 수도 있습니다. 이미 죄상은 다 밝혀진 것 아닙니까."

내가 빠져서야 되겠느냐는 듯 모두 입에 침을 튀기며 열변을 토했다.

"상왕 전하, 만일 중전의 친족이라 하여 심씨 집안의 씨앗을 단 한 톨이라도 남겨 두면 문약한 주상께서 종실을 지키기 어렵게 될 것입니다. 심온은 아들 셋을 두고 있습니다."

박은이 입에 거품을 물었다.

"바로 그 점이 가장 큰 걱정이오. 내가 간 후에라도 종사를 만대에 보전하기 위해서는 불미스러운 세력은 씨를 말려야 한다고 생각하오."

"지당하신 말씀입니다."

그날 모임은 세종의 처가를 철저히 난도질하는 날이었다.

동지도 하루를 지난 12월 23일. 온 장안의 환송을 받으며 명나라로 떠났던 사은사 심온이 온몸을 포박당한 채 죄수가 타는 수레에 실려 서전문(西箭門, 서대문)으로 들어왔다. 머리는 산발한 채 상투도 없었다. 살을 에는 추위 속에서 땟국에 절은 동저고리 바람이었다. 입술이 터서 몰골을 알아보기 힘들 정도였다.

심온은 모화관을 지나며 명나라로 떠날 때를 회상해 보았다. 축하 행렬이 꼬리를 물고, 임금이 보낸 환관과 중전이 보낸 전별사가 장도를 축하했다. 그뿐인가. 좌의정 박은과 형조판서, 병조판서가 직접 모화관 앞까지 나와 만면에 웃음을 띠었었다.

그러나 넉 달이 지난 지금은 영문 모르는 대역죄인이 되어 돌아온 것이다. 심온은 중전이 아직 그 자리에 있다니 자신의 억울한 죄를 벗겨줄 것이란 한 가닥 희망을 가졌다. 그러나 심온의 가느다란 희망은 무참히 깨어졌다.

"중전마마, 여쭐 말씀이 있습니다."

임금을 모시는 대전의 제조상궁 한씨가 내전으로 왔다.

"들어오너라."

한 상궁은 얼굴이 굳어 있었다.

"무슨 일이냐?"

중전이 떨리는 목소리로 물었다.

"영의정 대감께서 도성에 들어오셨답니다."

중전은 눈이 둥그레졌다.

"그게 정말이냐. 지금 어디에 계시냐?"

"그것이……."

한 상궁은 차마 입을 열지 못했다.

"옥에 갇힌 게로구나. 그래 상한 곳은 없다고 하시던가?"

"예, 지금 의금부에 계시온데 의관은 볼모양 없으나 기체 강건하다고 들었습니다."

"누가 가서 만나뵐 수는 없는가?"

"지신사 이명덕 대감에게 알아보았으나 어렵다고 하였습니다."

지신사라고 하면 임금의 비서실장 격이다.

"그렇겠지. 목숨이나마 붙어 있으시다니 다행 아닌가."

중전이 고개를 숙이며 나직이 말했다.

강철의 제왕

세종 즉위년은 유난히도 눈이 많이 오고 추웠다. 새해를 며칠 앞둔 금부의 뜰에는 아침부터 부산하게 추국장이 차려졌다. 상왕 태종은 압송되어온 심온을 엄중히 문책하여 하루만에 결말을 내고 처형하라 명했다.

"삼성의 대신들과 의금부 관계 대신들이 심문관으로 나서라."

명에 따라 대사헌 허지, 형조판서 조말생, 우사관 정상, 호조참판 이지광이 추국에 나섰다.

추국장 형틀에 묶인 심온은 한 나라의 영상이라고는 도저히 믿기 어려운 초췌한 모습이었다.

"대역죄인 심온은 들어라. 군사를 움직여 사직을 무너뜨리려고 한 것을 인정하느냐?"

"사직을 무너뜨리다니 당치 않는 소리다. 무슨 증거로 나를 문초하느냐?"

심온이 몰골과는 달리 우렁찬 목소리로 소리쳤다.

"이미 증거가 다 드러났으니 사실대로 자복하면 고초를 덜 겪게 될 것이다. 바른대로 대어라!"

허지가 다그쳤다.

"누가 그런 터무니없는 소리를 했는지 그놈을 대라"

"강상인, 박습, 이관, 그리고 네놈의 동생 심정이 이미 다 자복했느니라."

"야 이놈, 허가야. 네놈이 정녕 미쳤구나. 그들을 불러다 대질시켜라. 내 진실을 밝혀주마!"

심온이 다시 눈에 불꽃을 튀기며 소리쳤다.

"저놈이 아직도 정승인 줄 아는구나. 저놈을 매우 쳐라!"

허지가 화가 나 장형(杖刑)을 내렸다. 형리 둘이 심온을 형틀에 엎어 묶고 바지를 내린 뒤에 엉덩이를 주장(朱杖)으로 치기 시작했다.

"이놈들아, 아무리 때려 봐라. 내가 거짓말을 토할 것 같으냐! 시간 끌지 말고 어서 강상인과 박습을 데려오너라."

심온은 볼기를 맞으면서도 비명 한마디 지르지 않았다.

"매우 쳐라!"

형리들의 매질이 더욱 빨라졌다. 금방 심온의 엉덩이에서 피가 튀었다. 흘러내리던 피는 추운 날씨로 얼어붙기까지 했다.

"어서 모함한 자들을 데려오지 못할까?"

심온은 엉덩이가 피범벅이 되었으나 여전히 카랑카랑한 목소리로 외쳤다.

"제 죄를 자복한 강상인, 박습, 심정, 이괄은 벌써 황천객이 되고 없다."

허지의 말을 들은 심온이 주먹을 불끈 쥐고 고개를 치켜들었다. 그리고 피를 토하는 목청으로 소리를 질렀다.

"네놈들이 기어이 중전마마의 숙부인 내 동생을 죽였구나. 이 나쁜 놈들, 하늘이 두렵지 않느냐! 네놈들은 천벌을 받을 것이다."

"저 놈이 아직 고신장(拷訊杖)의 맛을 덜 보았구나. 어서 주뢰를 틀어라!"

조말생의 명이 떨어지자 형리들은 심온을 일으켜 세워 형틀에 앉혔다. 그리고 고신몽둥이를 들고 와 주뢰를 틀기 시작했다.

"윽!"

외마디 소리만 지를 뿐 심온은 이를 악물며 고통을 참았다. 문반이면서 무인의 기질을 타고난지라 여간한 고문에는 무너지지 않았다.

"이놈들아, 이런 천인공노할 허위 계책을 만들어내 주상 전하를 미혹으로 빠트린 수장은 도대체 누구냐?"

"저놈 입이 아직 살아 있구나. 저놈에게 압슬형(壓膝刑)을 안겨라!"

허지가 다시 명했다.

형리들은 심온의 오금에 장대를 끼우고 무릎 위에 무거운 돌을 얹었다.

"윽!"

심온이 외마디 비명을 입안으로 삼켰다. 고통으로 얼굴이 일그러지면서도 심온은 입을 열지 않았다.

"독한 놈! 저놈의 가슴을 불 인두로 지져라."

곧 형리가 벌겋게 달아 오른 인두를 들고 와 압슬형을 당하고 있는 심온의 맨가슴을 지져댔다. 흰 연기와 함께 살이 타는 냄새가 추국장에 진동했다. 참석한 추관(推官)들은 물론 둘러서 있던 금부 병사들이 모두 혀를 내둘렀다.

'세상에 저렇게 독한 사람이 있나!'

모두 믿지 못하겠다는 듯 고개를 설레설레 흔들었다.

참담한 광경이 한참 동안 계속되었다. 그래도 혼절하지 않고 한참을 더 견뎌낸 심온이 마침내 입을 열었다.

"오냐, 너희들이 작당하여 나를 죽일 모양이구나. 나 하나 죽는 것은 문제가 아니나, 중전마마와 이 나라 사직이 걱정이다. 내가 말할 테니 이 돌덩이와 불 인두를 치워라!"

심온의 서슬 퍼렇던 음성이 조금 수그러들었다.

"그래. 내가 문반으로 벼슬길에 들었으나 근본은 무반이라, 병권을 잡고 군사를 한번 호령하고 싶어서 그런 말을 했다."

"드디어 네 죄를 인정하는구나!"

허지와 조말생의 입가에 슬쩍 웃음이 번졌다.

"이제 나를 죽일 구실을 안겨줬으니 어서 죽여다오."

곧 추국이 중단되고 반죽음이 된 심온은 다시 금부 옥사로 끌려갔다. 추관들은 흡족한 전리품을 얻은 양 어깨를 으쓱대며 연화방 수강궁 상왕 태종에게로 달려갔다.

"전하, 심온이 대역죄를 모두 자백했습니다. 제 놈이 무골로 태어나서 이 나라 병권을 한번 휘둘러보고 싶어 일을 꾸몄다고 자복했습니다."

허지가 의기양양하게 보고를 했다.

"내 애초부터 그렇게 생각했다. 수고들 했다. 이제 오늘 밤부터는 다리 펴고 자겠구나."

"종사(宗社)도 만고의 반석 위에 서게 되었으니 심려를 내려놓으시지요."

허지가 아뢰었다.

"심온은 어떻게 할까요?"

조말생이 물었다.

"내일이라도 처형하는 게 좋겠다."

"그럼 종로 네거리에서 내일 미시(未時)에 참형하겠습니다."

잠시 망설이던 상왕이 다시 명을 내렸다.

"그래도 국구이고 영의정 교지를 회수하지 않았는데 다소 예의를 갖추는 게 좋겠다. 대역 죄인을 도성에서 처형하지 말고 다른 곳으로 데리고 가서 자진(自盡)하게 하여라. 진무사 이양을 시켜 수원으로 데려가게 하고 거기서 자진케 하라."

"분부대로 시행하겠습니다."

허지와 조말생은 수강궁을 물러나와 경복궁으로 향했다. 두 사람은 임금 세종 앞에 나아가 부복했다.

"전하, 아뢰옵기 황공하오나 심 정승이 모든 죄를 자복했습니다."

"……."

임금은 아무 대답도 하지 않았다.

"상왕께서 내일 수원으로 압송하여 자결케 하라고 하셨습니다."

"……."

임금은 역시 묵묵부답이었다. 그러나 두 눈에서는 뜨거운 눈물이 주루룩 흘러내렸다.

"장인어른은 보통 분이 아니시다. 부드럽고 인정 많은 분이지만 강단과 도량(襟度)이 범상치 않은 어른이시라 자결을 피하려 하지 않을 것이다. 수고들 했다."

임금은 말을 마치고 조용히 돌아서 내전으로 들어갔다.

이미 자초지종을 다 알고 있는 소헌왕후는 너무 울어 목이 쉬어 있었다. 임금을 마주한 중전은 울음을 참느라 피가 날 정도로 입술을 깨물었다. 임금은 체면 불구하고 선 채로 중전을 꼭 껴안았다.

"소첩이 전하의 마음을 왜 모르겠습니까. 소첩은 걱정 마시고 옥체를 보존하시옵소서."

중전이 울먹였다.

날이 어두워지자 수강전의 원경대비가 경복궁으로 왔다.

넋을 놓고 있던 소헌왕후는 시어머니인 원경대비가 갑자기 들이닥치자 황급히 정신을 가다듬고 맞이했다.

"대비마마. 이 밤중에 어인 행차시옵니까?"

"중전, 내 중전을 볼 낯이 없구려. 친인척 쑥밭 만드는 상왕의 버릇을 막지 못했구려. 중전, 참으로 미안하오."

대비가 중전 곁에 바싹 다가앉았다. 눈에 물기가 서린 것이 곧 울음이 터질 것 같았다.

"상왕이 외척, 훈척(勳戚) 도륙내는 데는 이력이 난 사람이란 것은 세상이 다 아는 일 아니오. 그 누구도 막지 못합니다. 이 일을 어쩌면 좋겠소?"

"대비마마, 황공하여이다. 모두 소첩의 친정이 미거한 탓 아니겠습니까? 참으로 안타깝고 불쌍한 아버님……."

중전이 이내 눈물을 펑펑 쏟았다.

"중전의 비통함을 내 어찌 모르리오. 오라비 넷을 기어이 죽이고 친정아버님까지 비명에 돌아가시게 한 한을 품고도 모진 목숨을 버리지 못하고 있는 나이지만 중전 앞에서는 눈물밖에 보일 것이 없구려."

상왕 태종으로 인해 며느리인 소헌왕후도 시어머니인 원경대비와 같은 통한의 길을 되풀이 걷고 있는 것이었다. 원경대비는 여장부의 기개를 가진 사람으로 세상에 알려져 있었다.

조선 왕조가 개국한 태조 시절, 훗날 태종이 된 정안대군 방원이 세자 방석을 제거하고 정도전, 남은 등 당시의 집권 세력을 무너뜨릴 때 원경대비 민씨의 지략이 큰 보탬이 되었다. 개경으로 다시 환도한 뒤 정안대군의 친형인 회안군 방간이 반란을 일으켰을 때에도 원경대비는 몸소 무장하고 전투하러 나서려고까지 하였다. 이 때 목숨을 걸고 반란군을 궤멸시킨 사람이 정안대군의 처남 민무구와 민무질 형제였다.

그러나 정안대군 방원은 임금이 된 뒤 어떻게 했던가. 원경왕후가 사생결단을 하고 말리는데도 아랑곳하지 않고 태종은 왕후의 친정 오라비 4형제를 두 차례에 걸쳐 저승길로 보냈다. 그뿐 아니라 친정 어머니와 올케들을 모두 서인(庶人)으로 만들어 비참한 처지에 빠뜨려 버렸다.

물론 민무구 형제가 용상에 오른 매부 태종을 믿고 거들먹거리며 온갖 영화를 다 누리긴 했다. 이 때문에 백관의 눈밖에 나 탄핵이 빗발쳤다. 그러나 그들의 공격과 태종의 외척, 훈구 세력 배제의 신념이 맞아떨어졌기 때문에 일어난 비극이었다.

정난공신으로 막강한 지위에 있던 민무구 형제를 처음 탄핵한 것은 태종 7년 여름, 대간(大諫, 대사관과 대사헌)에서 올린 장문의 상언(上言)이었다.

"민무구, 민무질 형제와 신극례가 작당하여 정사를 어지럽힐 뿐 아니라 어린 왕자를 폄훼(貶毁)하여 불충 대역의 죄를 저지르고 있습니다. 그뿐 아니라 원자가 붓으로 쓴 글씨와 그림을 찢고, 예부터 제왕의 아들이 영특하면 반드시 난을 일으킨다고 말하며 종사의 일을 훼손하려 하였습니다. 이것은 신하로서 너무나 큰 죄입니다. 바라건대 전하께서는 대의로 결단하시고 영을 내리시어 죄인들을 국문하게 하소서."

이 상소에 이어 4년 동안 백여 차례의 상소문이 올라왔다. 그때마다 원경왕후 민씨는 태종에게 오라비들의 목숨만은 살려 달라고 애원했다. 그러나 태종의 태도는 냉랭했다. 이로 인해 태종과 원경왕후 민씨의 관계는 서로 원수를 보는 듯하는 지경에 이르렀다.

태종은 마침내 의정부, 사헌부, 사간원 등의 줄기찬 상소를 받아들여 민무구 형제를 옥에 가두고 삭탈관직했다. 형식은 그리 취했으나 태종이 주도한 것이나 마찬가지였다. 종실을 어지럽힐 만큼 처족의 발호가 심하고 권세가 하늘을 찌른다고 생각했기 때문이었다. 일찍이 이복동생 방석의 세자 책봉을 겪으며 굳어지게 된 종실 정통 수호의 의지는 태종에게 가장 확고한 대의로 자리 잡았다.

민무구 형제는 제주, 대구 등 원지로 귀양을 갔다. 그러나 귀양을 간 뒤에도 목숨을 붙여 놓으면 언제 역적의 흉계를 꾸밀지 모르니 사사(賜死)해야 한다는 상소가 꾸준히 올라왔다.

태종 10년(1410) 3월, 마침내 결말의 날이 왔다. 태종이 거둥을 하는 중에 대소 신료들이 행재소에 이르러 어가를 가로막고 상소를 올렸다. 상소 행렬에는 원로 공신 성석린, 설미수 등 거의 모든 대신이 함께 있었다.

"귀양 가 있는 민무구, 민무질 형제를 자진시키시옵소서."

신료들은 입을 맞추기라도 한 양 이구동성으로 아뢰었다. 어가를 수행하던 신료들까지 합세했다.

태종은 신료들이 갑자기 몰려들자 놀라서 앞에 선 성석린을 보고 물었다.

"어찌하여 이곳까지 와서 상소를 올리는 거요?"

성석린이 선 채로 대답했다.

"어가가 오랫동안 이곳에 머문다고 하기에 적당(賊黨)을 오래 살려 둘 수 없어 황급히 청하는 것입니다."

태종은 상소를 보지 않고도 그들이 요구하는 내용이 무엇인지 이미 짐작하고 있었다.

"재상들의 청이 하루이틀이 아닌지라 상소의 뜻을 이미 내가 알고 있소. 과인이 밖에 머무는 것이 1년이나, 2년이 걸린다면 신료들이 좇아올 수도 있소. 그러나 내일 제사만 지내면 궁으로 돌아갈 터이니 그때 상소를 보도록 하겠소."

그러나 성석린은 물러서지 않았다.

"소인이 어찌 그것을 모르겠습니까. 그러나 신료들의 분(憤)이 옛날보다 배나 더합니다. 분부를 내리시지 않으면 여기 선 채로 밤을 새더라도 물러가지 않을 것입니다. 원컨대 대의로 결단하시옵소서."

이어 김한로가 말했다.

"민무구, 민무질의 죄는 천지 사이에 용납될 수 없습니다. 백성들이 너희들은 재상의 자리에 있으면서 어찌 법의 집행을 간하지 못하느냐고 합니다. 이 일을 바로잡지 못하면 무슨 낯으로 소신들이 백성을 보겠습니까? 만일 청을 들어 주시지 않으신다면 소신들은 모두 사퇴하겠습니다."

김한로의 말도 강경했다. 김한로는 당시 세자였던 양녕대군의 본방(本房), 즉 장인이었다. 그런 그가 사위의 외가를 쑥밭으로 만드는 일에 앞장섰던 것이다. 김한로는 뒤에 자신이 세자의 장인이라는 이유로 귀양을 가게 될 줄은 미처 몰랐을 것이었다.

김한로는 한술 더 떠서 말했다.

"근자에 죄를 지어 참형을 받은 무리가 많은데 만일 그들의 영(靈)이 있다면 수괴는 용서하고 우리들만 베느냐고 자꾸 보채며 구천을 헤맬 것입니다."

이번에는 우의정 조영무가 나섰다.

"전하께서 시일을 끌고 결단하지 못한 것은 오직 사사로운 은혜 때문입니다. 한때의 사사로운 정에 연연하시면 반드시 종사를 망치게 될 것입니다."

태종은 마침내 두 사람의 처형을 허락하며 4년을 끌어온 훈척 문제를 결말지었다.

민무구 형제는 제주에서 원경왕후를 원망하며 임금이 있는 북쪽을 향하여 네 번 절하고 자결했다. 그러나 태종의 장인 민제 집안의 비극은 이것으로 끝나지 않았다. 셋째 아들 민무휼과 넷째 아들 민무회마저 6년 뒤 매부인 태종의 명으로 자결하기에 이른다. 원경왕후의 친정어머니인 민제의 부인과 올케들은 평민으로 격하되어 구차하게 연명해야 했다.

세종은 즉위하던 8월, 옥사의 와중에도 외가를 챙겨 주었다. 그리하여 민씨 4형제의 가솔을 지방에 가서 자유롭게 살도록 했다.

소헌왕후에게도 잔혹한 시간은 흘러 마침내 수원으로 이송된 심온이 자결을 하기에 이르렀다. 금군을 인솔해 간 무관 이양은 심온에게 마지막 혜택을 베풀었다.

"상왕 전하께서 마지막 가시는 길에 정승의 예우를 다하라고 하셨습니다."

"죽는 마당에 예우가 무슨 소용이 있겠는가?"

심온이 단호하게 말했다.

"자진하는 방법으로 사약과, 교수, 비수가 있습니다. 어느 것을 택하시겠습니까?"

심온은 독약 사발을 앞에 놓고 자신을 가까이 모시던 관아의 사내종을 시켜 아끼던 단도를 가져오게 했다.

"유언으로 남길 말은 없는지요?"

심온은 눈을 감고 한참 있다가 입을 열었다.

“심가 집안은 대대로 박가와는 혼인하지 말라고 전하시오.”

박은이 이 모든 계책의 주모자라 여기고 한 말이었다. 이후, 두 성씨는 금혼함은 물론 가까이 지내지도 않게 되었다.

심온은 일어서서 겨우 몸을 가누고 북쪽을 향해 절을 네 번 했다.

“금상 전하, 중전마마. 부디 만수무강하옵소서. 못난 아비는 먼저 갑니다.”

심온은 약사발을 들이킨 뒤 세 치 칼로 자신의 심장을 찌르며 쓰러졌다. 마지막까지 무인의 기개를 잃지 않았다. 그의 나이 마흔 넷이었다.

소헌왕후의 친정어머니 삼한국부부인 안씨는 제주 관아의 관비가 되었고, 다른 가족들은 천민이 되어 뿔뿔이 흩어졌다.

밀리고 밀려서
호랑이 등에 오르다

"내가 세자의 글을 보니 몸이 송연(竦然)하오. 더는 가르칠 수가 없구려. 경들이 사부의 직임을 맡았으니 의논하여 묘책을 찾아보시오."

태종이 본 세자의 글이란 양녕대군이 시중의 유부녀에게 끌려 그 여인에게 보낸 간절한 사랑의 편지였다.

"그 여자를 일찍이 제거하여 세자가 유혹에서 헤어나게 하는 것이 상책인 줄 아룁니다."

박은이 말했다.

태종이 충녕대군에게 보위를 양위하기 두 달 전인 무술년(1418) 6월. 태종은 좌의정 박은, 옥천부원군 유청, 최한, 권맹순 등을 불러 놓고 양녕대군에 대해 하소연했다. 세자로 책봉된 이후 양녕의 망령된 행동은 이루 말할 수 없었다. 어머니 원경왕후나 엄격하기로 당할 사람이 없는 부왕 태종이 그야말로 두 손을 들었다. 양녕은 툭하면 궁궐 담을 넘어 사라졌다. 많은 군사를 풀고 수소문하며 장안을 며칠씩 뒤진 뒤에야 뒷골목 기생집에서 발견한 것이 한두 번이 아니었다. 한번은 이천의 관기를 불러내 사가(私家)에서 며칠 보내다가 그곳 아전들에게 들켜 잡혀오기도 했다.

사부들은 태종의 영을 좇아 일단 동궁으로 갔다. 세자는 해가 중천에 떴는데도 자리에 누운 채 일어나지도 않았다. 문 앞에 이른 윤덕인이 아뢰었다.

"전하. 서연(書筵, 세자의 공부) 시작할 시간이 훨씬 넘었습니다. 어서 서연청으로 납시지요."

"어젯밤에 비가 억수로 퍼부어서 잠을 못 잤습니다. 지금 머리가 몹시 아파 서연청에 나갈 수가 없겠습니다."

세자 양녕대군은 누운 채 꼼짝 않고 말했다.

"전하. 어제도 서연에 나오시지 않았습니다. 내일은 꼭 나가겠노라고 약조하신 것을 번번이 어기면 신의를 잃는 것이라 생각됩니다. 나오셔서 인사만이라도 하심이 좋을 듯합니다."

사부 탁신이 간곡하게 말했다.

"신의에 대해 말씀하신다면 나는 지금 교하유수(橋下流水)인데 어찌 그렇게 말씀하시오."

세자는 이 말을 던지고 이불을 푹 덮어써 버렸다.

교하유수란 다리 밑에 물이 흐른다는 고사(故事)를 말함이다. 옛날 한 남자가 다리 밑에서 여인을 만나기로 했는데 여인이 오기 전에 물이 너무 불어나 그만 떠내려가 목숨을 잃었다는 옛이야기다. 양녕으로서는 지금 아파서 죽을 지경인데 서연에 나갔다가 죽으라는 말이냐는 뜻이었다. 사부들은 허허 웃을 수밖에 없었다.

어쩔 수 없이 서연관들이 태종에게 가서 서연을 열지 못한 사정을 알렸다.

"그럼 내가 직접 서연청으로 나가리라."

태종이 세자의 서연청으로 거동하는 바람에 양녕은 나가지 않을 수 없게 되었다.

태종은 서연청에 들어서자마자 훈계하기 시작했다.

"너는 얼마 전에도 궁정 담장을 넘어 지아비가 있는 여자를 끌어들인 일이 있다. 어디 그뿐인가. 한밤중에 순찰 병사의 눈을 속이고 담장을 넘어가 시정거리 술집에서 악공과 노니다가 들킨 일이 한두 번이냐. 세자로 인하여 형벌을 받아 죽음을 맞이한 자가 얼마나 되는지 아느냐."

태종은 간곡히 타일렀다.

"네가 전날의 허물을 버리지 아니하고 앞으로도 이 지경으로 처신한다면 부자의 정까지 끊게 되리라. 부자 사이의 가르침도 받아들이지 못하는데 어찌 사부나 빈객(賓客)이 세자를 바른 사람으로 만들겠느냐. 서연은 마음먹기 나름이다. 하고자 한다면 왜 아니 되겠는가."

그러나 호방한 세자 양녕대군의 태도는 바뀌지 않았다.

세자의 탈선이 계속되자 도당(都堂, 의정부)과 육조는 물론 대간들이 끊임없이 상소를 올렸다.

"세자가 한번 담 넘어 사라지면 많은 병사와 관원이 움직여야 하고 생업에 바쁜 백성들에게도 피해를 입히니 전하께서는 통촉하시옵소서."

대간의 상소를 전해들은 세자는 대간들에게 일렀다.

"앞으로 내가 없어지면 그렇게 많은 사람을 동원해 폐를 끼치지 말고, 종로 네거리에 '세자는 어서 돌아오라'는 방(榜)을 한 장 써 붙이시오. 그러면 간단히 돌아오겠습니다."

가히 웃지 않을 수 없는 재치였다. 세자 양녕대군은 담이 크고 호방하며 놀기를 좋아하고 세상을 낙관적으로만 보았다. 권력보다는 유람이 훨씬 생리에 맞았다.

후일 양녕은 세종이 보위에 오르자마자 장인인 심온 일가가 멸문하고 적몰(籍沒)당하는 것을 보며 한마디 했다.

"내가 당할 것을 금상이 당한 것이오."

이렇게 양녕은 하고 싶은 말과 행동을 거침없이 하는 자유분방한 성격이었다.

태종 18년(1418) 6월 22일. 대신들이 대규모 상소를 올렸다. 의정부 삼공신, 육조, 삼군도총제부, 각사(各司)의 신료, 대간 및 유정현, 한상경, 박은, 정탁은 물론 태종의 비서실장격인 지신사 이명덕도 합세했다.

"세자 제(禔)가 간신의 말을 듣고 함부로 여색에 혹란(惑亂)하여 불의를 자행했습니다. 장차 생살여탈(生殺與奪)의 자리에 오른다면 형세를 예측하기 어려우니 자세히 살펴 마땅한 조치를 하옵소서."

사간원, 사헌부의 상소가 이어졌다.

"신 등이 간절히 생각하건대 신하와 자식의 직분은 충효에 있고 충효가 모자라면 사람이 될 수가 없습니다. 하물며 만백성의 어버이가 되어야 할 세자야 두말할 나위가 있겠습니까. 지난번에 세자가 역신(逆臣) 구종수 등과 사통하여 불의를 저질렀으나 전하께서 종실의 적자라 하여 폐하여 추방하지 않으셨습니다. 어찌 이것을 전하의 자애로움이라고만 하겠습니까. 전하께서는 종사의 만년 대계를 생각하시어 세자를 폐하여 외방으로 내침이 심히 옳은 줄로 아룁니다."

"서연을 제대로 이끌지 못한 서연관들의 직첩도 모두 거두소서."

격렬한 상소는 끊임없이 계속되었다.

마침내 태종은 중신들을 불러 모아 폐세자를 논하기 시작했다.

"세자를 폐하면 후사를 누구로 세우는 것이 좋겠는가?"

태종이 중신들을 돌아보며 물었다.

"세자에게 원자가 있으니 세손을 삼으심이 어떨는지요? "

누군가가 말했다.

"아버지를 폐하고 그 아들을 세우면 장차 분란의 씨가 될 것입니다."

유정현이 반대 의사를 표했다.

"그 말에도 상당히 이유가 있어 보이오."

여러 대신들이 다양한 의견을 내놓았다. 그러나 쉽게 결론에 도달하지 못했다.

"세자로 누가 좋을지 경들이 생각해서 내놓으시오."

태종의 말에 박은이 아뢰었다.

"아들을 아는 데는 아버지만한 사람이 없다는 옛말이 있습니다. 전하께서 고르심이 타당한 줄로 아뢰옵니다."

결국 그날은 결론을 내지 못했다.

다음날 상참이 끝난 뒤 다시 세자 책봉 논의가 이어졌다.

"충녕대군 도(祹)를 어떻게 생각하는지요? 도는 공부를 좋아하고 총명하고 부지런하여 더위와 추위도 잘 견디며 책을 읽습니다. 정사의 기본도 알고 있어 큰일을 당할 때 의견을 제기하는 것이 모두 다른 사람이 생각할 수 없는 지혜로운 것이었소."

"신들도 그렇게 생각합니다. 어진 사람을 세자로 세우는 것은 역사를 통해 올바른 일이며, 죄지은 자를 내쫓는 것은 나라의 법도를 바로 세우는 일입니다."

태종의 말에 중신이 모두 한결같은 말로 찬성했다.

"과인이 일찍이 맏아들 제를 세자로 삼았더니 나이 스물에 이르자 학문을 팽개치고 노래와 여색에 빠졌소. 과인은 그놈이 나이 들면 괜찮아지려니 했지만 오히려 나쁜 자들과 어울려 못된 짓을 계속하고 다녔소. 이로 인해 여러 명이 처단당하는 일이 생긴 것은 경들이 다 아는 바!"

다른 대신이 아뢰었다.

"충녕대군은 영특하고 공손하며, 효성스럽고 우애가 있습니다. 온순하고 인자하며 부지런히 공부하는 것이 세자가 되기에 부족함이 없다고 사료됩니다."

"화(禍)나 복(福)은 자기 자신이 만드는 것이란 옛말이 있지요."

이렇게 하여 군신의 의견이 일치한 가운데 양녕대군이 폐해지고 충녕대군이 세자로 정해졌다.

그달 17일, 세자 책봉식이 거행되었다.

태종과 중전 원경왕후가 경복궁의 정전으로 나왔다. 세자가 될 충녕대군과 세자빈이 될 심씨도 함께 정전으로 나왔다. 만조백관이 좌우로 시립하였다.

아악이 경건히 흘러 엄숙한 분위기를 만들었다.

"세자를 새로 세워 백성들의 마음을 안정시키는 것은 실로 중대한 일이다."

태종이 근엄한 목소리로 선지(宣旨)를 읽어 내렸다.

"어진 사람을 골라서 나라의 근본을 바르게 하는 일은 지극히 공정하게 해야 할 것이다. 충녕대군 도는 너그럽고 정중하며, 효성스럽고 겸손하다. 사랑과 존경으로 부모를 섬기니 나랏일을 맡길 만하다."

태종의 선지는 계속되었다.

"세자빈 심씨는 아름다운 성품을 타고 났으며 몸가짐이 단정하다. 늘 조심하고 두려운 마음을 간직하여 부녀의 도리에 충실하니 경빈으로 책봉한다. 부디 남편을 도와 조회에 늦을세라 언제나 부지런함을 다해 계명의 도(鷄鳴之肋, 어질고 현명한 왕비의 도움)를 다 해야 하느니라."

태종은 선지를 마치고 책봉문과 금인장을 내려 주었다.

세자 충녕 또한 글을 지어 올렸다.

"신 도는 식견이 얕고 천품도 어리석어 부모를 섬기고 공손히 받드는 도리를 잘 알지 못합니다. 부왕의 은혜가 갑자기 신의 몸에 미칠 줄이야 어찌 생각이나 했겠습니까."

신임 세자 충녕의 목소리가 가늘게 떨렸다.

"전하의 당부가 가볍지 않다는 것을 생각하고 훈계를 받들어 영원토록 잊지 않겠습니다."

세자 충녕은 책봉식이 끝난 후 대소 신료들의 하례를 받았다.

충녕은 갑작스러운 세자 책봉에 어리둥절할 뿐이었다. 형 양녕이 부왕에게 쫓겨난 지 며칠 되지도 않아 자신이 덜렁 세자가 되다니, 어디론가 떠밀려가고 있는 듯한 불안감을 떨칠 수가 없었다.

책봉식이 끝나고 세자가 종묘에 고하고 오는 사이, 태종은 전국 죄수들에 대한 대 사면령을 내렸다. 그리고 임금 태종은 세자와 지신사 이명덕, 대언들과 함께 개성 수창궁으로 갔다. 큰일을 한 뒤 앞날을 깊이 구상하기 위해 옛 터를 찾은 것 같았다. 함께 봉행하는 세자는 부왕이 무엇인가 구상을 하고 있다는 것은 어렴풋이 짐작했지만, 그 일이 무슨 일인지는 확실히 알 수 없었다. 그러나 심상치 않은 분위기는 느낄 수 있었다.

임금과 세자는 개경 지남산에서 사냥을 즐기고 궁터에서 활도 쏘면서 며칠을 보냈다.

어느 날 좌대언 원숙, 좌부대언 성엄이 있는 자리에서 태종은 놀랄 만한 말을 꺼냈다. 세자는 그 자리에 없었다. 하루 전날 태종이 종묘에 참배하라며 세자를 먼저 서울로 보냈기 때문이다.

"내가 경복궁에 너무 오래 앉아 있는 것 같소."

대언들은 임금이 보위를 물려줄 생각을 하고 있다는 것을 눈치챘다. 그들은 임금 앞에 부복하면서 말했다.

"전하, 청천의 벽력입니다."

"뜻을 거두시옵소서. 천부당만부당합니다."

원숙이 땅을 치면서 눈물을 흘렸다.

대언들이 너무 당황하고 펄쩍 뛰면서 울고불고하는 바람에 태종은 서둘러 수습했다.

"이 말은 서울에 돌아가서도 입 밖에 내지 마시오."

8월 8일. 추석을 며칠 앞두고 벼가 익어갈 무렵이었다. 태종이 개경에서 서울로 돌아왔다. 환궁한 날 오후, 경회루 누각에 앉아 만개한 연꽃을 감상하며 깊은 생각에 잠겨 있던 태종은 갑자기 지신사 이명덕과 좌우 대언을 불렀다.

대언들이 들어서자 임금 태종은 천천히 입을 열었다.

"과인이 왕위에 오른 지 벌써 19년째가 되었군."

임금이 무슨 말을 하려는지 금세 알아차린 원숙이 황급히 부복하면서 입을 열었다.

"전하……."

"좌대언은 내 말을 더 들으라."

태종은 원숙의 입을 막은 뒤 말을 계속했다.

"그 긴 세월 동안 밤낮으로 조심하고 두려워하면서 편히 지내지 못했다. 하늘의 뜻에 보답하지 못해서 여러 차례 재변(災變)을 당하기도 했다. 올해 들어서부터 과인의 병이 더욱 심해지는 것 같아 세자에게 자리를 내주려고 한다."

놀란 지신사와 대언들이 임금 앞에 엎드려 목청껏 청했다.

"전하, 아니 되옵니다. 어의를 거두시옵소서."

"더 이상 거론하지 말고 어서 보평전에 가서 세자를 모시고 오너라."

그러나 아무도 일어서지 않았다.

"거기 최 내관 없느냐? 빨리 가서 세자를 모시고 오너라. 그리고 상서사에 가서 옥새를 가지고 오너라."

내시들이 걸음을 재촉해 보평전으로 상서사로 달려갔다. 그러나 세자는 전갈을 받고 황망히 앉아 있을 뿐 선뜻 나서지 않았다. 임금이 여러 내관을 다시 보내 세자를 불렀지만 오지 않았다.

세자는 한참만에 임금 태종이 있는 경회루가 아니라 어머니 원경왕후가 있는 내전을 찾아갔다.

"세자가 웬일이오?"

원경왕후가 일어서서 세자를 맞았다.

"어마마마, 이 일을 어쩌면 좋습니까."

"세자, 무슨 일이오?"

"아바마마께서 저한테 보위를 넘겨준다고 하십니다. 이런 청천벽력이 어디 있습니까!"

"뭐라고요? 또 일을 벌이려는 거군. 보위를 잇는 게 문제가 아니오."

"예?"

"부부인 심씨 집안을 거덜내고 싶어서 그러는 거요."

원경왕후의 말을 들은 세자는 이때만 해도 어림없는 이야기라고 생각했다.

"세자 저하, 전하의 독촉이 불같습니다."

내관들이 내전까지 쫓아와서 세자를 독촉했다.

한편 태종이 양위하려 한다는 소식을 들은 의정부와 육조의 대신들, 삼군 총제들과 육대언 등이 대궐문을 밀치고 들어와 경회루를 에워쌌다. 이들은 하늘을 부르고 통곡하며 외쳤다.

"아니 되옵니다, 전하."

"어의를 거두시옵소서."

"전하, 통촉하시옵소서."

몰려든 신료들은 상서사 관원이 받들고 오는 옥새함을 경회루로 가지고 들어가지 못하게 막았다.

"임금의 명을 신하가 이행하지 않는 것이 무슨 군신의 도리인가. 지신사는 속히 어보를 가지고 오지 못하겠는가."

태종이 벌떡 일어서 아우성치는 대소 신료들을 향해 목청껏 하명을 했다. 지신사 이명덕이 하는 수 없어 옥새를 받들고 임금의 용상 옆의 상위에 내려놓았다. 옥새가 이동하자 신료들은 더욱 큰 소리로 통곡하기 시작했다.

"세자는 왜 아직도 대령하지 않는가!"

태종은 용안이 붉어지도록 화를 냈다.

그 와중에 세자가 들어왔다. 세자는 신료들 틈을 헤치고 경회루 단위로 올라가 임금 태종 앞에 엎드렸다.

"이것 받으시오. 주상!"

임금이 세자의 소매를 잡아 일으켜 세운 뒤 옥새 상자를 불쑥 내밀었다. 세자가 엉겁결에 받아서는 다시 상 위에 올려놓았다.

"아바마마, 아니 되옵니다. 소자는 절대로 이 대보(大寶)를 받을 수 없습니다. 어의를 거두시옵소서."

"어보는 이미 주상에게 넘어갔소. 더 이상 논의를 마오."

태종은 일어서 신료들의 아우성을 뒤로 하고 경복궁 대전으로 들어가 버렸다. 신료들은 다시 떼를 지어 대전 앞에 몰려가 통곡하며 엎드렸다. 세자도 태종을 따라 대전으로 들어갔다.

임금 태종은 내시 최환을 시켜 대소 신료들에게 전언했다.

"전하께서는 이미 임금과 마주 앉아 계시니 경들은 더 이상 말 하지 말고 모두 돌아가서 정사를 보라고 하셨습니다."

대전에 잠시 머물던 태종은 벌떡 일어나 어가를 준비하게 했다. 태종은 통곡하는 신료들을 뒤로 두고 경복궁을 나서 양녕대군이 쓰던 연화방 수강궁으로 향했다. 통곡하는 신료 행렬은 어가를 따라 수강궁까지 가서 다시 궁 뜰에 부복했다. 세자도 옥새를 직접 들고 임금 태종을 따라 들어가 앞에 바치고는 엎드렸다.

"아바마마, 거두어 주십시오."

밤이 깊어지도록 세자는 물러나지 않았다.

"내 속마음을 털어 보인 것이 두세 차례나 되는데 어찌하여 주상은 내게 효성하려고는 생각 않고 이러시오."

태종은 세자를 일으켜 세워 손을 잡고 밖으로 나왔다. 태종은 캄캄한 하늘에서 반짝이는 북두칠성을 가리켰다.

"내 북두칠성을 두고 맹세하건대 절대 마음을 바꾸지 않을 것이오. 그러니 옥새를 가지고 경복궁으로 돌아가시오."

세자는 하는 수 없이 옥새를 지신사 이명덕에게 받들게 하고 경복궁으로 돌아갔다. 동궁 내실에서 소식을 들어 알고 있던 부부인 심씨는 기쁨과 불안이 섞인 착잡한 마음으로 세자를 맞이했다.

이튿날 태종이 다시 경복궁으로 들어오자 대소 신료들은 구름처럼 경복궁으로 몰려왔다. 궁으로 돌아온 임금 태종은 내관 최한을 시켜 어가와 왕의 의장을 모두 세자한테 보냈다. 동궁에 있던 세자는 세자의 조복인 검은 곤장과 푸른 양산을 드리우고 부왕을 만나러 가기 위해 출발하던 참이었다.

"세자 저하, 전하께서 제왕의 의장을 갖추고 오지 않으면 만나지 않겠다 하시옵니다."

허겁지겁 달려온 최한이 태종의 강경한 뜻을 전했다.

세자는 하는 수 없이 붉은 곤장과 붉은 양산을 펴게 하고 경복궁으로 나아갔다.

"아바마마, 아바마마의 춘추 아직 정정하시고 덕이 한참 높이 올라가 있는데 어리고 미욱한 소자에게 자리를 넘겨주려고 하시니 놀랍고 황공하기 짝이 없습니다. 나라의 큰일을 천자에게 알리지도 않고 어찌 시행할 수 있겠습니까? 중앙과 지방의 모든 신료 백성이 놀라고 있습니다. 바라건대 종묘사직과 만백성을 생각하시어 뜻을 거두어 주소서."

세자가 간곡히 사전(私箋)을 올렸다. 밖에서 신하들이 통곡하는 소리가 대전에까지 들려 왔다.

"성이 다른 사람에게 자리를 물려주는 것도 아니고, 아비가 자식에게 자리를 넘기는데 무엇 때문에 이리들 난리를 부리는가."

태종은 조금도 굽히지 않았다. 태종은 흔히 익선관이라고 부르는 충천각모(衝天角帽)를 마주 앉은 세자의 머리에 직접 씌워 주었다.

"나이도 어리고 어리석어서 큰일을 감당할 수 없다고 지성으로 아뢰었으나 승낙을 받지 못했습니다."

세자가 대전 문밖으로 나와 대신들에게 말했다.

세자가 왕만 쓰는 익선관을 쓰고 있는 모습을 보는 즉시 대신들의 통곡이 뚝 그쳤다. 대신들은 모두 세자 앞에 엎드렸다. 그제야 소동이 진정되었다.

이어 태종이 의정부 정승들을 불러들였다.

"새 임금이 나이가 더 드실 때까지 군사에 관한 것은 내가 직접 처리할 것이오. 그 외 처리하기 어려운 임금의 정무는 그때그때 의정부나 육조에서 옳고 그름을 함께 의논할 것이오. 나도 그런 의논에는 참여할 것이오."

태종이 대신들을 안심시키려고 했다.

"이제야 전하의 의도를 알겠나이다. 청컨대 반포문으로 전하의 뜻을 알려 백성들의 속마음을 시원하게 하시옵소서."

임금 태종은 예조판서 변계량에게 반포문을 지으라고 일렀다.

"병조 당상관은 다 나를 따르고 승지들은 주상을 따라갈 것이다."

"승지들도 반반으로 나누면 어떻겠습니까?"

박은이 말했다.

"승지는 원래 임금과 같이 있어야 하는데 어찌 반씩 나눌 수 있겠는가."

태종은 고개를 흔들었다.

이튿날, 태종 18년(1418) 8월 10일. 경복궁 근정전에서 조선 제4대 왕인 세종의 즉위식이 거행됐다.

새 임금이 면류관과 강사포 차림으로 나왔다. 소헌왕후도 왕비의 예복을 입고 나란히 걸어 나왔다. 주상 양위의 좌우에는 임금을 호위하는 관원과 임금의 신변을 지키는 내관이 시립(侍立)하여 위엄을 갖추었다.

뜰에는 예복을 입은 문무 대소 신료들이 품계나 신분 등에 따라 엄숙한 표정으로 시립했다. 성균관의 유생들과 회회족(아랍인)의 노인들, 중요 사찰의 승려들도 모두 참여했다.

즉위식에서 상왕인 정종은 태상왕으로, 태종은 상왕으로, 원경왕후는 대비로 높이 받들어졌다. 조선 역사상 가장 위대한 왕인 세종 장헌대왕이 이렇게 해서 탄생하였다. 이때 임금 세종의 나이는 스물둘이요, 소헌왕후는 스물넷이었다.

아우만한 형이 없다

세종의 즉위년이며 태종의 마지막 연대인 태종 18년은 소헌왕후의 한을 품은 채 무겁게 지나가고, 새해가 찾아왔다.

그러나 이듬해는 새해부터 사건, 사고로 어수선했다.

새해 들어 첫눈이 내리자 대신들이 임금 세종을 찾아와 서설이 왔다고 경하 인사를 하였다. 그러나 임금은 받아들이지 않았다.

"겨울에 우뢰가 울고 지진까지 났는데 재앙을 두려워할 줄 알아야 하오. 모두가 하늘을 두려워할 줄 알고 경건한 마음을 가지도록 하시오."

그러나 상왕 태종은 첫눈을 봉지에 담아 태상왕 정종에게 약이라

속이고 보냈다. 그것을 모르고 받으면 반드시 잔치를 열어야 하는 것이 고려 때부터 내려온 풍속이었다.

지난해에 옥사도 많았지만 흉년이 들어 백성들의 삶이 고달파지고 국고도 얇아졌다. 장차 사직을 이끌어갈 책임이 있는 임금 세종은 근심이 태산 같았다. 나라와 백성들의 살림이 넉넉지 못하다 보니 지방 관속 중에서 나라 재산을 축내고 도망가는 사례가 곳곳에서 발생했다. 사헌부나 육조에서는 연일 불미한 보고와 상소가 잇달아 올라왔다. 연초 대구에서는 대규모 지진이 일어나 희생이 컸다는 보고도 들어왔다.

흉년의 뒤끝이라 그런 지 별일이 다 생기기도 했다. 평주 지사 평득방이란 자가 딸을 태종의 매부인 이등의 아들 이선과 약혼시켰으나, 살림이 풍족하지 못하고 가난에 찌든 집안과는 혼인할 수 없다고 하며 혼약을 깨버렸다.

"세상 인심이 아무리 각박해도 사람의 도를 저버리면 아니 된다. 이선의 어미가 비록 천출(賤出)이기는 하나 그런 연유나 가난이 죄가 될 수는 없는 일이다."

보고를 받은 임금은 신의를 저버린 평득방을 의금부에 하옥하고 문초하라는 선지를 내렸다.

세종이 재위 중에 실현시키기 위해 애를 쓴 인본주의 사상이 이때부터 싹트기 시작했다.

세종은 민심을 수습하고 백성들이 편히 생활하기 위해서는 아주 사소한 것도 살펴야 한다고 육조에 지시했다.

"어려운 때에는 사치부터 버려야 한다. 금은으로 만든 그릇은 모두 회수하고 호조에서는 그 값을 계산하여 주도록 하라."

또한 사헌부의 건의를 받아들여 기생들의 머리장식에 금과 은을 사용하지 못하게 하였다.

"작년에 수확이 전혀 없는 전답은 엄정하게 조사하여 세미(稅米)를 전액 탕감하도록 하라."

이때 세종 평생의 정책 가운데 하나인 금주 운동도 시작되었다.

"흉년이 들어 백성들의 식량이 넉넉하지 못하다. 조정은 물론 각 전(殿)에서는 공식적인 제사, 손님 접대 외에는 공사를 막론하고 술을 쓰지 못하도록 하라."

부분적이기는 하지만 어명으로 내려온 금주령이 이렇게 시작되었다. 사헌부의 건의에서 비롯된 것이었다. 금주령은 세종이 재위하는 동안 꾸준히 강화되어 갔으며 재위 32년 2월에는 마침내 전국에 금주령을 내렸다.

사치와 근검절약에 대한 조정의 논의는 계속되었다. 그중에서도 상왕 태종이 즐기는 사냥놀이를 두고 논쟁이 수시로 일었다. 사냥은 태조가 무술을 단련하는 방편으로도 즐겨 활용하였으며 태종과 양녕대군도 무척 좋아했다.

어느 날 조회 중에 이 문제로 대신들 간에 논쟁이 벌어졌다.

"지난해는 흉년이 심했습니다. 올해는 단단히 준비하여 농사를 잘 일구어야 할 줄로 아룁니다. 헌데, 농사 시작이 얼마 남지 않았는데 상왕 전하께서 올해 두 번째 사냥 행차를 하신다고 하니 삼가시도록 여쭙는 것이 좋겠습니다."

영의정 유정현이 화두를 꺼냈다.

"상왕 전하께서 거년(去年) 봄부터 울적하여 그러십니다. 상왕 전하는 군사 일을 맡고 계시니 갑사들의 단련과 관계있는 일이기도 합니다. 사냥이 꼭 사치스러운 놀이만은 아니고 군사들의 심신을 단련하는데 큰 도움이 되는 일이기도 합니다."

좌의정 박은이 완만한 논리로 반박했다.

"상왕 전하께서 무사를 강습하는 것은 당연한 일입니다. 그러나 주상 전하께서 사냥으로 어찌 농사를 방해할 수 있겠습니까. 통촉하시옵소서."

유정현이 다시 박은의 말을 받았다.

"매양 사냥 행차를 하시는 것도 아니고 한번쯤 가시는 것이 무슨 해가 있겠습니까?"

"좌의정이 상감께 사냥을 권장하다니 대신의 도리가 아니오!"

유정현의 말에 박은도 물러서지 않았다. 얼굴을 붉히며 대들었다.

"끝내 못하시게 하겠다는 겁니까?"

임금은 아무 말도 하지 않고 듣고만 있다가 입을 열었다.

"병조판서는 어떻게 생각하시오?"

조말생이 정승들의 얼굴을 한 번씩 곁눈질하고는 한참 만에 말을 꺼냈다.

"가시는 것도 무방하다고 사료됩니다."

논쟁을 전해들은 상왕 태종이 결론을 내렸다.

"사냥 길에서는 절대 농민을 부리지 말라. 동원 인원도 줄여 방패 5인, 재인과 화척(禾尺) 백 명으로 하고, 군사 훈련에 참가하는 갑사 및 시위대와 대소 관원은 모두 열흘 동안 먹을 양식을 가지고 다니도록 하라."

화척이란 귀화한 여진족이나 그 후예들로 버들백정, 소백정 등 천민을 일컫는다. 결국 이 일은 조정에서 사냥이 금지해야 할 일은 아니라는 유권 해석을 내린 것이었다.

연초의 어려움은 그뿐이 아니었다. 심온의 곁가지를 겁낸 대신들도 꾸준히 임금을 괴롭혔다.

"역적 심온의 종사관 우승범과 하도, 송석립 등에게 형벌을 내려 죽게 하시옵소서. 이들은 조충작이 심온을 극비리에 잡아 오라고 한 기밀을 누설시킨 것을 알고도 그를 고발하지 않았습니다."

대간들의 이러한 상소는 죽은 심온이 혹시 복수라도 할까봐 두려워서였다.

세종은 하는 수 없이 이들을 의금부에 하옥시켰다. 심온과 친인척 관계에 있거나 심온이 추천한 대소 관원들이 굴비 엮이듯 잡혀 왔다.

의정부에는 또 다른 상소를 올렸다.

"예로부터 군왕이나 부모에 대한 불구대천의 원수는 한 하늘 아래 살 수 없다고 하였습니다. 방간 부자와 박만, 임순례, 신효창, 정용수 등은 반역 죄인으로 용서받을 수 없습니다. 또한 이숙번, 이직은 상왕 전하의 은혜를 저버렸으니 한 하늘 아래 살 수 없는 원수들입니다. 허물을 가려내어 벌을 주는 선지를 유사에 내려 윤리와 도덕을 바로잡게 하소서."

방간은 태조의 넷째 아들로 태종의 바로 위의 형이다. 정종 재위 중에 개경에서 상장군 박포의 꾐에 빠져 정안군 방원을 치고 왕권을 쥐려는 계략을 세워 난을 일으켰다. 그러나 이숙번 등을 앞세운 태종, 정안대군에게 패하여 도주하다 잡혔다. 태종은 박포를 참형에 처했으나 회안군 방간은 죽이지 않고 토산으로 유배하였다.

이숙번은 개국 초 무인년(1398), 왕권 계승에 불만을 품은 정안대군이 세자 방석과 정도전 등을 칠 때 앞장서서 큰 공을 세웠다. 이로써 정난공신으로 대우받아 벼슬이 우찬성에 이르렀다. 그러나 자기의 공을 믿고 방자하게 처신하여 대신들의 빈축을 샀다. 마침내 태종의 눈에 나서 변방으로 유배당하여 쓸쓸히 지내고 있었다.

유배지에 있는 이들에게 형을 더하자는 소가 올라온 것이다. 이에는 세종도 난색을 표했다. 태종마저 이 문제를 더 거론하지 말라고 역성을 들고 나서 방간과 이숙번 등은 목숨을 부지할 수 있었다.

천지에 새순이 파릇파릇 돋아나고 봄기운이 솟아나는 2월 말이었다. 임금 세종이 양평 지방에 행차했다. 그곳 행궁에 뜻밖에 양녕대군이 찾아왔다.

"신이 이곳 민가에 머물러 한잔하고 있다가 전하가 지나간다는 전갈을 받고 급히 뵈러 왔습니다. 용서하십시오."

세종은 어가에서 훌쩍 내려 양녕의 손을 덥석 잡았다.

"형님, 반갑습니다. 어쩌면 그렇게 무심하십니까. 조정에서는 아직도 형님을 찾느라고 고생들 하고 있습니다."

"신이야 바람처럼 물결처럼 떠도는 자유민 아닙니까?"

"그 이전에 종실의 막중한 임무를 지니신 왕손이시지요."

"허허허. 주상 전하도 참. 신은 그것이 싫어 이러고 다니는 것이랍니다. 제발 종실이나 조정에서는 이제 저를 그냥 백성 중의 한 사람으로만 봐 주시지요. 허허허."

양녕은 호탕하게 웃고는 말을 이었다.

"실은……. 신이 여기 온 것은 주상 전하께 특별한 청이 있어서입니다."

"청이라니요? 어서 대궐로 돌아가 편안히 이야기하시지요. 형님 뵙기가 너무 어려워 우애가 엷어질까 두렵습니다."

이어서 임금이 수행한 대언들을 보고 말했다.

"무엇들 하느냐? 대군을 모시고 궐로 돌아갈 차비를 하여라."

"아, 아닙니다. 기왕 나오셨으니 신과 함께 사냥이라도 하루 하고 가시지요, 주상."

"사냥, 술, 여자, 노래, 춤을 좋아하지 않으면 형님이 아니시지요. 좋습니다. 함께 사냥을 하시지요."

임금은 종실의 근심거리인 형님을 달래기 위해 마음에 없는 사냥길에 같이 나섰다. 양녕의 활 솜씨, 말 타는 솜씨는 임금을 훨씬 능가했다. 노루 두어 마리를 잡고 잠시 숨을 고르는 사이 양녕이 웃으며 말했다.

"주상, 드릴 말씀이 있다고 했지요."

"말씀하시지요. 형님답지 않게 무척 뜸을 들이십니다. 허허허……."

임금은 양녕이 편하게 말할 수 있도록 짐짓 즐거운 표정으로 한바탕 크게 웃었다.

"나를 따라 다니는 별장(別將) 한 놈이 있는 것을 주상은 아시지요. 말이야 나를 보호하기 위해 주상이 붙여 놓았다고 하지만 실은 감시원 아닌가요."

"감시원이오? 허허허, 그래서 어떻게 되었습니까?"

"이놈이 그림자처럼 붙어 다녀서 어디 마음껏 놀 수가 있어야지요. 더구나 주상이 공식 행사 외에는 금주령을 내려놓았으니 술 한 잔 입에 댈 수도 없고요."

임금은 양녕대군이 점점 난처한 이야기로 끌어들이고 있다는 생각이 들었다.

"그래서요?"

임금은 그래도 말을 재촉했다.

"며칠 전 어느 허술한 민가 사랑방에서 자다가 별장과 관아에서 나온 파수꾼들을 따돌리고 혼자 내빼버렸지요."

"허허, 그래서요?"

"혼자 튀어나와 돌아다니니 정말 살 맛 나는 딴 세상 만난 것 같았습니다. 지나가는 짐꾼 짐도 져주고 주모 앞에서 춤도 추어 술도 한 잔 얻어먹고, 동네 유부녀에게 수작 걸어……."

"형님, 그 이야기는 그만 하시고요."

"그러지요. 그런데 온 조정이 발칵 뒤집혀 또 나를 찾아다닌다는 풍문을 들었어요. 가만히 생각해 보니 그런 소동이 났는데 나를 놓친 별장 놈이 어찌 되지는 않을까 슬며시 걱정이 되었어요. 미우나 고우나 몇 달 동안 나를 따라다니며 못 마시는 술 상대해주고, 못 추는 춤 춰주며 죽을 고생을 다 한 별장이 나를 놓친 죄로 목이나 달아나지는 않나 하고 말입니다. 주상께 사정해서 이놈 목숨 좀 살려달라고 부탁하러 제가 훨훨 날아다니는 홀몸을 포기하고 이렇게 현신하였습니다."

임금이 근수 별장의 일을 묻기 위해 대언을 불렀다. 그리고 문죄하지 말라는 지시를 내렸다.

"전하, 아뢰옵기 황공하오나 별장은 이미 죽었습니다."

"뭐라고? 과인이 언제 죽이라고 했던가?"

임금과 양녕이 함께 놀랐다.

"그게 아니오라, 잘못을 감당하기 어려웠는지 자결했습니다."

"에이. 불쌍한 것. 모두 내 탓이로다."

양녕이 주먹으로 땅바닥을 쳤다.

경복궁으로 돌아온 임금은 내전에서 양녕대군과 함께 영추문 앞뜰로 나갔다. 경회루의 기둥 밑에 이는 잔잔한 물비늘을 보며 임금과 양녕은 오랜만에 우애를 나누었다.

"아바마마가 욕심이 많아 주상이 힘든 일이 많다는 것을 잘 알고 있습니다. 아바마마가 병권을 내놓지 않은 중요한 이유를 주상은 아시오?"

임금이 걸음을 멈추고 양녕을 쳐다보았다.

"아바마마께서 주상을 세자로 책봉하기 전에 중신들에게 이렇게 이르셨답니다. '양녕의 성정은 믿을 수 없다. 다른 형제가 왕이 되면 필경 군사를 일으켜 사직을 어지럽힐 것이다. 그렇게 되면 다른 왕자들도 모두 군사를 거느리고 골육상쟁을 하게 될 것이다.' 그러시면서 정릉을 파묘할 때 꺼낸 신덕왕후 유물인 천축국 비취를 꺼내 보셨다고 합니다."

신덕왕후라 하면 무인정난 때 태종에게 죽임을 당한 세자 방석의 모후이며 태조의 왕비인 강비를 가리키는 말이다. 태조는 먼저 간 왕후 강비를 못 잊어하며 도성 안에 능을 만들었다. 이것이 정릉이었다. 그러나 강비에게 원한이 있던 태종은 재위 9년(1410) 되던 해에 능을 파묘시켰다. 그리고 능에 사용되었던 석물로 광통교 다리를 만들어 뭇 백성이 밟고 다니게 하며 수모를 주었다. 태종은 능을 옮기면서 원래의 능에서 나온 비취 불상을 종실 내에 다시는 골육상쟁이 없도록 하는 신표로 삼아 후손 대대 남기려고 한 것이었다.

"설마 아버님이 진정 그리 생각하시겠습니까. 형님께 다른 뜻이 없는 것은 잘 알고 있습니다."

"그것은 그래요. 전하는 내 덕택에 보위를 차지한 것이오. 내가 만약 왕이 되겠다고 고집을 했다면 오늘이 있지 않았을 것이오."

"형님, 보위라는 것이 바늘방석보다 더 괴로운 자리라는 것을 통감하고 있습니다."

임금 형제는 천천히 발걸음을 옮기며 대화를 했다.

"장인이 저렇게 유형(流刑)의 고생을 하고 있으니 형님께서도 마음이 어디 편하겠습니까."

임금이 양녕대군의 장인 김한로의 일을 두고 위로했다.

"아니오. 주상과 중전의 일에 어찌 비교하겠습니까. 두 전하의 아픈 가슴은 내가 잘 알고 있소. 친정이 없는 중전이 이 세상을 어찌 원망하지 않겠습니까."

형의 위로에 말없이 땅만 내려다보고 있던 임금이 말을 돌렸다.

"궁궐로 돌아오셨으니 상왕 양 전하께 문안을 가시지요. 부모 마음은 다 같아 얼마나 걱정을 하고 계셨는지 모릅니다."

"아니오. 다음날 천천히 가겠소."

양녕은 고개를 설레설레 흔들면서 말을 이었다.

"그보다…… 주상, 이제 그 매섭던 겨울이 가고 천지에 봄기운이 돋고 바야흐로 만물이 생기를 되찾는 봄이 오고 있습니다. 신의 소원은 서경에 가서 대동강 풍광을 한번 즐기는 것이온데 윤허하여 주십시오. 평생에 말만 들었지 가보지 못한 곳이 서경입니다."

참으로 못 말릴 형이었다.

"혹시 대동강 풍광보다는 색향(色鄕) 평양을 염두에 두신 것 아니십니까?"

정곡을 찔린 양녕은 히죽이 웃었다.

"절대로 여색을 탐해서 올린 말씀이 아닙니다. 시원한 강물을 바라보며 일필휘지 시나 한 수 읊을까 해서입니다."

거짓말인 줄 뻔히 알면서 임금이 말했다.

"형님. 저하고 약조만 단단히 하신다면 서경 행차를 눈감아 드리겠습니다."

양녕이 귀를 쫑긋하며 임금을 건너다보았다.

"술과 여색을 절대 가까이 않고 묵향(墨香)에만 묻혀 대하(大河) 산천을 즐기고 오신다면 가시게 하고말고요."

양녕은 임금에게 단단히 약조하고 소망하던 평양으로 갔다. 평안감사의 알선으로 객사에 숙소를 두었다.

평양이 고도라 명승 유적이 많기는 했으나 그것도 하루이틀이었다. 몇 날이 흐르자 양녕은 슬슬 지겨워지기 시작했다.

그러던 어느 날 밤이었다. 객창 밖으로 달빛에 드리운 나뭇가지를 시름없이 보고 있자니 술 한 잔 생각이 간절히 났다. 그러나 임금과 약속한 바가 있어 양녕은 감히 어쩌지를 못했다.

그 때였다. 어디선가 거문고 소리와 함께 여자의 낭랑한 노래가 들려왔다. 양녕은 슬그머니 일어나 노래 소리를 따라가 보았다. 노래는 관아의 다른 객사에서 흘러나왔다. 창호 문에 여인의 그림자가 어른거렸다.

양녕은 참지 못하고 방문을 열고 들어갔다. 아닌 밤중에 건장한 남정네의 기습 방문을 받은 여인은 놀라 벌떡 일어났다.

"야심한데 뉘시오. 아녀자의 방에 무례를 저지르다니요."

여인이 앙칼지게 말했다.

"놀라지 마시오. 나는 평안감영에 머물고 있는 양녕이오. 나도 모르게 그만 선율에 미혹되어 오게 되었소."

여인은 크게 놀라 양녕에게 절을 했다.

"소녀는 평양 관아의 관기 삼월이라 하옵니다. 알아뵙지 못해 송구하옵니다."

양녕이 그제야 여인을 찬찬히 뜯어보았다. 백옥 같이 흰 피부에 이목구비가 선명했다. 버들가지 허리에 고운 어깨선이 양녕의 뜨거운 가슴을 파고들었다.

"서경이 색향이라더니 과연 너 같은 미인을 만나게 되는구나. 노래를 다시 들어 보자꾸나. 이럴 때는 약주 한잔이 딱 제격인데."

양녕이 삼월을 흘깃흘깃 보며 말했다.

"큰일나옵니다. 상감마마께서 아시면 소녀는 목숨을 부지하지 못하옵니다."

"하지만 우리 둘이만 알고 어떻게 안 되겠나?"

그 이튿날 밤도 양녕은 삼월이의 방을 찾았다. 그리고 쥐도 새도 모르게 술과 노래와 더불어 달콤한 사랑을 나누며 세월 가는 줄을 몰랐다.

드디어 임금과 약조한 날이 다 되어 양녕은 삼월이와 이별을 하게 되었다.

"나리, 소녀도 서울로 데려간다고 약조하지 않으셨습니까? 소녀 따라가겠습니다."

양녕은 매달리는 삼월이에게 이 다음에 꼭 데리러 오겠다고 헛말을 하고는 훌훌히 평양을 떠나 서울로 돌아왔다.

임금은 양녕이 돌아온 것을 환영하며 경회루에서 연회를 열었다. 연회가 한창 무르익을 무렵 아름다운 여인이 거문고를 들고 들어와서 방긋이 웃었다. 그 여인을 쳐다보던 양녕이 기겁을 했다.

"아니, 너는 삼월이가 아니냐. 네가 여기 웬일이냐?"

양녕이 크게 당황하여 어쩔 줄을 몰랐다. 그 모습을 보고 임금이 껄껄 웃었다.

"하하, 형님. 어째 그리 놀라십니까?"

같이 있던 대신들도 모두 박장대소하며 웃었다. 양녕만이 영문을 모르고 있었다.

"형님, 형님이 떠난 뒤 이 아우가 평안감사한테 몰래 밀지를 보내어 형님이 눈치채지 못하시게 즐겁게 해드리라고 했습니다. 형님을 속인 이 아우를 용서하십시오."

양녕은 얼굴이 벌개지며 뒤통수를 손으로 만졌다. 대신들과 대언들이 다시 경회루가 떠나가도록 웃었다.

이 불효를 어찌하오리까

해가 바뀌어도 소헌왕후 심씨의 가슴에 맺힌 한은 조금도 수그러들지 않았다. 자결한 아버지는 오히려 저 세상에서 편안히 지낼 것이란 생각이 들지만 어머니는 아직도 제주 관아에서 관비로 온갖 험한 일을 하고 계실 것이라 생각하니 왕비가 된 것이 얼마나 한스러운지 모를 일이었다. 불효도 이런 불효가 없다고 생각했다.

남편인 세종이 중전의 비통한 마음을 모를 리 없었다. 어느 날 임금이 안쓰러운 눈길로 왕후를 바라보며 말했다.

"중전, 오늘 육조에 일러 빙모님을 제주에서 풀려나게 하였소. 서울 옛집에 와서 살도록 조치하라고 일렀소."

임금의 말을 들은 중전은 가슴이 메어 말을 못했다. 그러나 임금에게 고맙다는 생각보다 걱정이 앞섰다.

"전하, 소첩 기쁨으로 감읍하옵니다. 이제 어머니가 조금은 편하게 사시겠군요. 하지만 삼성, 육조에서 대신들이 벌떼처럼 일어나지 않겠습니까. 또 상왕 전하께서 무슨 질책을 내리실지 두렵습니다."

"너무 심려치 마오. 내 이 일만은 꼭 관철시킬 것이오."

세종이 굳은 의지를 보였다.

과연 이튿날부터 사간원, 사헌부에서 상소가 빗발쳤다.

"주상 전하의 어명은 천부당만부당하오니 선지를 거두어 주소서."

"역적의 딸인 중전 심씨를 벌주어야 할 일인데 그 친정어머니를 관노에서 풀어 주시다니 크게 잘못된 일이라 사뢰옵니다."

그러나 이번에는 상왕도 아무 말이 없었고 임금도 모르는 척했다.

중전의 어머니 안씨는 풀려나 서울 옛 집으로 돌아왔다. 역적의 집이라 하여 아무도 돌보지 않은 본가는 허물어져 폐허가 되어 있었다. 안씨는 집안 구석구석 비명에 간 남편의 흔적이 묻어 있는 것 같아 기둥을 붙들고 하염없이 눈물을 흘렸다.

중전은 어머니가 서울 집으로 돌아온 것을 알고 나니 더욱 보고 싶어졌다. 중전이 어머니가 그리워 날마다 몰래 우는 것을 안 세종은 가슴이 아팠다.

그러던 어느 날이었다.

"중전, 다음 달이 전 좌의정 안천보 대감의 생신이라 하더군요."

"예, 한 상궁이 그렇게 알리더군요."

안천보는 중전의 외할아버지, 즉 친정어머니 안씨의 아버지였다.

"중전에게는 외조부가 되시니 생신에 참여함직도 하지 않소?"

중전은 세종의 말이 무슨 뜻인지 금방 알아차렸다. 자신을 애틋하게 생각하는 임금의 따뜻한 마음씨가 너무도 고마웠다. 외할아버지의 생신에 가면 친정어머니가 와 있을 테니 서로 만날 수 있으리라는 것이 임금의 생각이었다.

"전하, 참으로 성은이 망극하옵니다."

중전은 또 눈물을 흘렸다.

외할아버지 안 대감의 생신날 중전은 정식으로 임금의 윤허를 받아 경복궁 밖으로 행차했다. 행렬이 지나갈 때 연도에서 부복한 백성 중에는 중전을 불쌍히 여겨 눈물을 흘리는 사람도 있었다.

소헌왕후가 외가 집에 도달했을 때 외할아버지 안천보는 대문 밖에서 부복하고 맞이했다.

"중전마마, 이 누추한 곳까지 행차하시어 광영이로소이다."

"외조부님, 그간 강녕하신지요."

"중전마마, 어서 안으로 드시옵소서."

중전은 오랜만에 외가 식솔들을 만나 반가움에 함박웃음을 잃지 않았다. 그러면서도 연신 사방을 두리번거렸다. 오매불망하던 친정어머니의 모습이 보이지 않았기 때문이었다.

한나절을 참고 있던 소헌왕후가 더 이상 못 참고 입을 열었다.

"외할머니, 어머니는 오시지 않았습니까?"

외할머니는 대답을 못하고 남편인 안 대감의 얼굴만 쳐다보았다.

"중전마마, 그것이…."

외할아버지는 한참 뜸을 들이다가 입을 열었다.

"실은 예조와 의금부에서 전갈이 있었습니다."

"무슨 전갈입니까?"

"세상 밑바닥에 있는 역신의 처와 가장 높은 곳에 계신 중전마마와는 절대로 한자리에서 대면할 수 없으니 그런 일이 생기지 않도록 해 달라고 했습니다. 그런 불상사가 생기면 온전히 넘어가지 않을 것이라고 했습니다."

"예?"

중전이 놀라 입을 다물지 못했다.

"중전마마, 용서하십시오."

모녀가 한 집에 있으면서 상봉 못하게 되는 것이 가슴 아팠던지, 중전이 마루에 앉아 마당을 내다보고 있을 때 멀리서 어머니 안씨가 옆모습을 보이며 몇 번 왔다 갔다 했다. 말은 한마디도 건네지 못했으나 중전은 먼 모습으로나마 어머니를 볼 수 있었다.

"어머니. 천하의 불효를 용서하시옵소서."

중전은 더욱 수척해지고 늙어 보이는 어머니 모습을 보며 가슴속으로 목놓아 통곡했다.

소헌왕후의 고통은 여기서 끝나지 않았다.

상왕 태종은 세종에게 빈과 잉첩(仍妾)을 두라고 명했다. 세종 1년 봄, 상왕은 왕비나 세자빈을 선택하기 위한 관청 가례색을 설치하라고 명했다. 가례색 부사에는 최명온, 내관 노희봉을 담당 신료로 임명했다. 그러나 임금 세종은 슬그머니 이 기구를 철폐해 버렸다.

상왕은 포기하지 않았다. 영의정 유정현과 좌의정 박은 등을 불러 독촉하기에 이르렀다.

"경들은 주상과 종실을 위해 빈과 잉첩을 두라고 했는데 왜 시행하지 않으시오? 가례색을 다시 설치하시오."

상왕이 심히 힐책했다.

"왕실의 군왕이 비빈을 많이 두는 것은 군왕만을 위한 것이 아니고 왕손을 많이 두어 종실을 번영하게 하기 위하여 중요한 일이오. 주례 경전통해에도 임금은 아홉의 비빈과 잉첩를 두어야 한다고 되어 있지 않소?"

"그러면 지금의 중전을 폐비하시는 것입니까?"

좌의정 박은이 불쑥 말을 꺼냈다.

"좌의정은 왜 그리 성급하시오. 가례청과 중전 폐비가 무슨 관계가 있다는 말이오?"

영의정 유정현이 점잖게 말했다.

"영상은 지금 조정 내외에서 폐비론이 들끓고 있는 것을 모른단 말씀이오? 대역 죄인의 딸이 어찌 왕실의 내전을 차지하고 있단 말입니까?"

박은이 거침없이 쏟아냈다.

"좌상은 언사가 너무 지나치오."

정승끼리 점점 목소리가 높아졌다.

"지금 나라는 흉년이 들어 백성들은 살림이 고달프오. 남해에서는 왜구의 노략질이 심해지고 북방에서도 오랑캐의 침범이 빈번하오. 종실과 조정에 근심이 많은 이때에 폐비론에 부화뇌동하다니요."

두 정승의 입씨름을 한참 듣고 있던 태종이 목소리를 높여 말했다.

"예부터 전해오기를 죄는 부자지간에도 구분해야 한다고 했소. 심온이 죄가 있다고 하여 중전이 물러나란 법은 없는 것이오. 겨우 안정되어가는 경복궁 내전과 대전을 다시 어지럽게 하지 마오. 경들은 빨리 가서 주상을 납득시켜 구빈(九嬪)을 갖추도록 힘쓰시오."

상왕이 역정을 내자 유정현과 박은은 물러갔다.

눈치를 보며 서 있던 좌대언 원숙을 보고 상왕이 말했다.

"내가 주상에게 구빈을 맞으라 하는 것이 무슨 뜻인지 아느냐?"

원숙이 웬 날벼락이 나한테 떨어지나 해서 잔뜩 겁을 먹고 움츠린 채 대답을 못했다.

"내가 빨리 아홉 후궁을 두라고 하는 것은 깊은 뜻이 있어서이다. 후궁을 여러 명 두면 조정에서 안심하고 중전을 내몰자는 이야기를 할 수 없을 것이다. 내 이 점을 생각해서 재촉하는 것이니라."

"예. 이제야 깊은 어심을 알겠나이다."

좌대언 원숙은 대답하면서 한 상궁에게 어서 알려 중전에게 전해야겠다고 생각했다. 그러나 상왕의 뜻을 전해 듣고도 임금은 후궁 간택을 허락하지 않았다.

"주례경전통해는 중국 제후들이 따르던 관습이오. 여기는 중국이 아닐 뿐 아니라 과인은 더더욱 제후가 아니오. 우리나라는 조강지처의 나라요."

세종이 후궁 문제로 고심하고 있는 사이에 양녕은 여자 문제로 다시금 일을 저질렀다. 양녕이 머물고 있는 양평 지방을 관할하는 광주 유수가 새벽같이 말을 달려 경복궁으로 와서 아뢰었다.

"양녕대군께서 어제 밤에 담을 넘어 또 사라졌습니다."

상왕전과 주상전이 또 발칵 뒤집혔다. 임금이 명을 내려 전국 관아에서 양녕을 찾게 했다. 금부와 궁전 시위 병사들이 광주 양근에 있는 양녕의 집으로 달려갔다. 그러나 양녕과 한집에 살고 있는 숙빈 김씨는 양녕의 탈출을 알지 못했다. 다만 그날 밤 함께 잔 기생첩 어리만이 양녕이 도망간 것을 알고 있었다.

"대군께서 어디로 가셨소? 그대는 알고 있을 터!"

금부 관원들은 어리를 호되게 추궁했다. 양녕과 한 이불 밑에서 자고 있었으니 양녕의 야반도주를 알고 있었을 터인데, 그럼에도 상전에 고하지 않은 죄를 엄히 묻겠다고 으름장을 놓았다.

금부도사와 궁전 시위 병사들이 떠난 뒤 어리는 부엌에서 목을 매고 죽었다. 이 불상사로 경복궁과 수강궁 양 전하는 다시 한 번 놀랐다.

어리는 2년 전, 양녕이 세자 시절에 강제로 빼앗은 첩이었다.

양녕은 이때, 시중의 건달 악공 이오방과 광대 이법화와 어울려 지냈다. 이들은 동궁에 출입하며 양녕을 시중 주막이며 기생집에 모셔가는 길잡이 노릇도 하고, 양녕이 허랑방탕한 일을 저지르는 것을 도왔다. 이들이 어리를 양녕에게 연결해 주었다.

어리는 기녀 출신으로 은퇴한 중추부사 곽신의 첩이었다. 인물이 뛰어나 기생 시절부터 시중 한량들의 가슴을 설레게 했던 여인이었다. 곽신의 첩이 된 후에는 고양 본가에서 곽신과 함께 살았다.

늘 새 여인을 찾는 양녕은 장안 제일의 미인이 어리라는 이야기를 듣고는 어떤 방법을 쓰든 품안에 넣어야 한다고 별렀다.

어느 한 여름 밤 이오방과 이법화가 동궁을 찾아왔다.

"저하, 어리를 만날 천재일우의 기회가 왔습니다. 히히히."

"그래 어리가 어디 있느냐?"

양녕은 호기심이 잔뜩 일었다.

"어리가 고양 본가에서 나와 서울 장안에 들어왔습니다. 지금 곽대감의 아들 집에 머물고 있습니다."

"그런데 어떻게 불러낸단 말이냐?"

"예. 방법이 있습죠. 곽 대감의 생질녀가 소인과 좀 아는 사이인데 선물을 좀 주어 앞장서도록 해 놓았습니다."

"그래? 그거 썩 잘된 일이구나. 오늘 모처럼 날도 서늘하고 바람도

선선히 부니 미인 만나기 꼭 좋은 날이다. 어서 가자."

양녕은 내실로 들어가 숙빈이 쓰는 보석장을 열고 닥치는 대로 금붙이를 한 움큼 쥐고 나왔다.

세 사람은 교묘히 궁전을 빠져나와 종로 거리의 곽 대감 아들집으로 갔다. 여름날 오후라 종로에는 많은 사람이 오가고 있었다. 문 앞에 이르자 기다리고 있던 곽신의 생질녀가 양녕 일행을 맞았다. 덕분에 쉽사리 곽 대감의 아들집 안마당으로 들어갈 수 있었다.

"여봐라, 아무도 없느냐!"

이오방이 크게 소리치자 곽 대감의 아들이 뛰어나왔다.

"세자 저하시다."

곽신의 아들이 놀라 부복했다. 조금 뒤에 생질녀가 안으로 들어가 어리를 데리고 나왔다.

"아!"

어리를 본 양녕은 그 자리에 굳어 버렸다. 여러 미인을 겪어 보았지만 이 여인처럼 첫눈에 사람을 사로잡은 일은 없었다. 알맞은 중키에 부러질 듯한 허리, 달덩이 같은 얼굴에 초생달 눈썹, 내려감은 얌전한 두 눈, 오뚝한 코와 얇고 붉은 작은 입술, 모두가 천하 한량 양녕의 마음을 단번에 사로잡았다.

"세자 저하. 이 누추한 곳에 어인 일이신지요."

"자네 소문이 하도 자자하여 내가 데리러 왔네. 오늘밤 나와 함께 만리장성을 쌓아보세."

양녕의 단도직입적인 접근에 어리는 할 말을 잃었다. 곽신의 아들도 어찌할 바를 몰랐다. 아버지가 안다면 목이 열 개라도 부족할 불효였다. 그러나 상대는 나라의 제2인자, 세자가 아닌가. 이리 가자니 아버지의 호통이요, 저리 가자니 나라의 칼날이었다.

"이리 지체하다가 날 새겠네. 자, 어서 내 말을 타시게."

양녕이 무작정 어리의 손목을 끌고 와서 말에 태웠다.

양녕과 어리는 말을 탄 채 종로 네거리를 지나 건춘문으로 해서 동궁으로 들어갔다. 세자 일행이 거리를 지나는 동안 길에 수많은 백성들이 큰 구경났다고 몰려들었다. 소문은 삽시간에 퍼져 보는 이마다 한 마디씩 입방아를 찧었다.

"과연 나라를 기울이게 할 만한 미색이다."

"세자가 대신의 첩을 저렇게 빼앗아도 상감마마가 용서하실까?"

"장차 나라님이 될 어른이, 쯧쯧……."

임금인 태종과 원경왕후는 세자의 어이없는 짓을 전해 듣고는 길게 탄식했다.

"세자가 마침내는 광인이 되었구나. 이제 더 다스릴 힘도 없고 꼴도 보기 싫구나. 어서 세자 책보를 박탈하고 궁에서 내보내야 되겠다."

"평소에 어디서 살고 싶냐고 충녕이 물었더니 광주, 이천, 여주에서 살고 싶다고 했답니다. 서울에서 그리 멀지 않은 광주쯤에 집을 지어 내보내 마음대로 살게 하시지요."

원경왕후도 길게 한숨만 내쉬었다.

"우리한테 알리지도 말고 제 마음대로 한 세상 살라고 합시다. 그저 무소식이 희소식으로 알고 지내는 게 상책이겠소."

"그래도 병들거나 굶을 판이면 우리가 부모인데 연락이나 하게 해야 하지 않겠습니까."

마침내 양녕은 소원을 이루어 광주의 양근에 새 집을 지어 숙빈 김씨와 빼앗은 첩실 어리를 데리고 나갔다. 그 뒤에도 태종은 양녕을 잊지 못해 다시 불러 타이르고 양식과 노비를 주었다.

한번은 그의 사냥 취미를 잘 아는 태종이 사냥매 한 쌍을 주었다. 사냥매를 보고 함박웃음을 터뜨린 양녕이 말했다.

"기왕이면 매를 훈련시킬 사냥꾼을 함께 내려 주시면 더욱 좋겠습니다."

참으로 염치없는 양녕의 주문에 태종은 못 말리는 아들이라고 단념하고 매 부릴 사람도 보내주었다.

이렇게 보살핌을 받던 양녕이 양근 집에서마저 달아난 것이다.

집에서 탈출한 양녕은 걸어서 광주 저자거리를 한 바퀴 돌며 백성들이 열심히 살아가는 모습을 흥미롭게 지켜보았다. 난전에서 쌈지며 동곳 등을 사기도 하고 국밥집에서 순대 한 접시를 사 먹기도 했다. 발길 내키는 대로 혼자 이곳저곳을 다니는 것이 양녕으로서는 얼마나 즐거운지 몰랐다. 잠은 주막 객방에서 머슴들과 어울려 새우잠으로 때웠다.

사흘이 지난 뒤 해질녘이 되어서 양녕은 아차산 기슭에 닿았다. 양녕은 전에 동궁에서 잔심부름을 하던 내시 김견이 그곳에 살고 있다는 것을 알았다. 양녕은 김견의 집으로 향했다.

늦저녁에 찾아온 양녕을 김견은 놀랍고 반가운 얼굴로 맞이했다.

"저하께서 어인 일이십니까?"

김견의 집은 사람이 사는 곳이라고 하지 못할 만큼 누추했다. 그래도 김견은 정성껏 저녁상을 마련해 올렸다.

"어리 아씨가 자결을 했답니다."

김견이 양녕의 안색을 살피며 소식을 전했다.

양녕이 없어진 뒤 종실에서는 물론 조정에서도 양녕이 이렇게 잘못 되어가는 것이 모두 어리 탓이라 여기고 있었다. 사방의 따가운 눈총을 못 견딘 어리는 결국 죽음으로 모든 눈총에 답한 것이다.

"모두 내 탓이야. 내가 생때같은 젊은 목숨을 앗은 거야. 양녕, 이제. 이 죽일 놈아!"

양녕이 주먹으로 가슴을 치며 꺼이꺼이 울음을 토했다.

"저하, 너무 상심하지 마십시오."

김견이 달래느라 애를 썼다.

"으흐흐……. 너는 모른다, 너는 몰라. 으흐흐흐……."

양녕은 한동안 울음을 그치지 않았다.

파발마는 급보를 안고 달린다

"저거 왜놈들 배 아니냐? 이 하룻강아지 같은 놈들아, 여기가 어딘 줄 알고 감히 달려드느냐?"

충청도 서해안 비인현 도두음곶(都豆音串). 세종 1년 5월 5일. 날이 밝자마자 앞바다에 왜구의 해적선 50여 척이 포구를 향해 들어오고 있었다. 포구 역사에서 숙직하던 군사들이 황급히 만호에게 알리고 출선했다. 자다가 달려온 만호 김성길은 어젯밤 마신 술에 취해 비틀거렸다.

"야, 이놈들아. 내가 누군 줄 아느냐? 호랑이도 무서워 벌벌 떠는 비인 만호(萬戶) 김성길 장군이시다."

만호 김성길은 혀가 꼬부라져 말도 제대로 못하면서 혼자 다 때려 부수겠다고 큰소리치며 병선에 올랐다. 김성길의 아들 김윤이 아버지가 걱정되어 뒤따라 병선에 올랐다.

포구에서 얼마 떨어지지 않은 해안에서 전투가 벌어졌다.

"윤아, 너는 저리 가 있어라. 내 이놈들 혼자서도 문제없다."

김성길이 활을 메어 쏘았으나 바로 앞에 있는 적선 뱃전에 가기도 전에 화살이 바다에 떨어지고 말았다.

전투가 채 시작되기도 전에 조선 병선 일곱 채에 불이 붙어 포구가 금방 연기에 휩싸였다. 처음부터 숫자로는 상대가 안 되는 데다 지휘관이 술에 취해 허둥지둥하니, 결과가 뻔한 싸움이었다.

왜선 한 척이 만호의 배에 달라붙더니 기다란 갈고리로 뱃전을 걸었다.

"돌격! 와아…!"

배가 서로 연결되자 왜구들은 조선 배로 승선하기 위해 함성을 지르며 칼을 높이 쳐들었다.

"이 도적놈들!"

김성길은 건너오는 왜구를 치려고 칼을 빼어 들고 휘둘렀다. 그러다가 그만 발을 헛디뎌 바다에 풍덩 빠지고 말았다.

"아버지!"

창을 휘두르며 필사적으로 적을 막던 아들 김윤은 아버지가 바다에 떨어지는 것을 보고 외마디 소리를 질렀다.

"이 도적놈들이……!"

김윤은 아버지가 죽은 줄 알고 분기탱천하여 왜선에 뛰어들었다. 김윤은 왜구 한 명을 죽이고 적의 칼에 베여 피를 토하며 장렬하게 전사했다.

아버지 김성길은 바다에 떨어져 짠물 속에 들어가자 정신이 번쩍 들었다. 후퇴하는 아군 병선의 뒤에 붙어 포구로 돌아온 뒤 도망을 쳐서 목숨을 건졌다. 교전 중에 아들이 죽은 것도 몰랐다.

2백여 명의 왜구는 크게 싸우지도 않고 비인 포구를 점령했다. 관군이 전투에서 패배하는 것을 본 주민들은 모두 맨몸으로 도망가기 바빴다. 가축이며 살림을 그대로 둔 채 산속으로 달아났다.

왜구들은 텅 비다시피 한 마을을 마음대로 유린했다. 닭과 개는 끌어다가 배에 싣거나 그 자리에서 잡아먹었다. 미처 도망가지 못 하고 숨어 있던 사람들은 포로가 되었다. 여인들은 능욕의 대상이 되기도 했다.

고을을 점령한 왜구는 해가 높이 뜰 때까지 분탕질을 쳤다. 비인현뿐 아니라 옆 고을인 신도, 장포까지 유린했다. 후퇴한 만호 김성길은 그제야 정신을 차리고 병사를 보내 이웃 서천 관아와 충청감영, 그리고 서울로 봉수(烽燧)를 올리고 파발마를 띄웠다. 제일 먼저 급보를 받은 비인현감 송호생이 병졸을 이끌고 달려왔다. 그러나 현감의 30여 명 군사는 왜구의 상대가 될 수 없었다. 현감은 곧 되돌아서 비인성 안으로 들어가 성문을 굳게 잠갔다.

왜구들은 성으로 달려와 비인성을 두 겹으로 둘러싸고 공격을 해 왔다. 현 수비병들이 화포를 쏘고 활로 방어했으나 이중 포위망을 좁히며 불화살로 파상 공격을 해 오는 왜군을 막기란 중과부적이었다. 진(辰)시에 시작한 싸움이 오(午)시가 되어도 끝나지 않았다. 그러나 시간이 갈수록 방어군이 불리하여 성이 함락 직전에 이르렀다. 그때였다.

"우리 군사다!"

망루에 있던 초병이 소리쳤다.

급보를 받은 남쪽의 서천군 지사 김윤이 병사를 이끌고 달려왔다. 김윤의 병사들은 용감했다. 왜구와 맞붙어 여러 명을 베어 넘겼다. 백중한 육박전을 벌이고 있을 때 남포진 병마사 오익생이 많은 군사를 데리고 달려왔다. 순식간에 전세는 역전되었다. 왜구는 허겁지겁 배로 도망쳤다.

"저놈들을 살려 보내지 말라!"

병마사 오익생이 싸움을 독려했다. 왜구 여러 명이 포로로 잡혔다.

충청 감사 정진으로부터 비인현의 급보를 받은 임금 세종은 중신들과 함께 수강궁으로 달려갔다. 군사에 관한 것은 상왕 태종의 몫이기 때문이다.

"주상은 이 일을 어떻게 처리했으면 좋겠소?"

보고를 받은 태종이 넌지시 임금을 떠 보았다. 실력을 보자는 심산 같았다.

"우선 인근 병력을 동원해 소탕해야 할 것입니다. 경기도, 황해도, 충청도에 산재해 있는 모든 지휘관을 이동시켜야 할 것입니다."

듣고 있던 태종이 고개를 끄덕이며 말했다.

"그대로 시행하시오. 상장군 왕인을 수군도절제사로 삼는 것이 좋겠소."

도두음곶의 왜구 침공은 조선 국경 방비의 허점을 드러내고 수습되었다. 이 날 술이 취해 허둥대다가 아들을 잃은 만호 김성길은 군율에 의해 목이 달아났다. 졸지에 부자가 각기 다른 이유로 유명을 달리한 것이다.

이후에도 왜구의 노략질은 서해안 전체에서 계속되었다. 도두음곶 사건 이후 며칠이 지나지도 않았는데 이번에는 해주에 왜구들이 나타났다. 황해감사 권담이 임금에게 보고한 내용도 참으로 한심한 것이었다.

5월 11일, 안개가 짙게 낀 바다에서 절제사 이사검과 만호 이덕생이 병선 5척을 앞세워 백령도를 지키고 있었는데 왜선 38척이 기습했다. 왜선들은 이사검의 배 5척을 순식간에 포위했다. 병력으로는 도저히 싸울 상대가 아니었다. 왜구들은 사람을 보내어 요구 조건을 내놓았다.

"지난 번 도두음곶에서 일어났던 일은 우리가 먼저 공격한 것이 아니라 조선 수군이 먼저 싸움을 걸어와 부득이해서 싸운 것이다.

오늘도 꼭 싸우고 싶어서 온 것은 아니다. 명나라에 가다가 식량이 떨어져서 왔으니 식량만 주면 가겠다."

이사검은 쌀 다섯 섬과 술 열병을 가지고 진무 등 3인이 왜선으로 갔다. 그러나 이번에는 식량을 가지고 간 병사를 인질로 잡고 식량과 술을 더 가져오라고 했다. 해상에서 포위되어 고립된 절제사와 만호는 어쩔 수 없이 쌀 마흔 섬을 주고 왜구를 달래 풀려났다.

이런 일은 매일 같이 해상과 포구, 외딴 섬에서 일어났다. 닭, 돼지, 소 등 가축을 약탈당하고 많은 사람들이 포로로 잡혀갔다.

세종은 도두음곶의 처절한 전투와 해주의 군사적 망신을 들으며 착잡한 심경이 되었다. 술에 취해 자신의 목숨과 아들 목숨까지 잃은 만호 김성길의 일은 가슴이 아팠다. 많은 대신들이 김성길을 나쁘게 말했으나 세종은 꼭 그렇게만은 생각하지 않았다. 더러는 세상의 시름을 술에 취해 잊고 싶을 때도 있는 것이 인간의 삶이 아닌가. 술이 덜 깨 몸을 가누지 못하면서도 자기의 본분을 잊지 않고 나아가 싸운 책임감은 오히려 높이 사야 할 점도 있다고 보았다.

왜구의 해안 침범은 근래의 일만은 아니었다. 고려 때에도 수없이 일어난 일이며, 태조 때에는 1백여 척의 해적선이 들이닥치기도 했다.

왜구의 근거지는 주로 대마도였다. 원래 대마도는 조선 땅인데 토지가 척박하고 소출이 별로 없어 사람 살기가 힘들었다. 조정에서는 백성을 모두 철수시키고 빈 땅으로 두었는데, 해적질로 먹고 사는 왜의 본토 사람들이 하나 둘 모여들어 마침내 왜인들 차지가 되어 버렸다.

내력을 잘 아는 대마도 왜인의 종주인 소 사다시게는 조선 조정에 대해 우호적이었다. 철마다 공물을 바치며 조선을 대국으로 섬겼다. 그러나 워낙 먹고살 것이 없으니 뒤로는 조선 해안을 노략질하고 앞으로는 대국을 섬기는 척했다. 그래도 친조선 정책을 펴온 소 도주는 조선 조정의 교섭을 잘 받아들였으나 그의 사후 도주가 된 아들 소 사다모리는 세력이 강하지 못했고, 실력자가 된 샤미타라는 일본 본토에서 건너온 과격한 무인이라 위험인물이었다.

5월 중순 상왕 태종과 임금 세종, 중신들과 무반들이 참석한 가운데 왜구 대책 회의가 열렸다. 왜구라고는 하지만 주로 대마도 해적들에 관한 일이었다. 영의정 유정현, 좌의정 박은, 우의정 이원, 대사헌 허지를 비롯해 병조 등 육조 판서가 다 모였다. 무반에서는 체찰사 이종무, 최윤덕 등 중요 병마 사령들이 참여했다.

"문무반이 다 모였으니 과거 이야기는 다 묻어 버리고 새로운 군사 정책들을 내놓아 보시지요."

상왕이 먼저 말문을 열었다.

"지금 대마도의 왜구는 거의가 서해와 남해상에 노략질하러 나와 있으니 이 허술한 틈을 타서 아예 대마도를 정벌하는 것이 상책이라 아뢰옵니다."

유정현이 안을 내놓았다.

"허술하다고는 하나 우리 군사가 대마도에서 퇴각할 때쯤은 그들이 모두 섬으로 돌아올 테니 쉬운 일만은 아닌 것 같사옵니다."

박은이 반론을 폈다.

"흉년이 들어 백성들이 고달픈데 정벌 병력을 모으기가 쉽지 않을 듯합니다."

허지가 박은의 편을 들었다.

"오랜동안 소나무를 마구 벤 탓으로 산에 쓸만한 나무가 부족한데 갑자기 군선을 만들려면 애로가 있을 것입니다"

우의정 이완이 말을 이었다.

"그동안 각 포구에는 피난에서 돌아와 생업에 종사하는 백성의 숫자가 늘어났는데 원정군이 나간 사이 왜구 방비책을 세워야 할 것입니다. 각 포구를 3, 4십호 단위로 묶어 둔(屯) 조직을 만들고 적당한 곳에 둔성을 쌓는 게 좋을 듯합니다. 지모가 있고 기력이 강한 사람을 뽑아 둔장으로 삼고 평소 왜구의 침범에 대비하는 훈련을 하는 것이 좋겠습니다."

병조판서가 대비책을 내놓았다. 듣고 있던 상왕이 말했다.

"중국 한나라가 흉노에게 매양 당한 것은 결단을 내리지 못한 탓도 있습니다. 대국이 소국을 치는 일은 마음먹기 달린 것 아니오?"

상왕이 어느 쪽으로 가려고 하는지 분명해졌다.

"주상은 어떻게 생각하시오?"

상왕은 아무 말도 않고 눈만 지그시 감고 있는 세종에게 물었다.

임금은 무슨 말을 해야 부왕이 만족하리라는 것도 잘 알고 있었다.

"군사 작전이란 번개처럼 빠른 것이 상책이라고 생각합니다."

세종은 태종이 원하는 답을 내놓았다.

세종이 나라의 일을 맡은 이래 가장 큰 고민 중의 하나가 남쪽의 왜구와 북쪽의 여진족을 어떻게 다스리느냐 하는 문제였다. 임금은 부득이할 때는 이들을 활과 칼로 다스려야 하지만 그것은 임시방편에 불과하다고 생각했다. 보다 근본적인 정책은 화친하여 평화롭게 지내는 것이었다. 화친하기 위해서는 조선의 진심을 보여야 한다는 생각이었다. 무력으로 모든 일의 길을 트려는 태종과는 생각이 달랐다. 할아버지 태조가 혁명가로서 조선을 건국할 때는 무력이 혁명의 수단으로 불가피했지만 이제는 조정도 따뜻한 가슴으로 나라를 이끌어야 한다고 생각했다. 그러나 태종은 아버지 태조의 성품을 빼닮은 군왕이었다.

임금의 말에 태종이 결론을 내렸다.

"옳은 말이오. 시작한 김에 하루라도 빨리 대마도를 쳐서 붙잡혀 간 우리 백성을 구하고 다시는 우리 해안선을 넘보지 못하게 단단히 항복을 받아 놓아야겠소."

이렇게 하여 대마도 토벌 대업이 시작되었다. 뒤에 역사는 이를 기해동정(己亥東征)이라고 했다. 임금 세종은 상왕 태종의 의견을 따라 6월 8일을 출정 날로 정하고 정벌군의 지휘부를 임명했다. 영의정 유정현이 삼군도통사, 이종무가 삼군도체찰사, 최윤덕이 삼군도절제사 겸 중군도절제사, 우박이 중군절제사, 유습이 좌군도절제사, 박초, 박실이 좌군절제사, 우순웅이 우군절제사가 되었다.

수군은 전함이 227척, 군량미가 65일분, 군졸이 1만 7천285명이었다.

"전국 각 도의 관찰사는 병력을 차출하는 데 최대로 협력할 것이며 군량미와 무기 및 전립 등 장비를 내놓는 데 주저하지 말라."

임금이 전국 관아에 선지를 내렸다.

5월 말께 출정을 앞두고 상왕과 임금은 한강 북쪽 두모포 백사장에서 출정 환송식을 열었다.

"옛날에는 전쟁에 나가는 장군의 수레바퀴를 임금이 꿇어앉아 손으로 돌려주었다고 한다. 오늘 나는 그러한 심정으로 삼군도통사를 격려하고 싶소. 해상에 숨어 있다가 벌떼처럼 달려들어, 우리 백성을 괴롭히던 왜구를 한 명도 남김없이 다 베어 주시오. 그동안 억울하게 당한 우리 백성의 어린 영혼을 달래고 과부 된 아녀자의 한을 풀어야 하오."

태종이 우렁찬 목소리로 격려했다.

"이 얼마나 통탄스럽고 이가 갈리는 세월이었습니까. 그러나 오늘의 도통사는 충의의 천성을 지녔고 훌륭한 풍모 또한 지녔습니다. 뉘우치는 적들은 목숨을 살려주어 조선의 넓은 덕을 알게 해주시오."

임금 세종이 유정현을 격려했다. 그 말 속에는 전쟁이 꼭 피를 보기 위해서 하는 것이 아니라는 뜻이 숨어 있었다.

상왕은 전장에서 군율을 세우기 위해 징벌할 권한을 부여한다는 상징으로써 작고 큰 도끼 두 자루를 삼군도통사에게 내렸다. 도체찰사 등에게는 말과 안장 그리고 술과 소주를 내렸다. 임금은 화살, 벙거지, 군화를 내려 주었다.

세종은 전쟁을 일으키는 것이 과연 잘하는 일인지 잘못하는 일인지 확신이 서지 않았다. 고민 속에 밤을 보내고 이튿날 수강궁으로 상왕을 문안한 세종은 나오다가 어머니 원경대비의 전갈을 받고 내실로 들어갔다.

"어마마마. 문안드립니다."

"주상, 어서 오시오."

"형님!"

거기에 뜻밖에도 효령대군이 와 있었다. 그뿐 아니라 곁에는 양녕대군도 앉아 있었다. 효령은 스님처럼 머리카락을 박박 깎은 모습이었다.

"이렇게 삼형제를 한꺼번에 보니 참으로 늙은 어미의 마음이 흡족하도다."

원경대비는 삼형제를 그윽하고 정감 어린 눈빛으로 바라보며 흐뭇해했다.

호탕하게 큰일 벌이기를 좋아하는 태종의 그늘에서 아들이라고 마음 놓고 정을 주어 보지 못한 원경대비는 늘 자녀들에게 미안한 마음을 두어왔다. 특히 마음을 잡지 못하고 방황하는 장자 양녕이 가장 안쓰러웠다.

"형님은 요즘 무엇으로 세월을 보내십니까?"

또 걱정거리를 만들어 대비에게 불려온 것이 아닌가 하여 임금이 양녕에게 물었다.

"저야 바람 부는 대로 물결치는 대로 한세상 살아가는데 무슨 걱정이 있겠습니까?"

양녕은 어깨를 으쓱거리며 말을 술술 이어 갔다.

"주상. 큰 싸움을 벌이신다고요? 아이고, 머리 아픈 일이야. 내가 왕이 되었더라면 저런 골치를 다 안고 있었겠지? 허허허."

양녕이 호탕하게 웃었다.

"참 태평이구나."

대비가 주상 보기 민망했던지 혀를 찼다.

"태평천하 아닐 이유가 없지요? 소자에게는 인정 많은 어마마마 계시지, 호랑이 같은 아바마마 계시지, 현명하고 학문 높은 군왕이 계시지, 부처님 같은 동생이 있지. 소자보다 복 많은 사람이 또 어디 있겠습니까? 허허허."

원경대비는 어이가 없어 그냥 웃었다. 세종은 정말 양녕의 처지가 부럽다는 생각이 들었다.

생명은 가도 또 온다

남해안에 도착한 정벌군은 우선 해안의 경비를 강화했다. 출정한 뒤에 문제를 일으킬 소지를 없애기 위해 생업에 종사하고 있는 왜인들을 모두 일정한 곳으로 모아 감시하도록 했다. 여기에 겁을 먹은 왜인들 수백 명이 도망가다 잡혀 목숨을 잃었고 어떤 왜인들은 자살하기도 했다. 그 수가 2백 수십 명에 이르렀다. 엄중한 왜인 단속 중에도 임금은 구주 등 본섬에서 공식 임무를 띠고 온 왜인은 정중히 대하도록 주의를 주었다.

대마도 정벌군은 애초 계획과는 달리 6월 19일 거제도에서 출진하였다. 파도가 높아 열흘 이상을 묶여 있었다.

출정 날은 큰 바람이 없어 하루 낮과 하루 밤 사이에 대마도 해안까지 무사히 도착할 수 있었다. 선봉 부대인 중군과 우군은 이종무와 최윤덕의 지휘로 대마 하도(下島)의 가장 큰 포구인 쓰시우라 해안에 접근했다. 대마도는 원래 한 섬이었으나 섬 가운데 운하를 파서 상도 · 하도로 나누어져 있었다.

이종무는 뒤따라 온 전 군선을 일단 해상에서 대기하게 하고 10여 척의 병선과 2백여 명의 선군(船軍)을 포구로 나아가게 했다.

그런데 이상한 일이 생겼다. 조선 병사들이 포구에 배를 댈 때까지 왜인들은 도망가지 않고 포구에 그냥 있었다. 대부분이 노인과 부녀자, 그리고 어린아이들인 왜인들은 그냥 있는 것만이 아니라 깃발과 손을 흔들며 환성을 지르고 있었다. 그들은 해적질 나갔던 자기들의 군사가 돌아온 줄 알았던 것이다. 조선 병선단이 쳐들어오리라고는 꿈에도 생각지 않았던 모습이었다.

수군들이 부두에 올라서자 왜인들은 혼비백산했다. 해적들에게 주려고 장만한 술이며 고기를 그대로 팽개치고 산속으로 도망치기 바빴다. 젊은 장정 한두 명은 칼을 들고 덤비다가 목이 달아나기도 했다. 수월하게 상륙한 중군 최윤덕 절제사의 선봉 부대는 상륙 첫 작전이 뜻밖의 술과 고기 잔치였다.

"경계 초병을 철저히 배치하고 포구의 왜구 배들은 모두 불 질러 없애라. 어선도 그냥 두면 해적선이 된다."

이종무 도체찰사가 첫 명령을 내렸다. 순식간에 포구에 정박해 있던 왜선들에 불길이 솟았다. 불탄 배가 129척에 이르렀다.

"마을 집에도 모두 불을 질러라."

누군가 소리치자 병사들이 달려들어 불을 질렀다. 주민들이 모두 도망간 텅 빈 마을에서 불꽃과 연기가 치솟아 멀리 있는 조선 선단에서도 볼 수 있었다.

"최 도절제사와 유습 좌군절제사는 각각 남북으로 갈라 인근을 수색하여 본진의 안전을 도모하라."

이종무 삼군도체찰사의 명령을 따라 각 패의 병사들이 계곡으로 들어갔다. 쥐 죽은 듯이 고요한 계곡은 농사지을 만한 밭 한 뙈기 보이지 않았다. 왜인들이 먹을 것이 없어 도적질을 해야 하는 사정이 짐작되었다.

"와아!"

그때였다. 골짜기 숲 속에서 갑자기 왜병들이 쏟아져 나왔다.

"왜구다. 흩어져라!"

좌군절제사 박실이 소리를 지르며 앞에 덤벼드는 왜구 하나를 베었다. 그러나 왜구들은 의외로 숫자가 많았다. 여기저기에서 늑가을 메뚜기처럼 튀어 나와 칼을 휘둘렀다.

"후퇴하라. 빨리 골짜기를 벗어나라!"

박실은 혼자 왜구 여러 명을 막으면서 명령을 내렸다. 좌군 선봉 수색군은 돌부리에 걸리면서 길이 없는 산기슭을 따라 해변을 향해 뛰기 시작했다. 그러나 지리에 익숙한 왜적들이 훨씬 유리했다. 왜구를 얕보다가 절체절명의 위기를 맞은 것이었다. 여러 명이 왜구의 화살을 맞았다.

"우군이다!"

그때였다. 아무래도 마음이 안 놓인 이종무가 20여 명의 병사를 이끌고 뒤따라 오다가 박실 일행을 구출했다. 대부분의 왜구는 목이 달아나고 몇 명만이 험로를 타고 산속으로 도망갔다.

"적정을 제대로 살피지 못하고 사지로 부하를 몰고 간 좌군절제사 박실은 귀국한 뒤 군율의 심판을 받으리라."

이종무 도체찰사가 엄히 꾸짖었다.

기습의 경험이 있는 조선군 지휘부는 해상에 머물러 있는 선단의 장병을 모두 상륙시켰다.

"이 섬에는 상당한 왜구 병력이 남아 있다. 그 뿐 아니라 도주의 지휘 아래 구주에서 온 군사 전략가 샤미타라도 함께 있다. 섣불리 싸움을 벌이다가는 낭패를 당할 수 있으니 함부로 병력을 움직이지 말고 정탐을 철저히 하라."

이종무가 체찰사들에게 지시했다. 아닌 게 아니라 왜군은 섬 깊숙이 본진을 치고 조선군의 동태를 살피면서 방어진을 강화하고 있었다.

상륙 이튿날에는 바람이 불고 비가 종일 내렸다. 이종무는 체찰사들을 막사에 모아 놓고 어제 잡혀온 민간인 포로들로부터 얻은 정보를 분석했다. 왜구는 최대로 보아 천여 명에 불과한 것으로 추측되었다. 그러나 소 사다모리가 지키고 있는 본진은 험난한 계곡 너머에 있어 자칫 하면 전날처럼 복병을 만나 기습당할 우려가 있었다.

주변을 정탐하고 동태를 엿보며 며칠이 지났다. 좌군도절제사 유습이 중국인 포로 몇 명과 잡혀간 조선인 어부 두 명을 데리고 왔다.

"이자들은 어디서 왔는가?"

이종무가 묻자 주름투성이인 노인이 대답했다.

"나리, 저는 합포에서 끌려온 뱃놈입니다. 삼년을 여기에 잡혀 있습니다. 제발 고향으로 좀 보내주십시오."

노인은 눈물을 흘렸다.

"이 자들은 스스로 산속에서 걸어 나왔습니다. 적장 소 사다모리가 있는 곳에서 왔다고 합니다."

유습이 말했다.

"소 도주는 지금 어디 있느냐?"

"훈내곶(訓內串)이라는 곳에서 상도와 하도를 오가고 있는데 수하는 1천 명 정도라고 합니다. 식량이 떨어져 어렵다고 합니다."

유습이 중국인들에게서 들은 정보를 알려 주었다,

"본섬에서 온 샤미타라는 어찌 되었느냐?"

"도주는 도망가지 않고 화친하려고 했는데 샤미타라가 위협해서 같이 갔다고 합니다."

역시 중국인에게서 나온 정보였다.

"경계를 철저히 하고 섬 안에 양식이 될 만한 농작물은 다 베어버려라."

조선군은 65일분의 식량을 가지고 왔기 때문에 장기전에 들어가 왜구들이 굶주려 항복하게 하기 위한 전략이었다. 상륙한 지 열흘이 넘어 7월로 접어들 무렵이었다.

조정에서는 대마도 정벌을 싸고 이론이 분분했다. 장기전에 대한 우려도 나왔다.

"그동안 우리 원정군은 혁혁한 전공을 세우고 대마도를 완전 평정하였으나 도주의 항복은 아직 받지 못하였습니다."

영의정이며 삼군도통사인 유정현이 임금에게 보고했다.

"얼마 있지 않아 큰 바람이 불어 뱃길이 막힐 염려가 있고 서해 바다에 떠 있는 왜구의 숫자가 만만치 않은데 그들이 돌아가면 어려운 사정이 생길 수도 있는 것 아니오."

임금이 걱정을 했다.

"주상은 우리 정벌군을 너무 쉽게 보지 마시오. 어디 위험하지 않은 전쟁이 있겠소."

상왕 태종은 자신감 넘치는 목소리였다.

"주상은 빨리 도주의 항복을 받고 그들이 말하는 가미가제(神風)가 불기 전에 모두 개선하도록 함이 좋을 듯하오."

임금 세종은 상왕 태종의 의견대로 대마도에 훈련 판관 초기와 전령선을 내 보내 도주에게 항복을 권유할 문안을 전달했다. 물론 삼군도체찰사의 이름으로 보낸 것이었다.

의를 숭상하고 정성을 다한 자는 자손에게까지 마땅히 후하게 하려니와 은혜를 배반하고 도적질한 자는 자식까지도 아울러 살려두지 않을 것이다. 이것은 당연한 하늘의 뜻이요 군왕의 도리이다.

대마도는 우리와 더불어 물 하나를 바라보며 우리의 품 안에 있거늘 태조대왕 때부터 우리의 변경을 침범하여 백성을 죽이는가 하면 재산을 빼앗아 가거나 불살랐다.

태조대왕께서 너희들에게 식량을 내주고 서로 믿고 살려고 하였으나 동래에 들어와 도적질하고 군사를 죽였다.

성덕 높으신 태종 대왕 때도 관아를 불사르고 만호를 죽였다. 그러나 우리 전하께서는 무례함과 때 묻은 것을 포용하시는 도량으로 너희들과 왕래하며 평안하게 지내기를 바라 사신이 올 때마다 후히 대접하였다. 굶주림에서 구제 해주었으며 장삿길도 터주었다. 그러나 어제까지 노략질을 계속해왔으니 너희들이 무슨 할 말이 있겠는가. 빨리 항복하여 남은 자의 목숨을 부지하는 것이 옳을 것으로 여겨진다.

조선과 사이좋게 지내는 것이 어찌 너의 복이 아니겠는가.

뒷날 뉘우쳐도 미치지 못할 것임을 잘 알라.

세종의 선지는 화친을 전제로 한 글이었다. 이종무는 항복을 권유하는 최후 통첩을 왜인 포로 한명을 시켜 도주에게 보냈다.

조선군이 주둔한 지 열흘이 넘어가자 양쪽 모두 불안을 떨칠 수 없었다. 조선군 입장에서는 노략질 나간 왜구의 대부대가 돌아오는 것도 문제지만 신풍, 즉 날씨가 귀국길을 막을 수도 있기 때문이었다.

왜구의 본진도 하루를 더 버티기가 힘들게 되었다. 양식이 떨어져 굶주린 병사들이 먹을 것을 구하러 나갔다가 포로가 되거나 목이 달아나는 일이 매일 일어났다. 사기가 떨어져 더는 버티기 힘들었다.

시일이 촉박해지자 조선 원정군 진영에서는 최후의 결정을 내렸다. 삼군도체찰사 이종무는 1만2천여 명의 군사로 섬을 완전 포위하고 도주의 본진이 있는 훈내곶으로 쳐들어가는 작전을 세웠다.

마침내 사생결단을 내야하는 진군 날의 아침이었다. 섬 안쪽 계곡으로부터 왜구 한 떼가 줄을 지어서 나왔다.

"아니 저놈들은……."

조선군의 의문은 곧 풀렸다. 그들은 무기를 지니고 있지 않았을 뿐 아니라 해어진 복장에 초췌한 얼굴이었다. 최윤덕이 그들 앞에 나서자 맨 앞에 서서 걸어오던 왜구 한 사람이 무릎을 꿇었다.

"소장은 대마도주 소 사다모리입니다."

"정말 그대가 소 도주인가? 얼굴을 들어 보오."

이종무 도체찰사가 칼을 거두며 말했다.

"이곳에서는 쓰쓰 유우가라고 합니다. 이제 장군에게 항서를 올리고 신인(信印)을 받기를 원합니다."

소 사다모리가 사죄했다.

"우리 대마도는 대대로 조선국의 은혜로 근근이 생명을 부지해 왔습니다. 그러나 근자 들어 흉년은 계속되고 식량이 부족하여 바다를 건너가 먹고살기 위한 노략질을 해왔습니다."

이 때 뒤에 서 있던 왜병들이 모두 무릎을 꿇었다.

"하해와 같은 관용으로 우리들의 죄를 용서해주십시오. 앞으로 조선의 국왕을 우리 국왕처럼 받들고 대국으로 섬기겠으니 대장군께서는 우리 도민 목숨을 살려주십시오."

그리고 그는 품에서 항복 문서를 꺼냈다.

이종무는 이들에게 술과 음식을 주고 마음을 다독거렸다. 이로써 동정군의 임무는 승전으로 끝났다.

이 싸움에서 왜구 141명을 목 베고, 20명을 포로로 잡았다. 병선 129척을 불사르고 집 1천9백39채를 불태웠다. 납치된 중국인 131명을 구출하고 조선인도 여덟 명을 귀환시켰다. 전령이 밤낮 없이 달려 조정에 승전보를 전했다.

이종무는 의기양양하여 뭍에 상륙하고 말을 몰아 서울로 향했다. 경상도 밀양 지동 마을을 지날 때였다. 싸리 울타리를 잡고 진군 행렬을 바라보며 눈물을 흘리며 울부짖는 앳된 처녀가 있었다.

"대장군님, 우리 아버지는 어디 계세요……?"

"저 처녀가 누구냐?"

이종무가 옆의 종사관에게 연유를 알아보게 했다. 곧 사정을 알아보고 온 종사관이 보고했다.

"좌군절제사 박실의 딸이옵니다."

대마도에서 선불리 싸우다가 패전하여 최윤덕에게 구조된 박실은 패전의 책임을 물어 행군 행렬에 끼지 못하고 별송되고 있었다. 이종무는 차마 소녀의 얼굴을 똑바로 볼 수 없어 손으로 얼굴을 가리고 지나갔다. 그리고 혼자말로 중얼거렸다.

"이건 내 죄만이 아니다. 장수들이 병사들 목숨이 중한 것을 조금만 더 알았더라면 이런 일은 없었을 것이다. 나를 원망하지 말라."

동네 사람과 장병들이 모두 울었다.

박실의 딸이 이런 행동을 보인 것은 내력이 따로 있다. 상왕 태종이 정안대군 시절, 박실의 아버지 박자안은 경상, 전라도 안무사로 있었다. 그는 포로로 잡혀왔다 돌아가는 왜인에게 관아의 기밀을 누설했다 하여 참형이 내려졌다.

아들 박실은 아버지를 살리기 위해 당시 왕실의 실력자인 정안대군 사저를 찾아가 아버지를 살려달라고 읍소했다. 그러나 뜻이 이루어지지 않자 마당에서 뒹굴며 통곡하여 그치지를 않았다.

마침내 정안대군이 그 효심을 장히 여겨, 조정에 연락해 목숨만은 살려 주라는 태조의 윤허를 받았다. 그러나 그 이튿날이 경상감영에서 참형을 집행하는 날이었다.

"병조에서 가장 말 잘 타는 사람을 시켜 파발을 놓으시오."

정안대군의 지시로 병조 사령이 파발마를 타고 달렸다. 그러나 거의 다 가서 사령이 말에서 떨어져 부상을 입었다. 그곳의 역졸이 대신 달리기 시작했다. 역졸은 박자안의 목을 막 치려는 순간 참형장 마당으로 뛰어들었다.

"멈추시오. 어명이오."

구사일생으로 살아난 박자안은 삼척에 유배되었다.

이런 내력을 잘 아는 사람들은 어쩌면 운명은 되풀이되는 것이라는 생각을 떨치지 못했다.

상왕은 박실이 서울에 돌아온 뒤 패전의 책임을 물어 하옥시켰다.

대마도 정벌 나갔던 이종무로부터 직접 무용담을 들은 세종은 크게 웃으며 전공을 치하했다. 다른 날보다 일찍 내전으로 들어온 세종을 소헌왕후는 오랜만에 환한 얼굴로 맞이했다.

"우리 군사가 전쟁에서 이기고 돌아온 것은 온 나라가 경하할 일입니다."

소헌왕후가 오랜만에 얼굴을 활짝 펴고 말을 이었다.

"전하, 긴히 드릴 말씀이 있습니다."

"무슨 말씀이든지 해보세요, 내 오늘은 다 들어 드리리다."

"진정 그러하지요?"

소헌왕후는 재차 다짐을 받았다.

"물론이오."

"소첩 한번 업어 주세요."

임금의 눈이 둥그레졌다. 중전이 평소에는 상상하기 힘든 말을 했기 때문이다.

"아니 중전. 내 허리 힘 시험할 일 있으시오?"

"전하……. 소첩이 넷째 아기를 잉태했습니다. 업어줄 만한 일 아닌가요."

"그게 정말이오. 중전, 정말 경하하오. 내 업어주리다."

임금이 정말 업어줄 시늉을 했다.

"낮에 어의가 왔는데 틀림없다고 했습니다."

이 아이가 뒤에 문종, 세조, 안평에 이어 임영대군이 된다.

"새 생명이 생기는 것은 세상의 온 사물이 경하해야 할 일이오. 내 오늘 대마도에서 비록 적이기는 하나 141 명의 왜인 목을 베었다고 하니 그 가족 생각이 나서 마음이 울적했는데 이제 새 생명이 또 생긴다니 조물주의 오묘함에 감탄하오."

"전하. 그래서 오늘 밤 소첩이 전하를 뫼시지 못하게 되었습니다. 신빈이 모시도록 일러두었습니다."

"신빈은 무슨…."

임금이 계면쩍어 얼굴을 붉혔다. 두 번째 후궁인 신빈 김씨를 임금이 예뻐한다는 것을 소헌왕후는 어렴풋이 아는 것 같았다.

"내 오늘은 중전 곁에서 앉아서라도 밤을 새울 것이니 그렇게 아시오, 어험!"

임금이 헛기침을 했다.

내가 정말 조선의 왕인가

소헌왕후가 네 번째 임신을 했다는 소식을 들은 수강궁의 원경대비가 득달같이 경복궁 내전으로 달려왔다.

"대비마마, 황송하옵니다. 별 일도 아닌데 이렇게 몸소 오시다니요."

소헌왕후는 반가웠다. 이 세상의 살아 있는 사람 중에 반가운 사람의 순서를 꼽으라면 주상, 다음이 친정어머니, 세 번째가 시어머니인 원경대비였다.

같은 여자지만 원경대비는 장부다운 일생을 살아왔다. 그러면서도 잔정이 많았다. 소헌왕후는 그런 원경대비가 친정어머니처럼 다정하게 느껴졌다. 소헌왕후나 원경대비 두 사람 다 태종의 손에 친정이 도륙당하는 아픔을 겪은 처지였다. 소헌왕후의 친정이 쑥밭이 되었을 때 가장 안타까워한 사람 또한 원경대비였다.

사가에서는 며느리 사랑은 시아버지라고 하지만, 소헌왕후는 상왕 태종이 두렵기만 했다. 원경대비 역시 호랑이처럼 무서운 남편 태종과 이십여 년을 함께 살면서 부부의 정보다는 정적(政敵)처럼 대립해온 터였다.

"중전, 참으로 장하오. 이제 네 번째 임신이니 조심할 때도 되었소. 몸을 잘 추슬러야 합니다."

"황송합니다."

"아직 춘추 서른이 한참 남았으니 한창 생산할 때이지요. 중전은 타고난 용모에 국모로서의 심덕 또한 따를 사람이 없는데다 왕손을 많이 두어 종사를 튼튼히 하고 있으니 왕실의 보배요."

"과찬에 몸둘 바를 모르겠사옵니다."

"주상이 싫어하는데도 강제로 후궁을 여럿 두게 된 것은 상왕의 고집 때문이오. 중전이 모두 관용으로 덕을 베풀어야 할 것입니다."

"대비마마, 심려치 마옵소서. 후궁이 많아 소첩은 든든합니다. 오히려 짐을 나눈 것 같아 한결 가볍습니다."

"시앗은 부처도 얼굴 돌린다고 했는데 중전은 여자가 아닌가 보구려. 하하하."

"대비마마께서는 상왕 전하의 승은을 입은 빈첩과 상궁이 마흔 명이 넘는데 애간장이 다 없어지셨겠습니다. 호호호."

고부(姑婦)는 파안대소하며 한적한 경복궁에서 오후를 보냈다. 대비는 손수 챙겨온 꿀이며 약밥 등을 상궁에게 건네고 때맞춰 왕비전에 올리라고 명했다.

“아바마마의 기력은 어떠신지요?”

소헌왕후는 별로 묻고 싶지 않은 안부를 물었다.

“상왕은 술과 사냥거리만 있으면 항상 신나는 사람이지요. 요즘은 통 내 방에 들르지 않으니 무엇을 하는지 알 수도 없군요.”

“큰아주버님 소식은 자주 듣고 계신지요?”

대비가 아들 중에 누구보다 첫째인 양녕을 잊지 못한다는 것을 알고 있는 중전이 물었다. 묘하게도 태종은 양녕보다는 임금 세종을 좋아했다. 그리고 중전에 대해서는 별로 잔정을 주지 않았다. 반대로 원경대비는 양녕과 중전을 더 좋아했다.

지난달의 일이었다. 원경대비의 생일을 맞아 임금 세종과 중전이 비단 옷감 한 벌을 생일 선물로 가지고 수강궁으로 갔다.

“어마마마, 만수무강하옵소서.”

임금 내외가 절을 올렸다.

“고맙소, 주상. 그리고 중전. 온 백성이 주상의 선정에 보답하게 될 것이오.”

양녕대군과 효령대군도 와 있고 명빈을 비롯한 상왕의 후궁, 숙의들이 다 참석했다. 그러나 그 자리에 상왕 태종은 나오지 않았다.

“아바마마는 아니 나오십니까? 소자가 모시러 가겠습니다.”

임금이 일어서자 대비가 손을 저었다.

"주상, 그냥 앉으시오. 상왕은 안 계십니다."

"예? 어디로 납시었는지요?"

"내 꼴 보기 싫다고 선양전에서 따로 술판을 벌이고 계십니다."

원경대비가 덤덤한 표정으로 말했다. 일생을 그렇게 살아왔기 때문에 별로 섭섭하지도 않은 것 같았다.

"예?"

주상 내외는 할 말을 잊었다.

그날 저녁 무렵, 중전은 경복궁으로 돌아가고 임금 세종은 선양전으로 가서 대신들과 함께 춤추고 술 마시며 밤늦도록 연회에 참석해야 했다.

"오늘도 상왕은 왕자들을 불러 모아 수강전 뜰에서 격구 놀이를 하고 있는데 양녕은 부르지 않았더군요. 아마 지금쯤 놀이는 끝나고 그 좋아하는 술판이 벌어져 춤과 노래로 질펀할 것입니다."

대비는 다분히 못마땅한 말투였다.

격구(擊毬)란 보통 나무나 상아를 깎아 만든 달걀만한 공을 막대기로 쳐서 상대방의 구멍에 집어넣는 경기이다. 보통 땅 위나 잔디 위에서 여러 사람이 패를 갈라 하는 것으로 말을 타고 할 때도 있고 뛰어다니며 할 때도 있었다. 혹한이 심해 사냥 나가기가 어려울 때는 궐 안에서 종종 경기를 벌였다. 그날 밤도 세종은 이경이 넘어서 소헌왕후의 내전으로 들어왔다. 술 냄새가 곤룡포에까지 배어 있었다.

"중전, 아직 취침에 들지 않았소? 혼자 몸도 아닌데."

"마마, 술상을 더 보아 올릴까요?"

중전이 웃으며 물었다.

"아니, 뱃속 왕자가 한 잔 하겠답니까? 하하하."

임금이 중전의 농을 받아 넘겼다.

"왕자인지 공주인지 모르지만 할아버지 닮았다면 싫어하진 않을 것입니다."

"허허허. 중전……."

임금은 비틀거리며 일어서서 중전을 껴안으려고 했다. 제조상궁 한씨가 고개를 돌렸다.

"어? 너희들은 나가 있어라."

임금이 상궁과 문 밖에 서 있는 내시들에게 손을 내저었다.

"오늘도 아바마마는 후궁을 더 두어야 한다고 억지를 부리시더이다."

"말씀이 지나치십니다. 아바마마께 억지라니요."

중전이 정색을 하고 말했다.

"지금 아무도 듣는 사람 없어요. 밤이니까 쥐가 들으려나?."

임금은 술기운을 빌어 무슨 말이든지 뱉어내고 싶은 모양이었다.

"익선관 쓰고 곤룡포 입었다고 임금인가? 할 소리 못하고, 하고 싶은 일 못하는 사람이 왕이라니……."

임금이 익선관을 벗어 던지며 말했다.

"이제 신첩뿐이니 하고 싶은 말씀 마음대로 하십시오."

중전이 임금의 관과 옷을 챙겼다.

"대체 임금이 뭔지, 임금이 뭔지……."

"냉수라도 바칠까요?"

"아니오. 난 멀쩡하오. 그저께도 술과 춤, 어제도 술과 춤, 오늘도 술과 춤. 이게 왕이 하는 짓이오? 이런 게 왕 노릇입니까."

임금이 말하는 술판이란 항상 상왕 태종이 주도하는 것이었다. 임금은 자리에 가지 않을 수가 없었다.

이틀 전에는 상왕이 한강 가운데 있는 저자도에 행차했다. 임금 세종과 의정부 삼정승, 대언 네 명을 비롯해 조말생, 변계량 등 30여 명의 대소 신료가 참가했다. 전국에서 뽑여온 수박(手搏) 잘 하는 무사들의 대결이 있었다. 여섯 명을 물리친 내금위 갑사가 상을 받았다. 이어 강가 모래판에서 씨름판이 벌어지고 상왕이 장사에게 상을 내렸다. 경기가 다 끝나자 술판이 벌어졌다. 대신들은 앞다퉈 상왕에게 잔을 올렸다. 노을이 질 무렵에는 춤판으로 이어지고 어두워져서야 파했다.

그 이튿날인 어제는 낙청전(樂天亭)에서 술판이 벌어졌다. 상왕의 별장인 낙천정은 규모가 큰 정자였다. 이곳에 상왕이나 임금이 행차하면 따라가는 관원과 경비가 동원되었다. 보통 도진 1명, 병조 당상관 1명, 운검 2명, 홀배 4명, 내금위, 내시위, 서운관, 나팔수, 견마, 그리고 갑사 50명 등 모두 75명이 동원된다. 여기에 조정의 대신, 왕실의 대군들이 함께 가니 만만한 규모가 아니었다.

사흘을 내리 술과 춤으로 세월을 보내며 임금은 자신이 하는 일에 회의를 느끼지 않을 수 없었다. 비록 제한적이기는 하지만 왕명으로 금주령까지 내려놓은 마당에 이럴 수는 없다는 생각에 무척 괴로웠다. 술기운에 괴로움을 토로한 임금은 그날 밤 셋째 후궁 신빈 김씨가 기다리고 있는 처소에는 가지 못했다.

이튿날 중국으로 사신을 보내기 위한 의식을 거행했다. 이에 명나라 태자를 축하하기 위한 사은사로 도총제 이징과 이조참판 허지가 길을 떠난다. 사은사를 보내며 천자에게 바칠 표문(表文)과 상전문 두 문건에 경하를 표하는 의식을 왕이 거행해야 했다.

임금 세종은 면류관과 곤룡포를 차려 입고 나아가 표문을 향해 절을 네 번 하고 낭독했다.

> … 성인이 덕을 펴는 곳에서는 화기가 넘쳐흐르고 하늘이 정성을 모으는 곳에서는 상서로운 현상이 나타나니 세상 사람들이 춤을 추고 있습니다.
>
> 백설 같은 깃과 옥 같은 자태는 동물로서는 최상의 상서로움이 아닐 수 없습니다. 사방에서 이 기적을 축하하러 모여드니 경사는 종묘에 넘치고 사직은 역사에 빛날 것입니다. 사료하건대 황제 폐하는 명철하고 슬기로우시며 강인하고 순수하시옵니다.

이 영광스러운 경사가 이루어진 것은 마음이 하늘을 감동시켰기 때문일 것입니다.
외람되게도 용렬한 조선왕도 융성한 시대를 만났습니다. 몸이 기자(奇子) 고토에 묶여 축하의 대열로 달려가지 못하나 진심으로 황제의 복을 빌면서 충성의 노래를 계속 부르겠습니다.

임금 세종은 이어서 상전문을 읽었다.

상서로운 일에 보고 듣는 모든 사람이 기뻐서 춤을 춥니다.
자애로운 새와 길들여진 코끼리가 나타난 것은 하늘이 내려 보낸 경사로 아름다운 현상이며 평화의 명백한 증거입니다.
경사를 더욱더 축하하는 성의를 다 하겠습니다.

표문과 상전문을 읽고 돌아오는 임금 세종은 마음이 착잡했다. 중국에 희한한 짐승이 나타났다고 하여 이역만리에 있는 조선국에서 축하 사절을 보내야 하다니. 도대체 이게 무슨 경우란 말인가. 약소국의 설움이었다.

중국은 핑계만 있으면 공물을 바치라고 조선에 으름장을 놓았다. 그때마다 조선은 천자한테 공물을 바리바리 실어 보내야 했다. 명나라 사신들이 한번 오면 공물을 마련하고 융숭한 대접을 하느라 국고가 텅 비는 일이 계속되고 있었다. 명나라 사신이 압록강만 건너서면 영접사가 달려가야 했다. 엄청난 규모의 사신 일행에게 술대접을 하고 기생까지 대주어 기분을 맞추어 주면서 서울 모화관까지 모셔와야 한다. 사신들은 서울에 몇 달씩 머물렀다. 그동안에도 수시로 임금과 세자, 대신들이 술을 대접하러 가야 하고 달라는 공물은 다 마련해 주어야 했다.

태종이 왕이던 시절, 태조 이성계가 붕어하여 국상중일 때 있었던 일이 당시 어렸던 세종의 기억 속에 선명히 새겨져 있었다. 명나라에서는 하필 이때에 조선에 처녀 선발 사신을 보내왔다. 대신들과 왕실 종친들이 날마다 그들의 뒤치다꺼리 잔치를 하느라 바빴다.

그들이 얼마나 남의 나라 국상을 우습게 보았는가는 처음 왕인 태종을 불러 놓고 명나라 황제의 명을 전달하는 모습에서 볼 수 있었다. 사신 황엄이 모화루에 도착하자 태종은 백관을 거느리고 사신을 맞이하러 갔다. 황엄은 왕의 안내를 받으며 경복궁에 도달했다. 그리고는 명나라 황제의 선서를 전달했다.

'조선국왕 이방원이 보내준 말 3천 마리 잘 받았다. 답으로 은 40덩이, 비단 100필을 주노라.'

임금 태종은 이것을 받쳐 들고 섬돌로 올라가 위에 있는 사신 앞에 꿇어앉아 머리를 조아렸다. 거들먹거리고 앉아 있던 황엄이 수염을 쓰다듬은 뒤 말했다.

"황제 폐하께서 조선에 가서 잘생긴 조선 처녀 상당수를 뽑아오라고 하셨는데 조선왕의 생각은 어떻소?"

태종이 머리를 조아리면서 대답했다.

"진심으로 분부 거행하겠습니다."

어린 세종에게는 거만하게 구는 명나라 사신에 대한 미움보다 지엄한 아버지 태종이 머리를 조아리는 모습이 너무도 충격적이었다.

이튿날부터 중국에 예물을 보내기 위하여 진헌색(進獻色)을 설치하고 전국에 혼인을 금지시켰다. 경차관을 각 도에 내보내 열세 살 이상 스물다섯 살까지의 양가 딸을 선발했다. 궁궐은 뽑혀온 처녀를 심사하느라 시끌시끌해졌다. 선발한 처녀들을 다시 고르는 모임이 계속되었다. 그러나 뽑혀온 처녀들을 본 사신 일행은 미인이 없다며 자기들이 직접 나서서 선발해야겠다고 으름장을 놓았다. 조정은 태조의 국장과 처녀를 선발하는 일이 겹쳐 어수선하기 짝이 없었다.

그때의 일을 떠올리면 세종은 한숨이 저절로 나왔다.

지난 달에도 명나라 사신이 왔다. 황제가 보냈다는 명나라의 노래인 명칭가곡(名稱歌曲) 1천여 편을 받았다. 조선의 조정과 민간에 이를 널리 퍼뜨리라는 뜻이었다. 문화 풍속을 명나라처럼 따라 하라는 것이다. 그러나 임금 세종은 명 사신을 맞을 때는 우리 속악만 연주하게 하고 명칭가곡을 연주하지 못하게 하라고 예조첨찬 김점에게 지시했다.

"명칭가곡은 우리 속곡(俗曲)과 성음이 다르기 때문에 연주하기 어려우니 행사에서 향악(鄉樂)과 당악(唐樂)을 교대로 연주하지 말라. 그 대신 경기도, 황해도, 평안도의 사찰에 명칭가곡을 보내라."

황해도 등 3도는 명나라의 사신이 거쳐 가는 도이기 때문에 그들이 지나갈 때 승려들이 익혀 두었다가 불러서 명나라 노래가 조선에 퍼졌다는 것을 알리기 위함이었다.

임금 세종은 이런 저런 나라 일을 생각하다가 밤늦게 소헌왕후의 방을 찾았다.

"취침 시각인데 어인 일이십니까?"

소헌왕후는 대전에 불이 꺼지지 않은 것을 알고 자지 않고 있었다.

"중전이 보고 싶어 들렀소."

"하오나 신첩은 잉태중이라 전하를 시침하지 못하옵니다."

"허허허. 밤에 찾아오면 꼭 운우(雲雨)의 일만 생각하시오?"

임금이 장난스럽게 핀잔을 주자 중전의 귓불이 금세 붉어졌다.

"실은 중전한테 신세타령 좀 하러 왔소."

그제야 중전은 숙였던 고개를 들었다.

"중전, 도대체 과인이 조선의 왕이 맞는 거요?"

"예? 어이 그런 말씀을……."

중전의 안색이 하얗게 질렸다. 워낙 잔혹한 세월을 보내온 터라 무슨 큰일이라도 난 걸로 짐작한 듯했다.

"군왕이 할 일은 부왕이 다하고, 과인이 하는 일이란 기껏 부왕 앞에서 술 마시고 춤이나 추는 것이오. 그저 날만 새면 누구 목 자르자고 달려드는 대신들 등쌀에 시달리고, 대국의 사신이라도 오면 술과 기생 대접이나 해야 합니다."

임금 세종은 가슴에 맺힌 말을 털어 놓았다. 아무에게나 할 수 없는 말이었다.

"오늘만 해도 그래요. 명나라에 이상한 새가 날아왔다고 경하 사절을 보내고 천자에게 서한을 보내고, 그 서한에 대고 네 번씩이나 절을 했습니다."

"그러나 명칭가곡에 대해 내리신 선지는 참으로 잘 하신 일입니다. 조선의 관습을 지키려는 전하의 의중을 보이신 것이지요."

중전이 이어 말했다.

"강상의 죄를 짓는 사람은 무식한 백성이나 천민들이 많지요. 이들이 삼강오륜에 대해 알고 싶어도 한자를 몰라 익힐 수가 없습니다."

세종은 중전의 말이 참으로 옳다고 생각했다. 모든 백성이 쉽게 익힐 수 있는 방법은 무엇인지 생각하기 시작했다. 중전은 세종의 낙심한 얼굴을 안쓰러운 눈길로 바라보았다. 그런 중전의 손을 잡으며 임금 세종이 다시금 탄식했다.

"내가 이 나라 왕이 맞는 거요?"

전문가가 아니면 나서지 말라

세종이 소헌왕후 다음으로 자주 찾은 후궁은 신빈 김씨였다. 썩 빼어난 인물은 아니었으나 항상 웃는 얼굴로 임금을 맞이했다. 상왕 태종이 선을 보아 억지로 후궁으로 들여앉혔을 때는 마지못해 받아들였으나 후에 계양군으로 봉한 왕자를 생산한 후에는 신빈으로 봉해졌다. 신빈은 임금의 무슨 물음이든지 서슴없이 대답하고 늘 몸놀림이 경쾌했다.

그날도 신빈은 명랑한 모습으로 임금을 맞이했다.

"오늘은 신빈과 한잔하고 싶은데 어떠냐?"

"곧 주안상을 준비하겠습니다."

신빈은 재빠르게 일어나 상궁에게 주안상 대령을 일렀다.

"오늘은 정사가 잘 풀리신 모양입니다. 어주를 다 찾으시고요."

"얽혀서 잘 풀리지는 않지만 안 되는 일은 상왕께서 다 해결하니 큰 걱정은 없느니라."

"하오나 상왕 전하께서 하실 수 없는 일도 있지 않습니까?"

"무엇이라고? 신빈은 그런 일이 있다고 생각하나?"

"예. 말씀드리자면 박은 대감 같은 분이 조정의 윗자리에 남아 중전마마의 심기를 불편하게 하는 것은 아닌지요. 그런 중전마마의 아픈 마음을 상왕께서 어찌 챙기겠습니까?"

임금은 신빈의 말이 당돌하게 여겨졌으나 무슨 뜻으로 하는 말인지는 알고 있었다.

"일개 후궁이 국가의 정사에 이러고저러고 하는 것은 있을 수 없는 일. 볼기를 쳐서 물고를 낼 것이로되 내 참는다."

임금이 짐짓 역정을 내는 척했다.

"그럼 좌상을 어찌했으면 좋겠는가?"

"이젠 요 주둥아리 닫겠습니다. 볼기가 물고 나면 상감 모실 수 없게 되는데 어떻게 하겠어요."

후궁과 임금의 대화치고는 도를 넘는 내용들이었다. 그러나 사사로이 있을 때는 서슴없이 마음을 털어놓는 것이 임금 세종이었다.

"좌정승 말고도 멀리해야 할 사람이 있느냐?"

"소첩이 무엇을 알겠습니까만 요즘 상왕 전하께서는……."

신빈은 임금의 눈치를 보면서 말을 끌었다.

"말해 보거라. 또 상왕을 거론해도 물고는 내지 않으마."

임금이 웃으면서 차려온 술잔을 들었다.

"귀양 가 있는 황희 대감을 도로 불러 올리고자 하신다는 이야기가 있습니다. 사실인지요?"

임금은 깜짝 놀랐다. 구중궁궐에 갇혀 있는 후궁이 조정 깊숙한 데서 일어나는 일까지 알고 있다니.

"황희 대감이 누굽니까? 양녕대군의 폐세자를 반대하시지 않았습니까. 만약 상왕 전하께서 밀어붙이지 않으셨다면 전하가 어찌 보위에 올랐겠습니까? 그렇게 안목이 없으신 분을 다시 불러들이면 황 대감이 진심으로 전하를 섬기겠습니까?"

"하하하. 신빈은 어마마마만큼이나 거침없구나."

세종은 조정 대신들의 상소나 조언도 좋지만 때로는 내전의 의견도 들어 볼 만하다고 생각했다.

얼마 후, 임금은 똑같은 문제를 소헌왕후에게 물어 보았다.

"소첩이 무엇을 알겠습니까? 아녀자로서 학문이 짧고 식견이 부족해 드릴 말씀이 없어서 송구하옵니다."

왕후는 신빈과는 달리 선을 분명히 그었다.

"하지만 황희 대감이나 박은 좌정승은 우리 명운과 직접 관계가 있었던 사람 아닙니까?"

"굳이 소첩의 우답을 듣고 싶으시다면……."

"그래, 말해 보오."

임금이 귀가 솔깃해졌다.

"박은 좌정승은 경륜이 풍부해서 전하의 정사에 큰 도움이 될 분으로 여겨집니다. 황희 정승도 뛰어난 인물일 뿐 아니라 옛일을 은혜로 갚는 것이 좋을 듯합니다. 조정의 여러 중신들이 황희 대감의 복위를 반대하고 있고, 그것 때문에 아바마마도 주저하고 계신다고 들었습니다. 이러한 때 전하께서 복위를 강력히 밀고 나오신다면 많은 사람들이 옳게 여기고 전하를 향한 충성심이 더해질 것입니다."

"고맙소, 중전! 나도 그렇게 생각했는데 중전의 말을 듣고 보니 더 힘이 나는군요."

임금은 신빈과 중전을 비교하며 속으로 웃었다. 신빈이 단순한 우군이라면 중전은 속 깊은 전략가라는 생각이 들었다.

이튿날 수강궁에 문안을 갔을 때 여러 대신들이 있는 자리에서 세종은 황희의 복권 문제를 제의했다.

"지금 조정은 인재가 필요한 때입니다. 이러할 때 황희 같은 유능한 인재를 부르지 않는다는 것은 나라의 손실입니다. 한때 소신을 밀어붙이는 것도 충성의 한 방편인데 그 소신으로 인해 사람을 길게 버린다면 이 또한 잘못이 아니겠습니까?"

임금의 말에 즉각 토를 달고 나온 사람은 좌의정 박은이었다.

"황희는 다른 일도 아니고 사직의 지엄한 왕통 문제에 반기를 올린 역도입니다. 불러들인다는 것은 절대 불가합니다."

"좌의정의 말이 꼭 옳은 것은 아닙니다. 지금 조정은 젊은 인재가 필요합니다."

영의정 유정현의 말이었다.

"황희는 뭐 젊은 인재도 아닙니다."

박은이 인신공격적인 말까지 했다.

"황희를 부르는 문제는 주상이 결정하시오. 나는 찬성이오."

가만히 듣고만 있던 상왕이 결론 아닌 결론을 냈다. 결국 상왕의 뜻이 관철된 것이다.

대언, 판서, 대사헌을 지내면서 상왕 태종을 빈틈없이 보좌했던 황희는 3년간의 귀양에서 풀려났다. 곧 어명을 받고 의정부 참찬 자리로 돌아왔다.

군사 문제뿐 아니라 중요한 일은 거의 상왕 태종이 직접 처리했다. 조선을 건국한 태조와 성정이 비슷한 태종은 하는 일도 아버지 태조 이성계를 꼭 닮았다. 그에 비하면 임금 세종은 성질이 어질고 모든 일을 관용으로 하는 정종을 많이 닮았다.

세종은 보위에 오른 지 몇 년이 지나자 자신이 무엇을 할 수 있는가를 모색했다. 부왕이 이끌어가는 나라에 그냥 끌려가고 있는 것이 아닌가 하는 회의도 들었다. 그러나 학문에 대한 관심이 높고 생각하기를 좋아하는 자신도 나라를 위해 무언가 할 일이 있을 거란 생각이 들었다.

세종은 군사를 움직이고 조정을 이끄는 것만이 정치가 아니라고 생각했다. 백성들의 생활을 편하게 해주고 예의범절과 학문을 더 발전시키는 것도 중요한 정치라고 생각했다. 해마다 겪는 홍수와 흉년에 시달리는 백성의 고통을 덜어 주는 것도 임금의 몫이었다. 중국에만 매달려 있는 문물을 키우고 해동국의 독자적인 학문을 발전시키며, 이를 위한 인재를 양성하는 것도 임금의 일이었다.

세종은 경연이 끝난 뒤 편전에 혼자 앉아 앞으로 임금으로서 힘써 나가야 할 일을 챙겨 보았다. 정인지, 황희, 최만리 같은 인재를 더 모아야겠다는 생각이 들었다. 천문, 지리, 산학(算學)을 발전시키려면 인재가 더 필요했다.

세종은 상왕 태종이 관심을 두던 인재 장영실을 생각했다. 상왕이 장영실의 뛰어난 손재주에 감탄해서 등용하고자 했으나 그의 신분을 두고 대신들이 벌떼처럼 일어나 반대하는 바람에 뜻을 이루지 못했었다.

"장영실이 어디 있는지 좀 데리고 오너라."

임금이 지신사 하연을 불러 은밀히 당부했다.

"조정에서 알아도 괜찮겠습니까?"

"아무도 알지 못하게 하는 게 좋을 거야."

임금은 이튿날 편전에서 은밀하게 장영실을 만났다. 키가 작고 그리 잘생긴 용모는 아니었으나 눈빛이 초롱초롱하여 재주가 넘쳐 보였다.

"지금 무슨 일을 하고 있나?"

"내감에서 노비일을 하고 있습니다."

장영실은 임금 앞에 부복하고 또박또박하게 대답했다.

"백성들이 편안하게 살려면 무엇을 제일 먼저 해야 할 것 같으냐?"

임금이 뜻밖의 질문을 던졌다. 그러나 장영실은 기다렸다는 듯 서슴지 않고 대답했다.

"하늘의 이치를 알기 위해 천문을 연구하여야 할 것입니다."

"어째서 그렇게 생각하느냐?"

"천문을 연구해야 홍수와 가뭄의 이치를 알아 농사를 원활히 할 수 있기 때문입니다."

"천문은 고래로부터 전해온 이치가 있고, 서운관에서도 중국의 연구를 받아들여 충분히 맡은 소임을 다하고 있지 않느냐?"

"아니옵니다. 서운관에서는 지금까지 전해온 일을 답습하기만 하지 새로운 이치를 내놓은 것이 없습니다."

장영실이 역시 서슴없이 대답했다.

"그 다음은 무슨 일이 긴요한가?"

"산학을 진흥시켜 모든 일에 산학의 원리를 기본으로 삼는다면 차질이나 낭패가 생기지 않을 것입니다."

임금은 장영실의 말이 참으로 옳다고 생각했다.

얼마 후 세종은 장영실을 상의원(의복 집기 등을 맡은 관청) 별좌로 임명하려 했다. 그러나 대사헌 허지를 비롯해 좌의정 박은 등이 눈에

쌍심지를 켜고 불가하다는 상소를 올렸다.

"장영실은 동래현에서 관노로 있던 자입니다. 어미는 기생이었고 아비는 원나라 때 소항주 사람으로만 알려진 근본 불명의 천민입니다. 이러한 천민 출신을 전하께서는 어찌 벼슬을 주려 하십니까?"

"손재주가 좀 있다고 하여 조정에 들여놓을 수는 없습니다."

임금은 완강한 벽에 부딪혔다. 뜻대로 되지 않는 벽은 수강궁에만 있는 것이 아니었다.

세종은 유정현, 황희 등을 불러 의논한 뒤 장영실에게 벼슬 주는 것을 포기했다. 대신 중국으로 유학을 보내기로 결정하고 천문 지리와 산학을 배워 오라고 그를 명나라로 보냈다.

세종은 문풍(文風)을 일으키고 조정이 산학(算學)을 천시하는 풍조를 없애야겠다고 결심했다. 유학을 숭상하던 조선의 학풍은 산학을 술수에 불과하다고 경시하여 왔으나 임금은 오히려 모든 학자들이 산학을 기초 학문으로 삼아야 한다고 생각했다.

임금은 이를 실천하기 위해 습산국(習算局)을 신설했다. 또한 사역원 관원 중 주부 두 명을 선정하여 중국으로 유학을 보냈다.

임금이 당장 할 수 있는 일은, 상왕이 크게 관심을 가지고 있지 않은 문풍 진작, 실용학문의 발전을 도모하는 일이었다. 집현전과 습산국, 그리고 서운관을 중심으로 젊은 신진 인재들과 함께 인재를 길러내 목적을 이룩할 계획을 세웠다.

서운관은 세종이 처음 설치한 것은 아니었다. 서운관은 전조인 고려 때부터 이어온 기관으로 천체, 일기에 관한 일뿐 아니라 신라 때부터 전해오는 예언서 도선비기(道詵秘記)를 관리 해석하는 업무도 하고 있었다. 그러나 새로운 연구는 없고 그냥 옛날 하던 일을 지키는 정도였다.

집현전도 세종이 새로 설치한 기구는 아니었다. 집현전이란 이름을 처음 쓴 것은 중국 당나라의 현종이었다. 우리나라에서는 삼국시대에 학문이 높은 박사들을 거느려 국사에 도움을 받았다. 특히 백제는 왕인 박사를 일본에 보내어 선진 문화를 가르치기도 했다. 고려에서도 양현고(養賢庫)를 두어 인재를 양성하다가 인종 때에 집현전을 두었다. 집현전 박사들이 연경에 참석해 식견을 개진하기도 했다.

임금은 집현전 조직을 개편하고 인원을 늘렸다. 대부분이 당하관인 종사원들의 품계를 대폭 높였다. 최고위직을 사간원보다 위인 정1품으로 정했다.

박은, 이원을 정1품인 영전사로 임명하여 위상을 크게 높였다. 유관, 변계량을 대제학에, 탁신, 이수를 제학에, 신장, 김자를 직제학에, 어변갑, 김상직을 응교로, 설수, 유상지를 교리로, 최만리를 박사에 임명했다.

임금은 집현전에 젊고 유능한 인재를 배치하는 노력을 계속했다. 그들이 학문 연구에 전념할 수 있도록 노비를 주어 뒷바라지를 하게 하고, 출퇴근을 돕기 위해 아침 식사와 저녁 식사를 궁궐에서 제공했다. 임금이 집현전에 이렇게 공을 들이자 소헌왕후가 소주방에 일러 직접 식사를 챙겨주기도 했다.

세종이 정사에 재미를 붙이고 나름대로 힘을 쏟고 있는 사이 수강궁 안방에는 근심이 가라앉지 않았다. 원경대비가 이유 없이 열이 높아 자리보전을 하고 있었다. 임금은 효령을 불러들여 대비의 병간호를 하게 했다. 소헌 왕비도 매일 수강궁에 들러 종일 대비의 병간호를 했다. 그러나 병은 좀체 차도가 없었다.

"아무래도 대비마마에게 피접을 권해야겠소."

임금이 대비 앞에 꿇어앉아 병세를 살피다가 중전에게 말했다.

"소첩도 병환이 심상치 않다고 생각됩니다. 아바마마의 윤허를 받으시지요."

그러나 상왕 태종은 풍양에 사냥을 나가 있어서 윤허를 얻는 일이 며칠 늦어졌다. 대비는 처음에 효령대군 사저에 피접을 갔다가 병세가 더 깊어지자 고양의 한강 하류에 있는 낙천정으로 옮겼다.

임금은 어의를 데리고 낙천정으로 가서 진맥을 했다.

"학질입니다. 시간이 좀 걸리겠습니다."

어의의 결론이었다.

대비의 병환에 차도가 없자 임금과 중전은 궁으로 돌아가지 않고 낙천정에서 극진히 간호했다. 여름이 다 갈 무렵, 대비의 병환은 차도가 없이 더욱 심해져서 위독한 지경에까지 이르렀다.

전국에 통지문을 내 대비의 병환인 학질을 치료하는 방도를 물었다. 여러 감영에서 비방이 들어왔으나 효험이 없었다. 무당을 불러 굿도 해보았으나 차도는 없었다.

"풍양으로 다시 피접을 가는 것이 어떻겠습니까?"

임금은 대비 앞에 앉아 있던 양녕대군과 효령대군, 그리고 두 공주를 보고 물었다. 풍양에는 태종이 임금 시절 사냥을 위해 지어 놓은 별장이 있었다.

"할 수 있는 방편은 다 써 보아야지요. 주상의 뜻에 따르지요."

양녕이 찬성했다. 대비는 풍양 별장으로 옮겨갔다. 임금은 함께 가서 병간호를 했다.

임금은 밤중과 새벽에 대비를 모시고 강가를 걸었다. 아무도 따라오지 못하게 하여 시위 갑사들도 멀리서 지켜보고 있었다. 매일 이런 일을 열흘 쯤 계속하자 대비는 조금 차도가 있는 듯했다. 그러나 병세는 다시 악화되었다.

"스님들을 불러 염불을 하게 하는 것이 어떻겠습니까."

효령의 제안에 따라 진관사와 회암사의 승려 21명이 와서 밤낮을 가리지 않고 염불을 드렸다. 병세는 일진일퇴를 계속했다.

더위가 조금 수그러진 7월 초순이었다. 정사를 전폐하고 대비의 병간호에 매달린 임금 세종의 보람도 없이 대비는 점점 이 세상과 멀어져 가고 있었다.

"전하, 조정에서 대비가 환궁해야 한다고 재촉입니다."

지신사 하연의 말이었다.

“대비가 집에 돌아오지 못해 눈을 감지 못하는 모양이니 속히 환궁하라고 주상에게 전하라.”

수강궁에 있던 상왕 태종의 전갈이 왔다.

7월 10일. 수강궁 내전에 도착한 대비는 혼수상태에 있다가 잠시 깨어났다. 옆에 있던 상왕 태종이 대비의 손을 잡으며 말없이 눈물을 흘렸다. 40여 년 동안 영욕을 같이 해온 대비였다. 그러나 지금은 회한의 눈물만이 있을 뿐이었다.

“중전…….”

혼수에서 잠시 깨어난 대비는 무슨 말인가 할 듯하다 고개를 떨어뜨리고 다시는 눈을 뜨지 못했다.

“어마마마…….”

“대비마마…….”

임금과 소헌왕후의 통곡이 문밖에까지 들렸다.

“아이고, 아이고.”

수강궁 안팎은 통곡으로 가득 찼다. 대비의 춘추 56세. 왕후에 오른 지 21년이었다.

천하의 여걸 원경왕후. 그녀와 그녀의 친정 민씨 일가는 태종이 왕위에 오르기까지 목숨을 걸고 그를 도운 생사의 동지였다.

특히 민무구와 민무질 형제는 정안대군이 세자 방석을 제거하기 위해 무인정사를 일으켰을 때 정도전, 남은을 참살하는 데 앞장서며 큰 공을 세웠다. 형인 방간이 세자 자리를 노리고 난을 일으켰을 때에도 민씨들은 맹활약을 하며 정안대군을 지켰다.

방간이 박포의 꾐에 빠져 반역을 일으켰다는 소식을 들은 정안대군은 꼼짝도 하지 않았다.

"내가 어찌 형을 먼저 칠 수 있겠소. 장군들은 당하지 않게 방어만 잘 하시오."

정안대군은 이화, 이숙번 등에게 그렇게 말하고 갑옷을 벗고 안방으로 들어가 버렸다. 두 사람은 다시 안방까지 따라 들어가 나가서 싸워야 한다고 주장했다.

"이 나라 사직을 보전할 사람은 정안대군밖에 없네. 제발 뜻을 세우시게."

태조 이성계의 동생뻘인 이화가 눈물을 흘리면서 사정을 했다. 그러나 방원은 꿈쩍도 하지 않았다

그때였다. 밖에서 떠드는 소리가 들렸다.

"부부인 마님, 왜 이러십니까? 고정하십시오!"

훗날 원경왕후가 된 부부인 민씨가 갑옷을 입고 칼을 들고 나서며 이렇게 말했다.

"형제를 치기 어려운 대군의 뜻을 내가 안다. 나는 그들과 피를 나눈 처지도 아니고 오로지 사직만이 중할 뿐이니 나가 싸울 것이다."

정안대군은 그제서야 밖으로 나와 부인 민씨를 불러들였다. 그리고 방간에게 사람을 보내 만나자고 제의하고 무장을 갖추었다.

이날 민씨는 방원의 말이 혼자 집으로 돌아오자 정안대군이 죽은 줄 알고 결연히 무기를 들고 갑주 차림으로 싸우러 나서려 했다. 여장부다운 기개였다.

그러나 그 여걸 원경 왕후도 태종 앞에서는 친정의 비극을 막지 못했다. 남동생 넷이 모두 태종의 사약을 받고 한 많은 이승을 떠났다.

친정이 도륙당하는 아픔을 함께 겪어 동병상련으로 보살펴 주었던 시어머니 원경대비의 상을 치르면서 소헌왕후는 누구보다 서럽게 통곡했다. 임금 세종은 대비의 국상이 치러지는 동안 빈전(殯殿)을 지켰다. 머리를 풀어헤치고 짚신을 신은 채 거적 위에 앉아 한 발자국도 움직이지 않았다. 상궁들이 거적 밑에 몰래 기름종이를 깔았으나 임금은 걷어냈다. 식음을 전폐하고 눈물만 흘렸다. 보다 못한 상왕 태종이 임금에게 미음을 권하며 눈물을 흘렸다.

경기도 광주 명당(明堂)에 능을 쓰니 그 이름이 헌릉이다.

군왕의 길과 민초의 길

원경대비의 국상이 끝난 뒤 상왕은 임금을 불러 위로하였다. 그 자리에서 세종이 내시와 궁녀들이 수고가 많았으니 위로를 해주는 것이 어떠하냐고 묻자 상왕이 말했다.

"내시와 상궁이란 것은 없어서는 안 된다. 대신들도 흔히 어린 내시를 두어 집안 안팎일을 분별해서 쓰는데, 하물며 대궐에서야 없을 수 있겠는가. 부왕 태조대왕 시절에 내시 김사행과 조순이 월권 행동이 심하여 죄를 주라는 상소가 빗발친 일이 있었다. 내가 그들도 나름대로 충성을 다한 공로가 있으니 죽이지 말자고 하였으나 결국 처형하고 말았다."

"내시와 궁녀는 기강을 지키는 것이 제일 중하다고 생각됩니다."

곁에 있던 태종의 지신사 이명덕이 말을 이었다.

"지난번 대비마마의 국상 때 생긴 불충은 죄를 주어야 합니다."

"국상 때 불충이라니?"

상왕이 처음 듣는 일인지이라 이명덕을 쳐다보았다. 이명덕은 임금의 용안을 살폈다. 이미 임금에게 보고한 일인데 상왕은 모르고 있다는 것을 그제야 알았다. 입장이 난처해진 이명덕이 주춤거렸다. 그러나 상왕이 답을 재촉했다.

"무슨 일인지 말해 보거라."

이명덕은 하는 수 없이 보고했다.

"산역을 마치고 돌아올 때 김천과 김경덕이라는 내시가 불경스럽게도 걷기 힘들다고 수레를 타고 온 일이 있습니다."

"무엇이! 그런 고연 놈들이 있나."

상왕의 얼굴이 일그러졌다.

"내시 유침이란 놈은 대비의 염습에 참여하지 않아 까닭을 알아보라고 하였더니 시각을 몰랐다고 해서 불문에 붙이라고 했지만, 지금 생각해보니 그놈도 그냥 둘 수 없는 일이다. 김천, 김경덕과 함께 죄를 묻도록 주상은 명을 내려야 할 것이요."

"분부 받들겠습니다."

임금은 이미 보고를 받았었지만 유명을 달리한 대비의 명복을 어지럽게 해서는 안 된다고 생각하고 죄를 삼지 않았던 것이다.

"기왕 이야기가 나왔으니 내 몇 가지만 더 이야기해야겠소."

상왕은 화를 좀 삭이려는 듯 술잔을 단숨에 비우고 말했다.

"내시 매룡이란 놈이 몇 년 전에 못된 짓을 해 벌주고 싶었지만, 죽이지는 않고 관노로 쫓은 일이 있는데 다시 죄를 물어야겠소. 나를 수십 년 따라 다닌 양자산이라는 내시가 있는데 이자도 함께 죄를 다시 물어 엄히 다스리는 게 좋겠소."

태종은 김천과 김경득의 일 때문에 오래 전에 일어났던 일까지 모두 다시 거론하라고 이르는 것이었다. 양자산은 광연루의 난간 크기를 재어 오라고 했는데 잘못 재어 오는 바람에 공사가 늦어진 일이 있었다. 매룡이라는 내시는 상왕을 모시고 강원도로 사냥을 가는 길에 말을 잘못해 말썽을 일으켰었다. 중도에 수라를 올리기 위해 수라간 일을 맡은 무수리 도이가 수라상 책임자의 지시로 음식 재료의 관리를 맡은 매룡이한테 가서 고기를 좀 내어 달라고 했다. 매룡이는 비스듬히 누운 채로 도이를 흘깃 보고는 대답했다.

"고기가 어디 있어서 준단 말이냐. 꼭 고기가 필요하면 내 거시기나 잘라 가거라."

그리고는 덧붙였다.

"매룡, 내 이름이 매룡이다. 하하하"

매룡은 혀를 날름 내보였다.

보고를 들은 상왕이 크게 노하여 관노로 내쫓으라고 했다. 지금 와서 다시 죄를 논하라고 하는 것은 살려두지 말라는 의미였다.

아무리 천한 목숨이지만 그만한 일로 목을 베라니 세종은 참으로 괴로웠다. 임금 노릇이 이런 것이라면 차라리 곤룡포를 벗어 던지고 궁 밖으로 훨훨 달아났으면 좋겠다는 생각이 들었다. 형님 양녕대군이 왜 세자의 자리를 버리려 했는지 이해가 되었다. 양녕대군의 자유분방한 삶이 부러웠다.

임금은 돌아와서 황희를 불러 의논했다.

"오래된 일도 있고 그만한 일로 조정을 어지럽게 할 필요는 없을 것 같습니다. 상왕 전하께서는 대비 전하를 여읜 슬픔에서 아직 벗어나지 못해 판단이 과격하실 수도 있는 일입니다."

임금은 그 말에도 일리가 있다고 생각하고 문죄 지시를 하지 않고 넘기려 했다.

며칠 후 좌대언 원숙이 찾아와 물었다.

"전하, 수강궁 전하께서 내시들의 문제가 어떻게 결론 났느냐고 하문하셨습니다."

'기어이 또 도륙을 내라는 뜻이시구나.'

세종은 하는 수 없이 영의정 유정현, 대사헌 허지 등에게 지시했다.

"유침은 내시로서 염을 하고 빈소를 차리는 데 참여하지 않았고, 김천과 김경덕은 산역을 마치고 돌아오는 길에 무엄하게도 수레를 타고 왔다. 또한 양자산은 전하 앞에서 성을 냈으며, 성녕대군이 병석에 있을 때도 시중을 들지 않았고, 매룡은 입에 담지 못할 말을 지껄였다. 죄가 모두 가볍지 않으니 의정부와 육조에서 논의하여 아뢰시오."

뒤에 형조를 비롯한 법을 다스리는 각 기관의 의견을 검토하여 영의정 유정현이 임금에게 보고했다.

"모두가 죽여 마땅한 죄이기는 하지만, 왜 경중의 차이가 없겠습니까? 유침은 빈청 차리는 날자와 시각을 몰랐다고 하니 고의라기보다는 실수로 보아야 할 것입니다. 따라서 유침은 먼 변경으로 귀양 보내심이 타당할 것 같습니다. 나머지는 참형을 해야 마땅하다고 아룁니다."

세종은 아무리 내시이고 관노지만 그만한 실수로 목숨을 앗아야 하는지 한참을 고민했다. 그러나 의정부, 육조의 불같은 독촉을 꺾을 수가 없었다. 마침내 김천과 김경덕, 그리고 양자산과 매룡은 참형에 처하고 유침은 변경으로 귀양을 보냈다.

내시와 상궁의 기강이 해이해져 일어나는 일은 끊임이 없었다. 이 일이 있은 후에도 상왕은 또다시 옛날을 들추어내 임금에게 문죄하도록 지시했다.

상왕이 풍양 별장에 사냥을 갔다가 저녁 무렵 이명덕, 좌대언 원숙과 술을 마시다가 말했다.

"내 나이 쉰이 넘으니까 밤에 잠이 잘 오지 않을 때가 많아졌다. 자다가 한밤중에 깨면 영 잠들지 못할 때도 있었다. 무술년 선달 어느 날 밤에 있었던 일이다. 수강궁 침전에서 밤중에 장미라는 궁녀를 불러 무릎을 좀 두드려 달라고 했다. 그런데 하는 꼴이 아주 마음에 들지 않았다."

상왕은 당시에 일어난 일을 상세히 말했다. 무릎 주무르는 일이 시원치 않자 상왕이 궁녀에게 말했다.

"아무리 밤중에 불려 왔지만 네가 어찌 그렇게 성의가 없느냐?"

"전하, 죄송합니다. 워낙 재주가 없어 그렇습니다."

"말대꾸는 잘하는구나. 차라리 그만두고 가서 자거라."

얼마 후 상왕이 어렴풋이 잠이 들었을 때 누군가가 거칠게 무릎을 두드렸다. 깨어보니 궁녀 장미였다.

화가 난 태종이 장미를 쫓아내고 이튿날 원경대비에게 연유를 캐보라고 했다.

"전하, 소첩이 잘못 다스려 그런 일이 생겼습니다. 소첩을 꾸짖어 주소서."

태종의 불같은 성질을 잘 아는 원경대비인지라 그냥 넘기려고 했다. 그러나 태종은 직접 장미를 다시 불렀다.

"네가 어젯밤에 한 일의 연유를 대지 못하면 정녕 살아남지 못하리라!"

상왕의 지엄한 추궁에 장미는 사색이 되었다.

"상왕마마, 죽을죄를 지었습니다."

"허허, 연유를 대라니까."

"꾸지람을 받잡고 부아가 나서 홧김에 죽을죄를 지었습니다."

"죽을죄가 맞기는 맞다."

태종은 집안을 제대로 다스리지 못했다는 것이 자랑스러운 일이 아니라 생각하고 궁녀 장미를 그냥 딴 곳으로 보내는 것으로 마무리했다.

"그런데 그 일도 가만히 생각해 보니 궁중의 기강을 엄히 다스리기 위해서는 그냥 넘길 일이 아닌 것 같아."

사냥 길에서 돌아오던 상왕은 연거푸 술을 몇 잔 마시고 김명덕과 원숙에게 말했다.

"너희들은 서울로 돌아가는 즉시 주상께 이 일을 보고하라. 주상이 삼정승, 예조 변 참찬 등과 의논해서 그 계집 목을 매달거나 물속에 던져버리라고 하라."

좌대언 원숙이 상왕의 강원 행차에 수행했다가 돌아와 장미에 관해 보고를 했다. 세종은 또 궁녀를 죽여야 하는 일을 두고 고민하게 되었다. 엎친 데 덮친 격으로 세종이 불문에 붙인 궁녀 소비의 일까지 누군가가 태종에게 알려 일이 더욱 난처하게 되었다. 소비의 일이란 소헌왕후와 관계된 것이었다.

세종이 보위에 오르자 태조의 후궁이었던 성비(誠妃)가 노비로 부리던 소비라는 아이를 소헌왕후에게 보냈다. 성비는 비록 후궁이기는 하지만 시할머니 반열이었다. 그런 성비가 보낸 아이이므로 소헌왕후는 소비를 궁녀로 입적시켜 데리고 있었다.

성비는 태조의 정비이며 태종의 친어머니인 신의왕후 한씨와 방석의 친어머니인 신덕왕후 강 씨가 별세하자 뒤를 이어 태조의 후궁이 된 사람이었다. 성비는 원상의 딸로 대궐에 들어와 태조를 내조한 활달한 후궁이었다. 태조가 함흥으로 갈 때 데리고 가지 않자 남장을 하고 함흥까지 따라가 태조 주변에 머물러 태조를 돕던 여장부였다. 그러나 태조는 끝내 빈으로 봉하지 않았다. 뒤에 태종이 성비로 봉하고 태조의 제3왕후로 대접했다.

경복궁 내전으로 온 소비는 상전에서 왔다는 신분을 내세워 거들먹거리기를 잘했다. 세종은 그런 소비가 내전 궁녀로는 적당치 않다고 판단하고 다른 곳으로 보냈다.

소비는 자기를 좌천시킨 사람이 소헌왕후라고 잘못 생각하고 내전으로 뛰어들어 소헌왕후가 없는 틈에 왕후의 옷을 갈기갈기 찢어버리는 행패를 부렸다.

"왜 이런 일을 저질렀는가?"

소헌왕후가 불러 하문하자 소비는 맹랑하게 대답했다.

"갑자기 찢어버리고 싶은 마음을 참지 못해서 찢었습니다."

소헌왕후는 임금에게 자초지종을 다 말한 뒤 자신의 의견을 내놓았다.

"소비의 행동은 괘씸하나, 내전에서 일어난 부끄러운 일이니 전하께서는 모르는 일로 해주시지요."

소헌왕후는 덮어두기를 간청했다.

"그게 소문이 나지 않겠어요? 어떤 조처라도 있어야 하지 않겠습니까?"

임금은 심히 난처한 표정으로 말했다.

"원래 있던 성비마마 전으로 그냥 돌려보내는 것이 어떨지요?"

임금은 며칠 고민하다가 신빈 김씨에게 물어 보았다.

"세상에 어찌 그럴 수가 있단 말입니까. 지엄한 중전마마의 의복을 찢는다는 것은 엄청난 불충입니다. 의금부에 가두고 엄히 죄를 물어 익사시켜야 합니다."

임금은 다시 황희를 몰래 불러 물어 보았다.

"불충한 일은 틀림없습니다. 그러나 내전에서 일어난 일이라 조정을 개입시키지 않고 조용히 처리하는 것이 좋을 듯합니다. 삼성 육조에서 일어난 일이라면 사법 3기관에서 엄히 다스릴 일이기는 합니다만……."

임금은 고심하다가 형장만 몇 대 치고 성비전으로 돌려보냈다.

이 일을 뒤늦게 알게 된 상왕은 그냥 넘어갈 수 없는 일이니 국문하여 죄를 다스리라고 전했다.

임금은 영의정 유정현을 불렀다.

"궁녀 소비 등의 사건은 말하기도 부끄러운 일이다."

임금은 한참 뜸을 들이다가 입을 열었다.

"사헌부니, 의금부니, 형조니 하고 번잡스럽게 할 것이 아니라 영의정이 기왕 의금의 도제조를 맡고 있으니 수고스러워도 직접 심문하여 공술을 받는 것이 어떤지요?"

소비 일은 이렇게 가까스로 마무리하였지만 일은 그뿐 아니었다.

이번에는 무수리가 관련된 추문까지 일어났다.

"낮에 성녕대군의 유모한테서 들은 이야기인데요."

신빈 김씨가 오랜만에 들른 임금 세종에게 은밀한 목소리로 말했다.

"그래서?"

"외궁에서 상왕 전하를 모시고 있는 무수리 중에 내은이라는 아이가 있습니다."

"무수리라고 하였나?"

"예. 그런데 그 아이가 맹랑한 일을 저질렀답니다."

"맹랑한 일이라?"

"내은이의 오라비로 봉길이라는 건달이 있는데, 이 봉길이란 자가 예부의 말단에 있는 성억이라는 관원한테 뇌물을 받고, 다음번 명나라에 가는 사신 일행에 끼워달라는 청탁을 넣었답니다."

"무슨 뇌물이라던가?"

"예. 무늬가 있는 비단 두 필을 받았답니다. 오빠의 부탁을 받은 내은이가 그 일을 상왕께 여쭈었더니 이번에는 통사만 가기 때문에 다음번에 가도록 하라는 윤허를 받았다고 했답니다."

"그게 정말이오?"

임금은 기가 막혀 신빈에게 다잡아 물었다.

"내은이가 어떻게 아바마마께 그런 청탁을 하겠습니까. 내은이가 거짓말을 한 것이랍니다."

"그러면 이 일을 아바마마가 알고 계시나?"

"아마 유모가 아바마마께 여쭈었을 것입니다."

"허허, 이제 무수리까지 나서서 설치는구나."

세종은 탄식을 했다. 이튿날 상왕에게 문안을 가서 무수리에 관한 내용을 자세히 보고했다. 그 일이 들통이 난 것은 성억이가 유모에게 다음번에 명나라에 간다고 자랑을 했기 때문이었다.

"그렇지 않아도 그 이야기를 듣고 주상께 말하려던 참이오. 무수리라는 것은 없어서도 안 되지만 잘못 가르치면 그런 부끄러운 일들이 생기지요. 내은이와 봉길이, 그리고 뇌물을 쓴 관원도 의금부에 가두어 치죄케 하시오."

"어찌 요상한 일들만 생깁니까?"

세종이 언제나 의견을 물어보는 황희를 불러서 말을 나누었다. 황희는 오랫동안 임금 태종의 지신사(승지의 옛 이름)일을 맡아왔기 때문에 궁정 내외의 일을 잘 알고 있었다.

"꼭 그런 일만 있는 것은 아닙니다. 세상에는 강상의 범죄를 저지르는 무지한 백성이 있는가 하면 충렬을 위해 목숨을 바치는 백성들도 많습니다."

"그런 사례를 모아보는 것이 어떻겠습니까."

"지당하신 말씀입니다. 어제 경상도 관찰사가 올린 보고를 보면 호랑이와 싸운 열녀가 있다고 합니다."

"호랑이와 싸우다니요?"

"안동의 수군 정구지란 자가 밤에 자다가 오줌이 마려워 밖에 나갔다가 그만 호랑이에게 물려 갔답니다. 잠결에 남편의 비명을 들은 아내 소사가 두 딸을 데리고 산속으로 쫓아가 호랑이한테 사지를 물리면서도 몽둥이로 호랑이를 때려잡고 남편을 빼앗아 집으로 왔다고 합니다."

"그래, 정구지는 목숨을 건졌나요?"

"집에 와서 처의 손을 꼭 잡고 죽었다고 합니다."

"저런 가엾고 장한 일이 있나. 정문을 세우고 복호의 혜택을 주도록 하시오."

"경상 감사에게 어명을 내려보내겠습니다."

"호환에서 사람을 구한다는 것은 태조대왕 시절 명사수 김덕생의 전례도 있지요."

"김덕생의 일은 지금이라도 명예를 복원시키는 게 좋을 듯한데 황참찬은 어떻게 생각하시오."

김덕생의 일이란 활을 쏘아 태조대왕을 구한 이야기를 말하는 것이었다.

태조대왕이 어느 날 경복궁 뒤뜰을 거닐고 있을 때 갑자기 산속에서 맹호 한 마리가 나타나 임금을 위협했다. 멀리 떨어져 있던 명사수 김덕생은 위급한 상황을 목격하자 활을 쏘아 한방에 호랑이를 죽이고 대왕의 목숨을 구했다.

그러나 이 사건은 조정 대신들 사이에 큰 논쟁거리로 등장했다. 아무리 위급한 상황이지만 신하가 임금이 있는 방향으로 화살을 날렸다는 것은 불충, 역적 행위에 해당한다는 논리였다.

오랫동안 격론을 벌이던 조정은 결국 불충파가 승리해 김덕생은 참수당했다.

"김덕생은 고식적인 조정 대신들의 명분에 희생된 것이라고 볼 수 있지요. 우리가 너무 주자학의 논리에만 짓눌려 사는 게 아닌가 하는 생각을 과인은 가끔 합니다. 우리 문물에 맞는 학문과 사상을 연구해야 하지 않을까요."

임금의 말에 황희는 다른 의견을 내놓았다.

"왕도나 신민의 길에 대한 옛 선현들의 가르침이 없었더라면 도덕이 무너져 국가를 지탱하기 어렵게 되었을 것입니다. 충렬(忠烈)사상은 어떤 학문으로도 공자와 주자를 따를 수 없을 것입니다."

"과인은 꼭 그렇다고는 생각하지 않소. 가령 불씨(佛氏, 부처를 낮잡아 일컫는 말)의 사상도 세상을 건지는 데는 높은 학문이라는 생각도 듭니다."

"전하, 소신은 그렇게 생각하지 않습니다. 우리 조선국은 태조대왕께서 창업하실 때부터 전조의 망국 원인을 불교에 두지 않았습니까? 태조대왕부터 태종 대왕까지 억불숭유(抑佛崇儒)를 통치 이념으로 삼아온 나라가 아닙니까? 상왕 전하의 뜻을 따르셔야 합니다."

"과인이 억불숭유를 바꾸자는 뜻은 아니오. 주자의 학문을 배운 사람이라면 패륜을 저지르지 않을 터인데, 글자를 익히는 것이 어려워 널리 가르치기가 쉽지 않습니다. 차라리 불씨의 가르침을 백성들에게 가르치면 어떨까 생각하곤 합니다."

세종이 간곡히 말했지만 이 문제에 대해 황희는 자신의 의견을 굽히지 않았다. 임금과 신하는 서로의 깊은 마음속에는 다른 생각이 있다는 것을 확인했을 뿐이다. 세종은 김덕생의 행동은 절대 불충이 아니라고 생각했다. 임금은 김덕생의 원통함을 풀어주고자 중추부동지사의 벼슬과 충숙공이라는 시호를 내렸다.

왕실 안에서는 불교를 공공연히 믿지는 않았다. 그러나 태조대왕 때부터 사사로이는 가까이 했다. 태조대왕의 곁에 있던 무학대사 등 대승들이 항상 임금에게 많은 영향을 주었다. 임금들은 병이 들거나, 흉년이 드는 등 인간의 힘으로 어쩔 수 없는 경우를 당할 때는 공공연히 부처에 의존하려 했다. 원경대비가 사경을 헤맬 때에도 세종은 승려들을 불러 독경하게 하고 흥덕사를 비롯한 여러 명찰을 찾아다니며 부처의 힘을 빌리려 했다. 상왕 태종이 불교를 멀리했기 때문에 세종은 이런 일을 할 때 태종 모르게 하곤 했다.

원수는 은혜로 갚는다

원경대비가 돌아가자 태종은 세상 모든 것에 흥미를 잃은 듯했다. 평소 함께 있을 때는 대비를 거의 무시하다시피하고 의논하거나 의견을 듣는 법이 없었다. 유난히 후궁을 많이 두어 12남 17녀로 모두 29남매를 낳았으니 그 이름을 외우지도 못할 형편이었다. 그 가운데 누구 하나 정 붙인 자식도 없었다. 다만 세자의 자리를 빼앗아버린 양녕대군만은 죄책감에서였는지 각별히 챙겼다.

태종은 수강궁을 수리해 주로 후궁들이 모여 사는 신궁에 가끔 들를 뿐, 평소에는 낙천전과 풍양 별궁에 주로 머물렀다. 몸이 눈에 띄게 쇠약해져 즐기는 사냥도 별로 가지 않았다. 다만 해가 뉘엿해지면 노대신들을 불러 주연을 벌이는 것이 일과였다.

임인년의 늦봄. 신궁 뜰에서 태종이 주연을 열었다. 벌써 개나리는 지고 복사꽃이 망울을 터뜨렸다. 싱그러운 녹엽 향내가 짙게 풍겼다. 연회에는 임금 세종과 유정현, 변계량, 효령대군 이보 등이 참석했다. 술이 한 순배 돌자 상왕이 잔기침을 몇 번 한 뒤 말했다.

"듣자 하니 경들이 청하기를 방간은 군부(君父)의 원수이니 복수해야 한다고들 했지요? 그 복수란 것을 이 아우인 내가 실행하기 쉬운 일이 아니오. 그러나 임금 자리와 상왕 자리에 있은 지 20년도 넘었는데 이 일을 후대에 넘기고 갈 수도 없는 노릇."

상왕은 탄식하듯 말을 이었다.

"이러지도 저러지도 못하는 일. 내 이제 얼마 안 있어 떠나오만 앞으로 백세후에는 몰라도 내가 살아있는 동안은 다시는 거론하지 말기 바라오."

이러한 논의가 있은 지 보름 후 방간은 홍주에서 병으로 죽었다

상왕이 좌중을 둘러보며 말했다.

"모두가 옛날 친구들이구나. 양녕도 보고 싶다."

이때 유정현이 말을 받았다.

"양녕대군은 잊으십시오."

그러나 상왕은 눈물을 글썽이며 말했다.

"부자의 정은 천성이라. 내가 때때로 그를 보고 싶어 하거늘 경들은 어찌 먼 곳에만 있어야 한다고 하는가? 부자의 사이를 경들은 그

렇게 이해를 못하는가? 우리 부자 사이를 어떻게 하고 싶은가?"

상왕이 눈물을 흘렸다. 주연의 분위기가 서먹해지자 대언 성엄이 나아가 상왕께 술을 올렸다.

"너를 보니 죽은 성녕이 생각나는구나."

태종이 눈물을 흘렸다. 성엄은 성녕대군 부인 성씨의 백부이다.

주연의 분위기가 좀체 풀리지 않고 상왕이 너무 비탄에 빠지자 임금이 나섰다.

"아바마마, 소자 춤 한번 추겠습니다."

세종이 기다리던 악공들을 보고 손짓했다. 그리고 일어서서 춤을 추기 시작했다.

주연이 열리면 마지막에는 임금을 비롯한 대신들이 어울려 춤 한 판을 벌여야 끝이 났다. 상왕이 거나하게 취기라도 오른 날은 밤 해시까지 춤판이 계속되기도 했다.

세종이 일어서서 춤을 추자 곧 악공들도 연주를 했다.

"암. 추어야지. 신나게 흥을 돋우어라."

상왕이 비틀거리며 일어서서 춤을 휘청휘청 추었다.

술판이 끝나갈 무렵 임금이 자진해서 춤을 춘 데는 이유가 있었다. 아버지 상왕이 춤을 좋아하기도 했지만 늙은 부모 앞에서는 아무리 나이가 들었어도 자식이 어리광을 부리는 것이 효도라는 유교의 가르침을 알기 때문이었다. 그뿐 아니라 세종은 음률을 즐겼다. 성음(聲音)에 대해 상당한 지식도 있었다.

임금 세종 4년, 초여름에 이르자 상왕 태종의 건강이 현저하게 나빠졌다. 상왕이 풍양 별궁에 갔다가 병이 나서 기동이 어렵게 되었다는 급보를 받고 임금 세종이 어의를 데리고 급히 갔다.

"아바마마 소자가 문안드립니다."

"경연도 중지하고 왔다는 말을 들었소. 주상이 경연을 소홀히 하면 안 되지……."

태종의 언성은 보통 때와 달랐다. 기백이 빠진 음성이었다.

그날 신궁으로 돌아온 태종은 병세가 더욱 나빠져 궁 밖 출입이 어려워졌다. 소헌왕후는 상왕의 병석을 지키기 위해 날만 새면 일찍 신궁으로 갔다가 밤늦게 돌아왔다. 평소에 두렵고 정을 느낄 수 없었던 상왕이었다. 그러나 병들어 자리에 누워 이 빠진 호랑이가 된 모습이 가련해 보였다.

"좌의정 박은이 못 일어난다고요?"

상참을 일찍 마치고 병문안 간 임금에게 상왕이 자리에 누운 채 물었다. 상왕의 입술이 자꾸 마르자 효빈 김씨가 물수건으로 입술을 축여 주었다. 상왕은 여러 후궁 중에서 효빈 김씨를 특히 총애했다.

"예. 아바마마. 박은 대감이 자리 보전한 지 몇 달이 되어 병환이 아주 중하다고 합니다."

"허허. 인생은 제행무상(諸行無常)이라. 모두들 떠날 차비들을 하는구나."

평소 불교를 그리 좋아하지 않는 태종이 불가에서 쓰는 말을 하는 것은 짐짓 효령대군의 흉내를 낸 것이었다.

"아바마마. 소자의 생각으로는 다른 곳으로 피접을 한번 가 보시는 게 어떨까 합니다만."

임금은 상왕 앞에서는 항상 단정적인 의견을 내놓지 않았다. 상왕이 평소 다른 이의 의견을 잘 받아들이지 않을 뿐 아니라 당신의 의견과 다를 때는 벼락이 떨어지기 때문이었다.

"삼공과 의논해보시오."

뜻밖에 반대가 없었다.

임금 세종은 의정부 삼정승과 대신들을 모아 놓고 상왕의 피접 문제를 의논했다.

"피접은 병을 치료하는데 예부터 효험이 있습니다. 편안한 곳으로 피접을 가시는 것이 좋을 듯합니다."

황희가 찬성을 했다.

"어디가 좋겠소?"

"이럴 때는 상왕 전하의 심기를 편안하게 해주는 곳이 제일일 것입니다."

예조 변계량이 말했다.

"그런 곳이라면 효령대군의 저택이 좋을 듯합니다."

유정현 영의정이 의견을 내놓았다.

태종이 효령대군 집에 머무는 동안 효령은 극진히 병구완을 했다. 그러나 병환은 점점 깊어만 갔다. 세종은 사흘이 멀다 하고 효령의 집에 머물며 태종의 병상을 지켰다.

어느 오후 상왕이 잠든 틈을 타서 임금이 효령의 방에 들렀다. 임금은 방안에 가득 찬 책을 보고 눈이 둥그레졌다.

"이게 다 무슨 책입니까?"

"불경입니다. 불경은 한번 읽고 마는 것이 아니라 항상 읽어서 마음의 거울로 삼아야 합니다."

찬찬히 책을 둘러보던 임금이 느닷없이 말했다.

"음. 많은 사람들이 읽을 수 있게 좀 쉬운 글자로 책을 박을 수는 없을까요?"

"글 모르는 백성들이 답답하니까 더러 이두로 글을 써서 관아에 가져온다고 들었습니다. 모두 제대로 뜻을 알 수는 없다고 합니다."

"이두가 해동 문자라고는 하나 그 근본은 중국 글자이기는 마찬가지 아닙니까?"

세종은 문자 문제를 해결하기 위한 묘책이 반드시 있어야겠다고 생각했다.

"그건 그렇고 아바마마 병환이 아무래도 심상치 않은데…."

임금이 걱정을 하자 효령은 염주를 만지작거리며 말했다.

"너무 걱정하지 마십시오. 군왕이건 화척이건 태어나면 한 번은 가야 하는 것이 도리입니다. 죽는 것이 아니라 왕생하는 것이지요."

"죽는 것이 아니라니?"

"불경에 생생세세(生生世世)라는 말이 있습니다."

"저도 듣기는 했어요. 삶과 세상 일은 영원히 계속된다는 그런 뜻이던가."

"죽어도 죽지 않고 살아도 살지 않는 것을 이름이지요. 삶과 죽음은 다른 세상이 아니지요."

태조대왕 때부터 불교를 멀리하는 것이 국가의 기본 이념이었다. 그러나 임금 세종은 심오한 불법의 세계는 인간에게 많은 것을 가르쳐준다고 생각해 왔다. 때로는 부처의 힘으로 영험한 일을 이룰 수 있다고 믿었다. 임금 세종은 원경대비 때와 같이 태종 몰래 큰 절에서 상왕의 회복을 비는 법회를 여러 번 열었다.

"전하, 금천부원군 박은 대감이 위중하다지요?"

소헌왕후가 근심에 가득 찬 얼굴로 들어오는 임금 세종을 보고 물었다.

"그렇다 하오. 그런데?"

임금 세종은 중전의 친정을 쑥밭으로 만들어 피로 물들인 장본인 중의 한 사람이 박은이라는 것을 머릿속에 떠올리며 중전의 안색을 살폈다.

"박 정승은 전대부터의 공신 아닙니까? 전하께서 한번 병문안을 가시는 것이 어떻겠습니까?"

"뭐라고요? 과인이 그 집에 병문안을 가라고요? 중전, 진심으로 하는 말이오?"

금상이 신하의 집에 병문안을 가는 것은 극히 드문 일이었다. 세종은 소헌왕후의 제안이 진심에서 나왔건 아니건 간에 밖으로 보기에 대단히 좋은 의견이라는 생각이 들었다. 특히 상왕 태종이 기뻐할 것 같았다.

"중전이 참 기특한 마음을 보였소. 내 병문안을 다녀오리다."

며칠 뒤 임금은 전의시에 일러 탕제를 준비했다. 그리고 어의를 거느리고 박은 정승의 집을 찾아갔다.

"황공하게도 전하께서 몸소 오시다니요."

박은은 아들의 부축을 받아 병석에서 겨우 일어나 앉아 머리를 조아리려고 애를 썼다.

"박공. 그냥 누워 편안하게 계시오. 그리고 과인이 특별히 일러 탕제를 준비해 왔으니 빨리 툭툭 털고 일어나시기를 바랍니다."

"황공무지로소이다. 이 광영을 어이 다 갚으리까. 소신이 이대로 죽는다면 저승에서도 잊지 않을 것입니다."

박은은 진심으로 고마워했다.

"소신이 저승에서 본방 심 대감을 어이 보아야 할지 난감합니다."

"괘념치 마십시오. 모두가 나라와 종사를 위해 하신 일인데 무슨 후회가 있겠습니까?"

임금이 위로했다. 그러나 박은은 그 일이 일생 마음에 걸렸던 모양이었다.

"상감마마와 중전마마께 이 못난 신하가 참으로 큰 죄를 지었습니다. 이 죄를 갚지 못하고 떠나게 되니 그것이 가장 후회스럽습니다."

박은이 눈물을 흘렸다.

임금은 돌아와서 중전한테 박은이 눈물 흘리며 심온의 일을 후회하더라는 말을 전했다. 소헌왕후는 아무 말도 하지 않고 돌아앉았다. 어깨가 들썩이는 것을 보니 설움이 복받치는 모양이었다.

임금 세종은 상왕 태종께 박은 집에 문상 간 일을 보고했다.

"금천부원군도 나와 함께 가려나 보다. 저승길에 든든한 친구가 생겼구나."

말을 하는 태종의 얼굴은 더없이 쓸쓸해 보였다.

임금 세종은 며칠 뒤 박은이 세상을 떠났다는 부음을 받았다.

박은은 쉰 세 살로 태종보다 세 살 아래였다. 그러나 늘 태종의 곁에서 큰일을 같이 했다. 고려 때 정안대군을 만나 함께 조선 개국의 일을 도와 좌명공신이 되었다. 정안대군이 방석을 죽이고, 박포의 난을 평정할 때도 함께 있었다. 태종 16년에 우의정이 되었고, 세종 재위기에도 내내 정승 등 중앙에 있었다. 훈척 견제에 앞장서는 등 일마다 태종과 뜻을 같이했다.

"금천부원군이 세상을 떴다는 것을 아무도 상왕께 알려선 안 된다."

세종 임금은 수강궁의 여러 관원들에게 당부했다.

상왕의 병세는 날로 위중해졌다. 소헌왕후는 밤을 새워 상왕의 침전을 지키고 낮에는 선잠을 자곤 했다. 그래서 항상 옷을 입은 채로 잠깐 눈을 붙이고는 했다.

5월 초순. 며칠째 장마 비가 퍼붓고 있었다. 혼수상태에서 정신이 왔다갔다 하는 상왕이 임금 내외를 불렀다.

"주상. 이제 내가 갈 때가 된 것 같소."

"아바마마, 정신을 놓지 마시옵소서."

"주상과 중전에게 내 마지막 말을 남기고자 하니 잘 들으시오."

"아바마마, 어인 말씀을……!"

임금 내외가 눈물을 비 오듯이 쏟아냈다.

"내 생전에 못할 짓을 참 많이 하였소. 피를 나눈 형제를 죽이기도 하고 왕실의 친정이란 친정은 모두 도륙을 내었지요. 이제 아무도 왕실의 인척이 되기를 원하지 않는 지경에 이르렀소."

태종은 잠시 말을 멈추었다 이었다.

"그러나 이런 일은 종실을 지키고 태조 성상의 뜻을 만대에 이어가기 위한 부득이한 일이었소. 이제 왕실의 기둥이 튼튼히 섰소. 원자 향(珦)도 세자로 책봉되었고……. 나는 후세에 좋은 왕으로 남기를 바라며 보위에 있었던 것이 결코 아니요. 내가 피를 보는 일을 다하면 후대 임금들은 착한 정치를 펼 수 있을 것이란 것을 굳게 믿었던 탓이오. 주상은 부디 착하고 훌륭한 왕이 되어 피를 흘리는 일이 없도록 하시오."

상왕은 숨을 몰아쉬며 마지막 말을 이었다.

"내 장례는 주자가례를 따르시오."

상왕은 임금을 꼭 쥐었던 손을 스르르 풀면서 눈을 감았다.

"아바마마!"

"아바마마, 정신을 놓지 마십시오."

임금 내외가 통곡을 했다. 양녕대군, 효령대군 그리고 문 안팎에 둘러섰던 삼공육경을 비롯한 대신들과 내관, 상궁이 일제히 울음을 터뜨렸다. 세종 4년(1422) 5월 10일의 일이었다. 태종의 나이 쉰여섯이었다.

임금은 맨발에 머리를 풀고 맨바닥에 앉아 통곡했다. 모든 관리들은 흰옷과 검은 사모관으로 차리고 뻘로 된 띠를 둘렀다. 광화문 위에서 군사들이 크게 나팔을 불어 국상을 알렸다. 통례문 판사가 관리들을 인솔하여 동쪽 뜰에 모으고 모두 무릎을 꿇고 곡을 하게 하였다.

조정에서는 곡산부원군 연사종으로 하여금 능을 지키는 도감으로 임명하고, 의정부참찬 변계량과 이조참판 원숙은 빈전도감의 제주로 임명했다. 청평부원군 이강백은 산림도감 도제주로, 우군도총제부 판사 박자청, 강릉도호부 판사 심보를 제주로 임명했다. 또한 좌의정 이원과 우의정 정탁은 국장도감 도제주, 찬성 맹사성, 판서 신호, 공조참판 이천을 제주로 임명했다.

임금이 저녁때까지 맨발로 산발한 채 통곡만 하고 있자 정승들이 죽이라도 들라고 권했다. 소헌왕후도 산발에 맨발을 한 채 뒤에서 일을 챙기고 있었다.

상호군 조례가 승정원에 찾아와서 지신사 김익정에게 물었다.

"내 딸을 궁전으로 들여보내라는 상왕 전하의 분부를 받고 오래전에 예를 올릴 날짜를 받아 두었습니다. 그런데 이렇게 상을 당했으니 어떻게 해야 옳습니까?"

김익정이 예조에 문의하였다. 한참 만에 예조에서 답이 왔다.

"예기(禮記)를 보니 공자가 이르기를 날을 받아 놓은 신랑이 죽으면 신부감은 상복을 입고 조상하며 장사를 지낸 뒤에 벗는다고 되어 있으니 상복을 입고 후궁들과 함께 의식에 참여하여야 한다."

이 해석에 따라 태종은 죽은 뒤에 후궁을 두게 되었다.

태종은 재위18년, 상왕 4년 등 22년 동안 나라를 다스렸다. 억불숭유의 국책을 지키면서 불교를 5교 양종으로 정리하였다. 민심을 미혹시키는 비기와 도참서를 서운관에서 끄집어내 모두 불태웠다. 조정의 서열을 엄격히 하고 관제를 혁신했으며 기강을 세웠다. 걸리는 자는 가차 없이 베어버렸다. 신문고를 설치하여 사헌부에서 해결 못하는 민초의 억울함을 직접 처리했다. 또한 호패제도를 실시하여 16세 이상의 남자는 모두 국가에서 파악했다. 학문 권장에도 힘써 주자소에서 계미자(癸未字)라는 동활자를 만들었다. 이것이 서양보다 50년 앞선 세계 최초의 금속 활자이다. 태종은 하륜을 시켜 이 활자로 태조실록을 인쇄하여 왕조실록의 선례를 만들었다.

그러나 태종은 성정이 포악하고 거칠어서 많은 사람을 죽이고 귀양 보냈으며 강압 정치를 펼쳤다. 계모인 신덕왕후 강비에 대한 복수심이 매우 집요했다. 태종은 정안대군 시절 계비 신덕왕후의 아들인 방석을 왕세자로 책봉한 부왕 태조에 크게 반발하여 태조의 명을 따른 정도전, 남은 등을 죽이고 이복동생인 방석 형제도 죽였다. 부왕 태조가 승하하자, 죽은 계모 신덕왕후에게도 복수의 칼을 들이대었다. 도성 안에 있던 신덕 왕후의 능인 정릉을 파헤쳐 왕후의 시신을 사람들이 찾기 어려운 골짜기에 이장시켰다. 능을 장식했던 석물을 뜯어다가 광통교 다리를 만들어 뭇 백성이 밟고 지나가게 했다.

한 번 마음을 먹으면 끝까지 응징을 하는 복수심으로 국정을 무리하게 펼치기도 했지만, 임금 태종은 장차 5백 년을 이어갈 조선의 기초를 튼튼히 한 왕으로 그 공적을 높이 평가 받았다.

부처가 죽어야 공자가 사는가

태종의 국장은 철저히 주자가례에 의해 집행되었다. 원래 왕릉에는 조포사라 하여 두부를 만드는 절을 세우고 제사 음식을 마련하게 하였는데, 태조 왕릉에 세워졌던 조포사도 태종의 능에는 세우지 않았다.

태종이 태어나고 어린 시절을 보낸 것은 불교의 나라인 고려였다. 그래서 태종은 개인적으로는 불교를 멀리하지 않았다. 그러나 공식적인 일에서는 불교를 엄격히 배제했다. 조선 건국이념 중의 하나인 억불숭유 정책을 지키기 위해서였다.

원경대비의 장례 때 임금 세종이 능 앞에 조포사를 세우려고 태종에게 물어본 일이 있었다.

"대비의 능 앞에 중들이 드나드는 절을 세워서는 안 되오."

태종은 완곡하게 반대했다.

"태조대왕께서도 신덕왕후의 정릉에 조포사로 흥천사를 세우셨습니다."

임금이 할아버지 태조대왕의 예를 들며 다시 윤허를 청했다.

"적막한 산골짜기에 어찌 어마마마를 홀로 계시게 하겠습니까?"

"그 유택은 장차 나도 가야 할 곳인데 유가의 후손인 내가 불제자와 어떻게 함께 있겠소."

세종이 더 고집을 부리려고 하자 태종이 말을 계속했다.

"추잡한 중들이 그곳에 드나드는 것을 지켜볼 수 없소. 중국에서 부처를 믿고 있는 한 대국을 섬기고 있는 우리나라로서는 갑자기 어떻게 할 수는 없는 노릇이오. 하지만 정릉에 흥천사를 지은 것은 아바마마의 사적인 뜻이었소. 건릉과 제릉에 절을 지은 것은 내가 한 것이지만 아바마마의 뜻을 따른 것뿐이오. 그뿐 아니라 개경사에 범종을 주조하기도 하였소. 이게 모두 내 뜻이 아니었소."

"그러면 어마마마의 마지막 길에 명복을 빌게 이레마다 올리는 제는 할 수 있게 해주십시오."

임금은 돌아간 모후를 위해 무엇인가 하고 싶어서 다시 청했다.

"그런 정도야 크게 벌이지 않는다면 괜찮겠지요. 하지만 이번 장례는 철저히 불씨의 제도를 배제하시오."

세종은 원경대비를 위해 7일 천도제를 지내고 승려들로 하여금 염불을 올리게 하였다. 또한 상왕에게 알리지 않고 대비의 영혼을 위하여 평양군 조대림을 대자암에 보내 법석을 배설하게 했다. 가사, 바릿대, 등롱 등의 물품도 모두 궁중에서 대었다.

상왕은 임금의 태도가 아무래도 못미더웠던지 황희 등을 불러 따로 말했다.

"주상이 나 죽은 뒤에라도 의식을 불교식으로 하려고 한다면 경들이 막아 주시오."

"그렇게 하시지는 않을 것입니다. 국가의 대의가 유교에 있는데 그럴 리가 있겠습니까?"

황희가 상왕을 안심시켰다.

"세상을 현혹케 하고 백성을 속이는 것으로서 신선이나 부처보다 더 심한 것은 없을 것이오. 나는 이궤조의 전기를 읽고 나서 신선이란 것이 더없이 허망하다는 것을 알았소."

태종은 병석에 있을 때에도 대신들을 볼 때마다 불교 의식에 대해 말했다.

"대비를 위해 불사를 할 때 대소 신료로부터 천민에 이르기까지 많은 사람이 들끓어 천 명이 넘었다고 하더군요. 부처에게 영혼이 없다면 그만이고, 있다면 그것이 공경하는 것은 아닐 것이오."

상왕 태종은 후에 대비를 위한 천도재를 중지시키고 절에 가는 백성의 수도 제한했다.

원래 태종은 불교에 대해 공식적으로는 엄격히 배척했지만 사사로이는 그렇지 않은 면이 있었다. 원주 각림사는 태종이 대군 시절 공부할 때 가서 있던 절이었는데, 이곳 주지 석휴가 병문안을 왔을 때는 병실까지 들어오게 하고 돌아갈 때 쌀 2백 석을 하사했다. 그뿐 아니라 명나라 사신 화엄이 제불명칭가곡(諸佛名稱歌曲)을 가지고 와서 조선에 퍼뜨리기를 원하자 이를 전국 사찰에 보내어 승려들이 외워 익히게 하라는 임금 세종의 지시를 용인하였다.

한번은 전국의 사찰에서 승려들이 제자로 삼았거나 노비로 쓰는 천민들에 대한 조치가 내려진 일이 있었다. 그때 임금 세종은 승려들이 법 시행 이전에 데리고 있었거나 은혜를 입은 승려에게 준 노비들은 빼앗지 말라는 관용을 내렸다. 이에 대해서도 황희 등 골수 유학자들은 못마땅하게 생각했지만 태종은 반대하지 않았다.

세종 1년에 상왕 태종의 지시로 사찰의 축소 등 여러 가지 압박이 가해지자 승려 30명이 집단으로 압록강을 건너 명나라로 망명하는 사건이 일어났다. 이 사건을 보통의 일로 보지 않은 태종은 수강궁에서 대신들을 접견한 뒤 임금 세종과 병조의 윤희, 지신사 원숙만을 남기고 모두 나가게 하였다.

네 사람은 촛불을 켜고 밤늦도록 승려 문제에 대해 의논을 했다.

"승려 30명이 명나라로 들어간 것은 대단히 중대한 문제요. 사직의 존립에 영향을 줄 수도 있는 문제요."

항상 사태를 멀리 보는 상왕인지라 모두 중대함을 깊이 인식했다.

"이 보고를 받고 문득 전날 윤이와 이초가 명나라에 도망하여 우리나라에 대해 황제에게 거짓 보고했던 것이 생각나오."

상왕 태종은 좌중의 굳은 표정을 둘러보고 말을 이었다.

"우리나라의 실정을 잘못 알게 된 황제 때문에 우리가 여러 번 곤란에 처하지 않았소."

"가짜 왜구를 꾸며 명나라를 괴롭히려고 한다고 오해받은 사건 말씀이군요."

원숙이 부연했다.

"내가 초년에 상당군 이저를 외방으로 귀양 보낸 일이 있는데 나의 억불 정책에 불만을 품은 승려 한 사람이 명나라에 도망가 거짓 실정을 알리는 바람에 애를 먹었소. 사신이 와서 너희 나라는 왕실에서 친족도 마구 죽인다면서 하고 따진 일이 있었어요. 이것을 해명하는 데도 오랜 시일이 걸렸소."

이어 원숙이 다른 경우를 이야기했다.

"명나라 사신을 궁정에 불러 위안(慰安)하고자 했을 때 상감마마께서 사모와 품대를 하사한 일이 있습니다. 사신이 돌아가 황제에게 바치니 황제가 그것을 옆구리에 차더라는 말을 듣고 마마께서 웃으신 일이 있지요. 이것을 비웃었다고 트집 잡은 일도 있었습니다."

모두가 웃음을 참으려고 입을 가렸다.

"웃을 일만은 아니오. 이 같은 일은 모두 불령한 백성들이 명나라에 도망가서 고해바치는 바람에 생기는 일이오. 두만강과 압록강이 대국으로 도망쳐 들어가기 아주 쉽지요. 일반 백성도 쉬운데 승려는 더 쉬울 것 아니오?"

상왕의 걱정이었다.

"지금 중국의 황제 영락제(永樂帝)가 불씨를 신봉하는 것이 지나쳐 명칭가곡을 외는 소리가 온 저자에 퍼져 있고, 공화(空華)와 불상의 상서를 그린 그림이 파다하답니다. 풍습이 이렇게 불씨를 따라가고 있는데, 우리나라에서는 일찍 사찰과 전토를 혁파하여 겨우 열에 하나 정도 남겨 놓았고, 이번에 또 절의 노비를 없앴으니 어찌 원망이 없겠습니까. 이들은 이미 이 땅에서 희망을 잃은 상태입니다. 황제가 불씨를 숭상한다는 것을 저들이 잘 알고 있을 텐데 걱정입니다."

임금이 상왕의 안색을 살피며 말했다.

"그런 자들이 명나라에 들어가 말을 꾸며 이간질하는 참소가 계속될 것이 분명하오."

"무력을 동원해 막는 방법도 있지요."

병조참의 윤희가 말했다.

"지금 승려들에게 스스로 기뻐하고 위안하는 마음을 갖도록 하기 위해 불경을 항상 읽고 외우게 하는 것이 좋을 것 같습니다."

임금이 유화책을 내놓았다.

"속히 서북면과 황해도 등 명나라 사신이 왕래하는 곳에 승려와 노인들을 모아 놓고 황제가 하사한 명칭가곡을 외우고 부르게 해야 할 것 같소. 또한 황제가 불도를 숭상하여 복을 얻고 상서로운 일이 나타나는 모양을 찬양하는 노래를 지어서 기생들에게 부르게 하시오. 명나라 사신이 와서 연도를 지날 때 불경을 외우는 자가 많고 황제의 덕을 칭송하는 자가 있다면 명나라에서는 기뻐할 것이고, 비록 도망하여 들어간 승려가 참소를 하더라도 그 말을 믿지 않을 것 아니오."

평소의 소신과 다른 상왕의 지시에 모두 어리둥절했다. 그러나 세종은 부왕이 역시 뛰어난 정치가라는 생각을 했다.

"자복사의 논과 밭은 승려들이 많이 모이는 곳에 이속시켜 그들의 마음을 편안하게 하는 것이 좋을 것이오."

"속히 시행하겠습니다."

병조참의 윤희와 지신사 원숙이 동시에 대답했다.

임금은 고개를 끄덕였다.

"내가 이러는 것은 불씨의 화복설이 겁나서 하는 것은 결코 아니오. 또한 천자가 불교를 배척한다고 군사를 이끌고 쳐들어 올까 봐 그러는 것도 아니오. 지금의 권도로서는 이렇게 하는 것이 사직을 온전히 보전하는 최상책이라고 생각하기 때문이오."

태종은 갑작스런 자신의 태도 변화가 어디까지나 사직을 위한 대도이지 불씨를 위하는 길이 아니라는 것을 누누이 강조했다.

"오늘 일은 다른 대신들이 모두 알게는 하지 마시오. 관계된 관아와 대신들에게만 알려서 시행하도록 하시오."

상왕은 입단속을 철저히 명했다.

임금 세종은 밤늦게 경복궁으로 돌아오면서 착잡한 마음이 들었다. 국가의 정책이 아닌데 대국이 겁나서 따르는 척한다는 것이 제일 마음에 걸렸다. 대국이 불도를 장려하기 때문에 하는 것이 아니라, 차라리 불도에 믿음이 있다고 생각하는 백성은 누구나 마음 편히 믿게 하는 것이 옳다고 생각했다. 그것이 속임수보다는 훨씬 떳떳한 길이며 오히려 사직을 보전하는 길이라고 생각했다.

"중전은 이 일을 어떻게 생각하시오?"

내전에 들어온 임금이 소헌왕후를 보고 물었다.

"믿음이라는 것은 사람의 마음속에 있는 것인데 누가 막는다고 해도 언젠가는 밖으로 튀어나오는 것이지요. 불도가 진정 사람의 마음을 움직일 수 있다면 누가 막더라도, 아무리 목을 베더라도 결국은 온 천지에 퍼지고 말 것입니다. 불씨의 역사를 들어 보면 해동의 일개 왕국인 조선이 막는다고 해서 그칠 일이 아닌 것 같사옵니다."

"아니, 중전은 언제 불씨에 대해 그렇게 깊은 생각을 품었소?"

"어마마마께서 항상 제게 이르셨던 말씀입니다."

임금은 마음속으로 그 말이 정말 옳다는 생각이 들었다. 그러나 내놓고 맞장구를 치지는 않았다.

"아바마마는 오늘 논의된 일을 공공연히 펴놓고 진행하지는 말라고 하셨소."

이튿날 임금은 황희를 편전으로 불러 은밀히 의견을 들어보았다.

"상왕마마와 금상마마의 분부는 지당하옵니다. 하지만 노비를 돌려준다면 조정의 정책에 신의를 잃을까 걱정입니다."

"불교를 그냥 믿을 사람은 믿도록 내버려두는 문제는 어떻게 생각하시오?"

임금은 간밤에 중전한테 들은 이야기고 있고 해서 물어 보았다. 황희는 임금의 진의를 파악하지 못한 듯 한참 있다가 말문을 열었다.

"불교는 청정과 적멸로서 종지를 삼고 있기 때문에 국가의 일을 망각한 교이옵니다. 성의와 정심으로 수신, 제가, 치국, 평천하하라는 교에 어긋나는 것입니다. 불씨의 무리들은 황당무계하고 무망한 화복응보설(禍福應報說)로 선을 권장한다고 하면서 거리낌 없이 온 나라를 헤집고 다니며 어리석은 백성을 유혹하여 그 재물을 바치게 하고 있습니다. 말하자면 한 사람이 농사지어 열 사람이 놀고먹는 것과 같으니 어찌 백성이 고달프지 않겠습니까?"

황희의 말에 임금 세종은 고개를 흔들었다. 마음으로 이루어야 하는 일을 어찌 겉으로 나타난 모양만 보고 판단할 수 있는가 하는 생각이 들었다.

한편, 소헌왕후는 주인이 없어 텅 비다시피 한 수강궁 신궁에 앉아 원경대비의 결단력 있고 따뜻한 성품을 기리고 있었다.

"중전마마, 별당 의빈마마께서 뵙기를 청합니다."

한 상궁이었다.

"들어오시라고 하라."

의빈 권씨는 태종이 마지막까지 정을 놓지 않은 후궁이었다.

"의빈마마께서 웬일이십니까. 효빈마마처럼 입산을 하시려는 것인지요?"

효빈은 상왕의 후궁 중 가장 나이가 많은 사람이었다. 평소에 불자로서 선을 행하며 살겠다고 원경대비에게 늘 말해온 효빈은 상왕의 첫 7일재가 끝나자 임금 세종과 왕후에게 하직 인사를 올리고 입산했다. 임금은 그런 효빈을 말리지 않았다.

아직도 상복차림의 의빈 권씨가 다소곳이 앉으며 말문을 열었다.

"중전마마께 어려운 청이 있어 왔습니다."

"무슨 말씀이신지요."

"전하의 명복을 빌기 위해 하고자 하는 일이 있습니다."

"아바마마를 위한 일이라면 무슨 말씀이든 하시지요."

"법화경을 금 글씨로 필사하고자 합니다."

"법화경을요?"

궁내에서 불경을 필사한다는 것은 그리 간단한 문제가 아니었다. 그러나 소헌왕후는 결단을 내렸다.

"참 장한 결심을 하셨습니다. 내수사에 일러 금분과 먹, 벼루, 종이를 드리도록 하겠습니다."

그리고 한 달쯤 지나서였다. 의빈 권씨와 신녕 궁주가 다시 찾아왔다. 두 사람을 본 소헌왕후는 소스라치게 놀랐다.

"의빈마마, 궁주마마. 이게 도대체 어찌된 일이십니까?"

두 후궁은 머리를 박박 깎고 가사 장삼 차림이었다. 평소에 두 사람이 원경대비를 잘 따랐을 뿐 아니라 불교를 몰래 숭상해 왔다는 것을 소헌왕후는 잘 알고 있었다.

"중전마마, 신첩들을 용서하시옵소서. 신첩들은 상왕 전하를 따라 갔어야 당연한 도리라는 것을 잘 알고 있습니다. 허나 모진 목숨이라 이승 생명이 다할 때까지 전하의 명복을 빌기 위해 산속의 도량으로 가겠습니다."

"입산을 하겠다는 말씀이십니까?"

"예. 윤허하여 주시옵소서."

"참으로 마음이 아파 무어라고 말씀을 드릴 수가 없습니다. 저녁에 전하가 오시면 여쭈어 보겠습니다."

소헌왕후로부터 뜻밖의 이야기를 들은 임금 세종은 마음이 착잡했다. 임금은 비답을 즉시 내리지 않았다. 얼마 후 경복궁으로 후궁들이 찾아왔다. 의빈과 신녕궁주가 삭발 가사 차림으로 임금 세종 앞에 부복했다.

"편안히 앉으십시오."

임금 세종은 두 사람을 따뜻이 맞이했다. 비록 후궁이지만 아버지와 살을 섞은 사람들이니 의붓어머니나 진배없기 때문이었다.

"어인 일들이십니까?"

임금 세종은 왜 왔는지를 알면서도 정중하게 물었다.

"상감마마, 이 무례를 용서하십시오. 신첩들은 모두 입산하여 먼저 가신 전하의 극락왕생을 빌면서 이 목숨 삭을 때까지 세상과 하직하고자 합니다. 윤허하여 주시옵소서."

"아바마마를 생각하는 그 마음 참으로 갸륵하시오. 그 말씀을 들으니 이 불효자는 부끄럽고 가슴이 아픕니다."

"전하, 망극하여이다."

"그러나 이렇게 갑자기 모두 떠나는 것은 허락할 수 없습니다."

"신첩들은 비록 하루 밤일지라도 승은을 입은지라 함께 목숨을 끊었어야 했는데 이렇게 살아서 숨 쉰다는 것이 얼마나 부끄러운지 모릅니다. 세속에서 사라져 부처님 앞에서 상왕 전하를 그리며 살게 해주십시오."

"전하, 윤허하여 주십시오."

후궁 두 사람이 연이어 청했다.

"마마……."

이때 갑자기 대전 문밖에서 말소리가 들리는가 싶더니 이어 통곡하는 소리가 들렸다. 놀란 임금이 문밖으로 나가 보고는 더욱 놀랐다. 마흔 명이 넘는 태종의 후궁, 상궁들이 모두 삭발 가사 장삼 차림으로 엎드려 통곡하고 있었다. 그중에는 하룻밤 승은을 입었으나 생산을 못해 잊혀진 궁녀도 많았다. 27남매를 낳은 태종이니까 비빈, 숙의, 숙원, 궁녀가 많을 수밖에 없었다.

"그 뜻을 잘 알겠소. 허나 궁을 떠나서는 안 되오. 모두가 저한테는 어머니인데 어머니를 내쫓는 불효자를 만들지는 마시오. 따로 거처

할 곳을 만들 테니 모두 기다려 주시오."

세종은 콧등이 시큰했다. 소헌왕후를 돌아보니 중전은 눈물을 흘리고 있었다.

임금 세종은 며칠 뒤 궐내에 내불당을 지을 것을 명령했다. 머리 깎은 후궁들에게 주기 위해서였다. 그러나 이 지시는 맹렬한 반대에 부딪혔다.

남녀상열지사가
대전을 괴롭히다

세종이 상왕 태종의 후궁 40여 명을 위해 대궐 안에 내불당을 지으라고 지시하자 조정과 유림은 반대 상소로 들끓었다.

임금은 여러 대신과 소헌왕후를 비롯한 영빈, 신빈 등에게도 의견을 물어 보았다.

"그 일은 아바마마를 모시는 가장 좋은 효도의 길이라고 생각되옵니다."

소헌왕후의 대답이었다.

"산속에 갇혀 사는 것보다 훨씬 잘된 일이지요."

신빈 김씨의 생각이었다.

"국기를 흔드는 일입니다."

대부분의 대신들이 우려했다. 특히 황희가 가장 완강했다.

형조판서 허지 등이 상소문을 올렸다.

"대저 불교라는 것은 청정과 자비를 내세우고 있습니다. 석가는 고행과 걸식으로 도를 깨달았다 하고, 혜능(慧能)은 몸소 절구방아 일을 하다가 종파를 이어받게 되었다고 하며 노비를 두어 봉양한다는 말은 듣지 못했습니다. 그런데 근자에는 노비로 인한 폐단도 많습니다. 병술년에는 중 도징과 설연이 절의 여자 종을 간음하여 도를 훼손시켰으며, 무술년에는 중 가휴가 마음대로 음행하다가 국법에 걸린 일도 있습니다. 국가에서는 승려들의 노비를 모조리 빼앗는 등 급진적인 개혁은 하지 않더라도 노비를 회수하는 일은 게을리하면 안 될 것입니다.

승려들은 흔히 사제 간에 싸움질을 합니다. 조계승 원목(圓穆)과 청민(淸敏)은 제자를 묶어 뒤주 속에 가두어 죽게 하였으니 이 어찌 참혹하다 하지 않겠습니까. 그러면서도 뻔뻔스러워 부끄러워할 줄도 모릅니다.

중이 되는 법이 친척도 버리고 애정도 끊고 집을 떠나 입산하는 것인데, 궁중에 절을 짓고 노비 회수에 관용을 두어서야 되겠습니까."

의정부와 육조에서도 허지의 상소를 지지하고 나섰다.

대신들은 구산사(龜山寺) 사건도 들고 나왔다. 이 사건은 승려 이인이 구산사에 있으면서 본사의 여종 동질가이와 통하여 아들을 낳은 것을 말한다. 이인은 태조 영가를 모시는 개성의 개경사에 있을 때는 궁정에서 나오는 쌀과 소금을 빼돌렸으며, 태조 신위에 올리는 메쌀에 좁쌀을 섞어 올린 일도 있었다. 그 후, 서울의 사찰에 들어와서도 간통, 음행을 계속하다가 사헌부에 적발되어 진어할 음식을 정결히 하지 않은 죄로 장 80대, 간통죄로 장 60을 더하고 이마에 문신을 넣는 형을 받았다.

사간원에서도 상소를 들고 나왔다.

"전하께서는 하늘이 내신 성덕과 광명의 학문으로서 성리의 근원을 궁구(窮究)하여 왔습니다. 지금이야말로 천 년 사이에 한 번 오는 기회이오니 올바르지 않은 논설을 배척하여 그것이 흥하지 못하게 해야 합니다.

놀고먹는 중들을 몰아내어 직업을 바꾸어 농사를 짓게 하고, 불씨의 풍습을 아주 고쳐 불교가 없던 삼국시대 이전으로 돌아가게 해야 합니다. 불교는 하늘의 이치를 버리고 천륜을 폐하며, 윤리를 없애고 부모를 떠납니다. 군신, 부자의 의를 끊고 정처 없이 떠돌아다니는데 그것이 사람의 도리입니까. 붕당을 지어 다니던 무리 가운데 적휴 같은 중은 몰래 다른 나라로 가서 황제에게 말을 지어내어 조정을 곤란하게 한 일도 있습니다.

또 죄를 짓고 도망한 자가 머리를 깎고 옷을 바꿔 입어 형체를 숨기고 함부로 사변을 일으킨다면 어찌 되겠습니까? 불교가 백성들에게 널리 퍼져 있고 습속이 이미 익혀져 있어 하루아침에 제거하기는 어렵겠지만 꾸준히 노력해야 할 것입니다.

원컨대 지금부터 종이 출가하는 것을 엄중히 금지하며 우리의 기본법전인 경제육전에 의거하여 법을 밝혀 엄히 다스리고 지방 관서에 지시하여 관내의 중과 사찰을 파악하고 이름과 수효를 파악해야 합니다. 서울은 통행장 제도를 시행하고 통행장이나 도첩이 없는 자는 통행을 제한하고 이사한 자가 있으면 무시로 고찰하여 다스리게 하소서."

임금은 상소문에 대해 모두 비답을 내리지 않았다. 임금이 생각하고 있는 것과 다르기 때문이었다. 황희, 맹사성 등을 비롯한 유학에만 사로잡힌 신료들의 생각을 바꾸는 것은 쉽지 않았다. 임금은 굳이 불교를 전파하려는 것이 아니었다. 그러나 그 교리를 더 깊이 연구하면 반드시 취할 것이 있다는 것을 효령대군의 언행을 통해 어렴풋이 알고 있었다.

세종은 세상을 맑게 하고 윤리 도덕을 바로 세우는 것이 지금의 국가 정책이나 위정자들의 힘으로는 되지 않는다고 생각했다. 정치나 권도보다 더 큰 힘이 필요하고 그것을 조선에 맞는 문화의 힘으로 이룩해야 한다고 생각했다. 백성들을 쉽게 계몽하기 위해서는 새로운 천도(天道)가 필요하고 교화의 수단이 있어야 한다는 생각이 들었다. 새로운 천도를 일으키려면 불교 같은 깊은 가르침을 연구해야 하고 이를 위한 수단으로 백성이 쉽게 이해할 문자가 필요하다는 결론에 도달했다. 그러나 임금 자신이 키우고 있는 집현전 학자를 비롯해 유교의 대가인 황희, 맹사성, 정인지, 최만리 등 신진 세력을 설득할 일이 난감했다.

불교의 폐단을 부각시키는 상소만 있는 것이 아니었다. 여러 곳에서 도덕이 무너지는 일이 발생하고 있었다. 그중에도 세종을 괴롭힌 사건은 도처에서 남녀 문제로 일어나는 가정 파탄이었다.

조선은 전대부터 일부일처제를 따랐다. 그러나 그것은 일반 백성에게만 통하는 일이었다. 궁중이나 특수 권력층, 또는 노비의 세계에서는 통하지 않았다. 임금 세종은 군왕도 백성과 같아야 한다는 생각에서 빈첩 두는 것을 반대했지만, 군왕이 구빈(九嬪)을 두어야 한다는 것은 어쩔 수 없이 받아들였다.

남녀 문제의 심각성은 궁중 내외에서 일어나는 사건이 여염집 사건보다 적지 않다는 데 있었다.

상참이 끝난 뒤 대사헌 하연이 아주 심각한 표정으로 아뢰었다.

"은밀히 드릴 말씀이 있으니 좌우를 물려주시옵소서."

임금은 모든 신하를 물리치고 우의정 이원만 남게 하였다.

"경은 무슨 말인지 말해 보시오."

"전하의 지근에 관계된 일이라 조심스럽습니다만 말씀을 올리지 않을 수 없습니다."

"말해 보시오."

"지신사 조서로가 전 관찰사 이귀산의 처 유 씨와 간음을 하였사옵니다."

"무엇이라고? 그런 일이 있다니!"

임금은 크게 탄식했다. 임금은 사헌부에서 대사헌이 직접 자세히 조사해 올리라고 명했다.

사헌부에서 관련자들을 가두고 국문해서 보고했다. 유 씨와 조서로는 먼 친척 사이였다. 유 씨는 어려서 아버지를 여의고 여승이 되어 어머니를 모시고 살았다. 조서로가 친척임을 빙자해 드나들다가 14세 때 유 씨와 한번 사통한 일이 있었다. 조서로의 어머니가 이를 알고 조서로에게 몹시 화를 내고 그 집에 드나들지 못하게 했다. 뒤에 유 씨는 머리를 기르고 이귀산에게 시집갔다. 조서로가 이귀산의 집에 드나들게 되자 나이 많은 이귀산은 조서로를 아내의 친척이라고 반겼다. 유 씨와 조서로는 서로 눈이 맞아 기회를 엿보다가 어느 날 조서로가 유 씨에게 붓으로 '목복의 집에서 만나 울울하게 맺은 정을 풀어보자'고 써 주었다. 유 씨는 문자도 알고 장기바둑도 즐겼다. 목복(木,卜)은 암호로 합치면 박(朴)자가 된다. 유 씨는 그 암호가 자주 다니던 친척 박 씨 집이라는 것을 알고 거기서 만난 이후로 간통을 이어 왔다.

"우리 동방이 예의로 나라를 다스린 유래가 오래입니다. 대대로 벼슬하여 온 세가의 집안에서는 이 같은 일이 있을 수 없습니다. 지신사는 그 직분이 왕명의 출납을 맡은 중요한 자리로서 임무가 무겁거늘, 그 죄가 강상을 범한 것에 해당됩니다. 조서로는 공신의 장자인지라 극형을 가할 수는 없지만, 유 씨는 대신의 아내로서 음탕한 짓을 했으니 참형을 주어 세인의 본보기로 삼아야 할 것입니다."

대사헌의 엄중한 보고였다.

'또 사람을 죽여야 하는구나!'

세종은 말 한마디로 사람의 목숨을 빼앗는 임금의 역할이 몹시 괴로웠다. 그러나 어쩔 수 없이 비답을 내렸다. 조서로는 영일로 귀양 보내고 유 씨는 사람이 많이 다니는 저자거리에 3일 동안 세워 망신을 준 뒤 목을 베었다.

의금부에서는 양녕에 관한 소가 올라왔다.

"양녕대군이 시중의 상인 딸인 윤이를 가까이하여 면포 일곱 필, 쌀, 콩 등을 주고 여종을 시켜 집에 데려와 며칠 밤을 새우고 당비파를 선물로 주어 보내는 등 음행을 하였으니 논죄해야 합니다."

이어 윤이 모녀가 옥에 갇히고 국문이 시작되었다. 양녕은 윤이 모녀가 금부에 투옥되었다는 말을 듣고 흥분해서 임금에게 심정을 글로 써서 올렸다. 그러자 대신들은 양녕이 반성함이 없이 건방을 떨었다며 문제를 제기했다.

"다만 양녕이 그 여자를 사랑해서 그랬다고 하니 이를 너무 심히 나무랄 수는 없는 일이 아니오."

임금은 이렇게 말하고 그냥 넘겼다.

그러나 그뿐이 아니었다. 이번에는 효령대군의 집에서도 문제가 생겼다. 효령대군의 첩이 대신의 신분에 있는 자와 간통을 했다는 것이었다. 효령대군의 첩 계금선은 원래 기생 출신이어서 출중한 미인으로 알려졌으나 몸가짐이 좀 헤프다는 소문이 나 있었다. 계금선이 지돈녕 이담과 간통을 했으니 치죄해야 한다는 것이었다.

"이들은 곤장 90대에 도형(徒刑) 2년 반에 해당됩니다."

의금부의 상계에 임금은 비답을 내렸다.

"이담은 직첩만 회수하여 공주로 귀양 보내고 계금선은 곤장 80대를 치되 돈이나 곡식 등으로 대신할 수 있게 하고 정해진 자리로 환원시켜라."

종실과 관련되어 임금을 괴롭힌 추문은 또 있었다.

종실로서 작은 벼슬을 하고 있는 이명인이 성비전에서 일하던 궁녀 소비와 간통하여 궐내를 시끄럽게 했다. 소비는 몇 년 전 성비가 소헌왕후에게 심부름 하라고 보냈는데 왕후 옷을 찢는 바람에 쫓겨나 다시 성비전에 가 있던 궁녀였다.

이밖에 궁중의 소주방 그릇의 조달을 맡은 별시옹 막동이가 신녕궁주의 전비(殿婢) 고미와 전각 뒤 으슥한 곳과 그릇 창고 등 대궐 내에서 여러 번 사통하다가 발각되었다.

"모두 참형에 처함이 타당합니다."

형조에서 상계하였으나 고미가 임신하였다는 말을 듣고 임금은 해산한 뒤 1백 일이 지나면 집행하라고 했다.

그뿐 아니라 효령대군이 일찍이 관계한 일이 있는 기생 죽간매를 정윤 이무생이 상왕 태종의 국상 중에 꾀어내 춤추고 노래하며 관계를 맺은 것이 들통 나 불충으로 벌을 받았다. 이 사건에는 기생 자동선, 간설매도 관계되었으며, 태종 후궁의 방자들도 여러 명 관련이 있었다. 이들은 모두 의성군 이용 등 종실 왕자들이 관계한 기생들인 것을 알면서 꾀어내 관계했기 때문에 더 크게 벌을 받았다.

임금이 신빈 김씨의 처소에 들렀을 때였다.

"전하 오늘 신첩이 희한한 이야기를 내시에게 들었습니다."

"희한한 이야기라고? 허허허. 한번 말해 보거라."

"남녀의 사랑에는 귀천도 상하도 없다고 하더니만 그 말이 참 아름다운 말 같사옵니다."

"사랑이 아름답다는 것은 고금천지 사람들이 아는 이야기 아니냐? 그래 무슨 이야기냐? 뜸 들이지 말고……."

"중전마마 전에 영비라는 나인이 있사온데요……."

"그래서?"

"이 아이가 글쎄……. 보충군 설효성이라는 관원과 눈이 맞아 궐내에서 사랑을 나누어 임신을 했다고 합니다."

"응? 그게 정말이야? 보충군이면 처가 있나?"

"그건 모르겠고요. 이것도 아름다운 이야기 아닌가요?"

신빈이 아름다운 이야기라는 말을 거듭하는 것은 양녕대군의 편지를 빗대기 위해 하는 말이었다.

"그럼, 중전도 이 일을 알고 있는가?"

임금이 물었다.

"알고 계십니다."

중전이 알고 있는데 이야기하지 않은 것은 불문에 붙이기를 원하는 것이라고 생각하고 임금은 더 이상 캐지 않았다. 그러나 조정에서 이 소문을 그냥 넘길 리 없었다. 형조에서 계를 올렸다.

"청컨대 영비는 장 백 대에 도(徒) 3년에 처하고 설효성은 장 백 대에 2천 리 밖으로 귀양 보내어 군에 복무케 하소서"

임금은 목 베자는 상계가 없어서 다행이라고 생각하고 그대로 시행하라고 했다.

세종이 신빈 김씨를 좋아하는 이유가 여러 가지 있었다. 처음에 상왕 태종이 권해서 거부하지 못하고 맞아들이기는 했으나, 몇 번 밤을 같이 지내보니 은근히 마음이 끌렸다. 인물이 다른 후궁들보다 뛰어난 것은 아니지만 그렇다고 빠지지도 않았다. 침실에서 임금을 모시는 방법이 소헌왕후나 다른 빈들과는 달랐다. 활달하고 대담한 행동을 스스럼없이 했다. 애정 표현도 적극적이었다. 임금을 두려워하거나 쩔쩔매지 않았다. 세종은 그것이 마음에 들었다. 무엇보다 친정 피붙이를 영달시켜 달라는 부탁을 사사로이 하지 않았다. 어떤 후궁은 임금에게 직접 청하기 어려우니까 지신사나 내관들한테 은근히 압력을 넣는 경우도 많았다.

"신빈은 누구 봐줘야 할 사람 없느냐?"

세종이 일부러 물어 보았다.

"있사옵니다."

신빈이 시치미를 딱 떼고 말했다.

"경복궁 주인인 이도 도령이옵니다."

"하하하. 이도 충녕이 말이더냐? 하하하……."

임금이 너털웃음을 웃었다.

"전하, 버르장머리 없는 소빈 볼기를 매우 쳐 주소서."

"암. 천하의 몹쓸 신빈을 과인이 엄히 다스릴 것이다."

명랑하고 청순했다. 관직을 얻으려고 그 어떤 노력도 하지 않았다. 어떻게 보면 신빈은 오늘만 즐거우면 된다는 생각으로 하루하루를 사는 것 같기도 했다. 세종은 그래서 답답할 때는 신빈 김씨를 찾았다. 생각이 균형 잡히고 차분하면서 언제나 냉정을 잃지 않는 소헌왕후에게서 찾지 못하는 무엇이 신빈에게 있었다. 그래서 머리가 무거울 때는 소헌왕후를 찾고 가슴이 답답할 때는 신빈을 찾는 것이었다.

궁중 안의 풍속 문란 행위는 또 있었다.

세종이 대신들을 불러 경회루에서 연회를 열던 날 밤, 연회가 무르익을 무렵 구석자리 기둥 뒤에서 승정원 임승부가 기생 봉소련의 치부를 만지면서 서로 희롱하다가 내시들에게 발각되었다. 임금이 연회를 열고 있는 어전에서 일어난 일이라 의금부에서 엄중히 조사했다. 의금부에서는 그들이 평소에도 사통하여 왔다는 것을 밝혀내고 참형에 처해야 한다고 했다.

세종은 또 사람 목을 베어야 한다는 것이 괴로웠다. 양녕대군 말대로라면 그것도 사랑이 아닌가.

임금은 임승부의 품계를 일등급 감하여 처리하라고 지시했다. 그러면 죽이는 것은 면하게 된다.

형조에서도 임금에게 상계를 올렸다.

"집현전 응교 권채가 첩한테 가혹 행위를 하여 죽게 하였으니 직첩을 회수하고 국문해야 할 것입니다."

궁중에서 불미한 일이 일어나더니 이제 도덕적으로 가장 깨끗해야하는 학문의 본당에서 불상사가 생겨 세종은 더욱 괴로웠다. 세종은 자세한 사실을 다시 보고받았다.

집현전 응교 권채는 덕금이라는 여종을 첩으로 삼았다. 권채의 처 정씨가 이를 질투하여 덕금이가 외간 남자와 간통했다고 거짓말을 했다. 권채는 화가 나서 덕금이를 왼쪽 발에 쇠고랑을 채워 골방에 가두고 매질하며 머리털을 모두 깎았다.

아내 정씨는 그래도 분이 안 풀려 칼을 시퍼렇게 갈아들고 골방에 들어가 덕금이의 목을 자르려고 했다. 이때 정씨의 여종 녹비가 말렸다.

"마님 이대로 죽이면 반드시 소문이 날 것이니 그렇게 하지 말고 저절로 굶어죽게 하는 것이 좋겠습니다."

여종의 말을 들은 정씨는 덕금이를 굶기기 시작했다. 굶다 못한 덕금이는 오줌과 똥을 먹기도 했다. 나중에는 똥에 구더기가 생겨 더 이상 먹지 못했다. 정씨는 똥을 먹지 않는다고 덕금이의 항문을 바늘로 찌르는 고통을 주어 구더기까지 억지로 먹였다. 덕금이는 얼마 후 죽었다.

세종은 권채의 학문을 인정하고 있는 터라 아깝기는 해도 어쩔 수가 없어 윤허하려고 했다. 그런데 판부사 변계량, 제학 윤회, 황희 등이 달려와 인재를 살려야 한다고 호소하는 바람에 직첩은 회수하지 말고 의금부에서 국문하라고 명했다.

궁중의 체면이 말이 아니었다. 그리고 신료들의 기강이 속절없이 무너지고 있었다. 세종은 죄를 짓고 웬만해서는 살아나기 힘든 부왕 태종 시대보다 사람들의 마음이 풀린 것이 아닌가 하고 자문도 해보았다. 누구나 남녀의 애정이라는 것은 억압을 한다고 일어나지 않는 것이 아니라고 생각했다. 그것이 누구도 거역할 수 없는 자연의 이치가 아닌가.

국모 딸과 종년 어머니, 눈물의 포옹

세종 7년, 소헌왕후의 외할아버지 영돈녕부사 안천보가 죽었다는 부음이 궁중에 전해졌다. 부음을 받은 소헌왕후는 내전 문을 꼭꼭 닫아 아무도 들어오지 못하게 하고 혼자 한나절 동안 울었다.

소헌왕후의 눈물은 외할아버지를 잃은 슬픔보다 어머니가 불쌍해서 나오는 것이었다. 어머니 안씨는 아직도 관노의 적(籍)에서 풀려나지 못하고 있었다.

안천보의 나이는 87세. 나이가 많아 관직에서 물러나 거문고와 책으로 여생을 보냈다. 외손녀 하나를 잘 두어 국모의 외조부로서 가문에 둘도 없는 영광을 누렸다. 그러나 외손녀 하나를 잘 못 두어 사위는 비명에 가고 딸은 관아의 종이 되어 비참한 생을 이어가고 있는 중이었다.

안천보는 공조전서에 있다가 물러나 오랫동안 벼슬길에서 멀어져 있었다. 16년 만에 상왕 태종이 불러 다시 조정에 들어갔다. 태종은 안천보의 청렴한 인품과 고아한 처신을 높이 평가했다. 검교 참찬에 이르렀으나 사양하고 돈녕부의 영사직도 나이가 많음을 이유로 물러나 집으로 돌아갔다.

"나의 처외조부 안공은 참으로 고귀한 학 같은 인재였소. 마음가짐이 충직하기로 따를 사람이 없지요."

임금 세종은 소헌왕후가 문 닫고 울고만 있다는 소식을 듣고 근정전에서 보던 정사를 중지하고 교태전으로 들어왔다. 소헌왕후는 조용히 일어서서 눈물을 닦았다.

"왕실의 지친이 되기에 부족함이 없는 분이었소."

숙연한 표정으로 임금은 말을 계속했다. 왕후의 슬픔을 달래려고 애쓰는 모습이 역력했다.

"공의 꾸밈없는 고운 자태는 과히 소연(昭然)하다고 할 것이오. 그래서 시호를 소의공(昭懿公)이라고 할까하오. 공손하고 아름답다는 뜻의 소(昭)와 부드럽고 현명하다는 뜻을 지닌 의(懿) 자로 말이오."

"황공하옵니다."

소헌왕후는 임금의 깊은 배려가 고마웠다.

조의를 표하기 위해 임금은 사흘 동안 조회를 정지하라는 교지를 내렸다.

소헌왕후는 외가 집으로 가는 교자 속에서 계속 눈물을 흘렸다. 몇 년 전 외할아버지 생신 잔치 때 외가에 갔던 일을 회상하자 더욱 서러웠다.

친정아버지 심 정승이 수원까지 끌려가 자결하고 어머니는 종이 되어 험한 일을 하며 살 때였다.

소헌왕후가 어머니가 보고 싶어 날마다 눈물 흘리는 것을 알고 임금이 어머니를 만날 수 있도록 외할아버지 생신 잔치에 보내 주었지만, 국모와 종년이 만나서는 안 된다는 상왕의 선지에 왕후는 눈물 어린 눈으로 멀리서 어머니의 자태만 보고 돌아왔다. 한마디 말도 건네보지 못한 자신이 너무 비참했다.

이제 외가에 가면 어머니를 볼 수 있다는 기대가 가슴을 벅차게 했다.

상가에 도착한 소헌왕후는 외할아버지 빈소에서 꿈에 그리던 상복 차림의 어머니를 만났다.

"어머니!"

왕후는 할아버지 영전은 뒷전으로 두고 어머니의 품에 와락 안겼다.

"중전마마!"

두 사람은 끌어안고 동시에 눈물을 펑펑 쏟았다.

"어머니. 이 불효를 용서하십시오. 어머니."

왕후의 통곡은 점점 소리가 커졌다.

"중전마마 진정하십시오. 중전마마."

두 사람은 눈물이 앞을 가려 서로의 얼굴이 보이지도 않았다. 밖에서 있던 한 상궁이 급히 들어와서 왕후를 향해 말했다.

"중전마마, 법도에 어긋나십니다. 문상부터 드리시지요."

법도에 어긋난다는 것은 왕후와 안씨의 포옹을 말하는 것이었다. 뒷날 시비 걸기 좋아하는 사헌부나 예조 같은 데서 이를 문제로 삼을 것을 의식해서 한 말이었다.

"얼마나 보고 싶었던 어머니인 줄이나 아는가? 내가 어머니 뱃속에서 나와 어머니 젖을 먹으며 자랐는데 어머니 품에 한번 안겨 보는 것이 무슨 큰 죄이더냐?"

왕후는 목이 메어 말을 잇지 못했다.

"황공하옵니다. 중전마마."

한 상궁도 눈물을 흘렸다. 둘러선 상제들이 모두 눈시울을 적셨다.

외할아버지 영전에 절을 마친 중전이 어머니 안씨에게 큰 절을 하려고 하자 안씨가 벌떡 일어섰다.

"안됩니다, 중전마마. 절을 하시면 아니 됩니다."

안씨가 극구 만류했다.

"중전마마, 법도에 어긋납니다."

한 상궁이 다시 끼어들었다.

"중전마마, 한 상궁의 처지를 생각해 주십시오."

안 대감의 큰아들 수산도 말렸다.

"내가 공비가 되기 전에는 어머니의 딸이었다. 지금은 공비가 아니고 오직 한 여식일 뿐이다. 여식이 7년 만에 어머니에게 절하는 것이 무슨 잘못이냐. 나에게는 그것이 법도다."

왕후는 주위의 만류를 뿌리치고 절을 했다. 공비라는 것은 소헌왕후의 공식 칭호이다.

왕후는 어머니 얼굴을 뚫어지게 들여다보기도 하고 손을 만져 보기도 했다. 안씨의 손을 뺨에 가져다 대보기도 했다. 한 상궁은 아예 안 본 것으로 할 셈인지 문밖으로 나가 버렸다.

"어머니, 얼마나 고생이 심하세요. 아직도……."

안씨가 왕후의 말을 가로막았다.

"중전마마. 내가 장예원에 묶여 있는 것을 조금도 개의치 마십시오. 아무 불편이 없습니다. 공연히 말 꺼내 조정을 시끄럽게 하지 마십시오."

모녀의 이야기는 끝이 없었다. 하루가 왜 그렇게 빨리 가는지 금세 저녁 무렵이 되었다. 그때야 외숙모와 외삼촌들이 한자리에 앉게 되었다.

"외할아버지처럼 고귀하게 사신 분이 드물 겁니다."

왕후의 말에 큰아들 수산이 맞장구를 쳤다.

"제가 탕약을 올리려고 했더니 아버님 말씀이 '인생 80이 세상에 흔히 있는 것이 아니다. 내가 약을 먹어 무엇 하겠느냐.' 하시면서 끝까지 약을 드시지 않으셨습니다."

"외할아버지는 아름답게 사시는 법을 아시는 분이십니다. 인생의 가치를 벼슬에 둔 것도 아니고 부귀에 둔 것도 아니고 또한 장수에 둔 것도 아니시지요."

소헌왕후에게는 아쉬운 하루였지만 어머니를 그리워하는 한은 조금이나마 풀었다.

궁으로 돌아온 소헌왕후는 임금에게 웃음을 보였다.

"아니 복 입은 사람이 웃다니, 큰 불경인데요."

임금이 웃음을 농으로 받았다.

"그래 어머니 만나 회포를 좀 풀었소?"

"어머니가 종년이라고 한 상궁이 손도 잡지 못하게 합디다. 법도, 법도, 법도가 무엇이며 권도가 무엇인지."

임금 세종은 소헌왕후의 푸념이 무슨 뜻인지 금방 알 수 있었다.

얼마 뒤 좌의정 이직, 우의정 황희, 참찬 최윤덕과 허조, 호조참판 안순, 예조판서 신상, 이조판서 정진, 병조참판 이천, 형조참판 정초, 공조참판 조귀 등이 소헌왕후의 친정어머니 안씨에 대한 상소를 올렸다.

"성인이 법을 움직일 때는 반드시 인정이 따르게 되고, 군왕이 효도를 하는 것은 선왕의 뜻을 따르는 것입니다. 무술년 강상인의 옥사가 있을 때 심온에 대해 죄상을 갖추어 올렸더니 상왕 태종께서 특별히 자진하게 하였습니다. 그리고 관을 내려 주시고 가산도 몰수하지 않았습니다."

상소는 계속되었다.

"선왕께서 이렇게 하신 까닭은 우리 공비 전하께서 성상의 원자를 낳고 기르셔서 우리 조선 만대의 기틀을 만드셨기 때문입니다. 선왕께서는 의금부의 형률에 의해 어쩌지 못했으나 심온의 가족에 대해서는 종살이를 면하게 하실 생각이었습니다. 허나 미처 교지를 내리지 못하고 붕어하셨습니다.

옛날 한나라 소제 때에 황후의 아버지가 반역하여 참형을 당하여도 그의 처는 추존하여 경부인으로 삼은 고사가 있습니다. 이제 공비 전하는 국모가 되었는데도 안씨는 관비의 족보에 매여 있습니다.

신들이 모여 의논하기를 전하께서는 고사를 본받고 선왕의 유지를 받들어 안씨를 관비 족보에서 삭제하시고, 작첩을 돌려주어 신민들이 국모를 받드는 데 불편이 없도록 해 주신다면 매우 다행한 일일 것입니다."

상소문을 읽고 난 임금은 작첩 반환에는 말이 없고 노비 문서에서는 삭제하게 하여 왕후의 근심 하나를 덜어 주었다.

임금 세종은 오랜만에 신빈 김씨의 처소인 별당을 찾았다. 신빈은 함박웃음으로 임금을 반겼다.

"전하. 하마터면 못 알아볼 뻔 했습니다. 그동안 기체후일향만강하신지요?"

상궁이 주안상을 조심스럽게 진상했다.

"오늘은 술 한잔 하고 싶구나."

임금 세종이 상궁을 보고 말했다.

"금주령을 내리신 전하께서 술을 청하십니까?"

신빈이 웃으며 말했다.

"술을 마셔도 절도가 있으면 용서되는 것 아닌가."

"요즘 술 때문에 일어난 말들이 더러 있는 모양입니다."

"무슨 이야기냐?"

"황희 정승의 사위가 술을 먹고 사람을 죽였는데 쉬쉬하고 있다면서요? 전하는 모르셨습니까?"

신빈이 여전히 생글생글 웃으면서 말했으나 임금은 충격을 받았다.

"정말이냐?"

"소첩의 심부름을 맡은 백 나인이 밖에서 들었답니다."

임금이 모르는 이야기인 것을 보니 신빈의 말대로 정승의 인척이 관련된 일이라 조정에서 쉬쉬한 모양이었다. 그러나 조정의 비밀은 대개 관아에 종속된 노비들의 입을 통해 은밀히 나돌게 되고 결국은 모두가 알게 되었다.

임금은 이튿날 의금부 제조 허연에게 슬그머니 물어 보았다.

"어느 관원이 술을 먹고 사람을 죽인 일이 있다는데 사헌부에서 국문하고 있느냐?"

허연은 조금 주저하다가 입을 열었다.

"신창현 일이라면 형조에서 하는 일이라 잘 알지 못합니다. 아마 내일쯤 형조에서 상계가 있을 것으로 아뢰옵니다."

과연 이튿날 형조에서 계가 올라왔다.

"형조의랑 서선의 아들 서달의 노복 잉질종이 술이 취해서 덤벼드는 신창현 아전 표운평과 다투다가 표운평이 자해하여 죽었다고 합니다. 형률에 고의로 사람을 죽인 것이 아니니 가볍게 처리할까 하오니 윤지를 내려 주옵소서."

보고서는 계속되었다.

"몽둥이로 몇 차례 때린 사람은 서달의 노비 잉질종으로 결코 죽일 의사는 없었던 것 같습니다. 그 자리에 서달은 있지 않았습니다."

서달이 바로 황희 정승의 사위였다. 임금이 받은 보고는 신빈이나, 허연에게서 듣던 것과는 너무도 달랐다. 누가 작용했는지 몰라도 사건을 왜곡, 축소하려는 의도가 분명히 보였다.

임금은 대사헌 김명성을 불렀다.

"지금 형조에서 진행하고 있는 신창현 아전 사망 사건을 의금부로 옮겨 철저히 조사하여 올리시오. 추호도 감추는 것이 있어서는 안 됩니다."

임금은 별당 깊숙이 있는 빈첩도 알고 있는 사실을 모르고 있었다는 것이 한심했다.

며칠 뒤 의금부에서 신창현 살인 사건의 자세한 보고가 올라왔다. 의금부가 조사한 진상은 형조의 보고와는 아주 달랐다.

"좌의정 황희, 우의정 맹사성, 형조참판 신개, 사헌부참찬 조계생, 형조좌랑 안숭선, 신창현감 곽규, 신창교도 강윤 등 십여 명이 연루된 사건입니다."

정승에서부터 지방 현청의 아전까지 연관된 엄청난 옥사였다.

황희 정승의 사위 서달이 어머니 최 씨를 모시고 대흥현으로 가다가 신창현에 이르렀을 때였다. 서달 일행을 흘깃흘깃 보던 사람 셋이 앞길을 막아섰다.

"어디로 가는 사람들인데 남의 고장을 지나면서 길에서 어른을 보고 인사도 없느냐?"

그들은 약간 술기운이 오른 듯했다. 서달은 그들을 잡아 오라고 노비 잉질종 등 세 명에게 지시했다. 잉질종 등이 잡으러 가자 그들은 허둥지둥 도망쳤다. 그 중에 한 명이 잡혀왔다.

"네놈은 누군데 길가는 사람한테 시비를 거느냐?"

서달이 발로 걷어차면서 질책했다.

"내가 그러지 않았소. 그자는 도망갔는데 왜 나만 가지고 그러는 거요?"

잡혀온 자가 대들자 잉질종 등 세 명의 노비가 달려들어 그자를 흠씬 두들겨 패고 줄로 묶었다.

"나는 신창현의 아전이다. 때리지 말라."

"달아난 놈도 아전이냐?"

"그렇다 ."

"그놈 집을 대라. 그리로 가자."

잉질종이 몽둥이로 계속 엉덩이를 때리면서 추궁했다.

잡힌 아전은 매를 맞으며 달아난 아전 표운평의 집으로 갔다.

"아전 놈 나오너라."

서달이 마당에 들어서며 소리를 질렀다. 방안에 숨어있던 표운평이 나왔다.

"어떤 놈들이 남의 집에 와서 행패냐?"

술이 약간 된 아전 표운평이 마당으로 나왔다.

"이놈아, 이 나리가 누군지 아느냐. 황희 정승의 사위이시다. 어디서 버르장머리 없이 까부느냐?"

노비들이 덤벼들어 표운평을 묶어놓고 몽둥이로 패기 시작했다. 50여 차례를 맞은 표운평은 그날 밤에 죽어버리고 말았다.

이 사건은 신창현감에게 보고되고 현감은 다시 형조에 보고했다. 그러나 정승의 사위가 한 일이라 아무도 함부로 사건을 처리하지 못했다. 사건을 맡은 형조좌랑 안숭선은 일곱 달 동안 사건을 처리 하지 않고 우물쭈물했다. 사건이 유야무야될 것 같으니까 죽은 표운평의 형 표복만이 억울하다면서 사직 부서를 기웃거리고 다녔다. 일이 커지면 직접 관계는 없더라도 황희 좌의정이 정치적 타격을 받지 않을 수 없게 될 터였다.

황희 정승이 맹사성을 찾아갔다.

"맹 정승, 저 좀 도와주어야겠습니다."

맹사성이 하던 일을 멈추고 걱정스러운 얼굴로 황 정승을 보았다.

"일은 대강 들어서 알고 있소. 얼마나 걱정이 되시오?"

맹사성이 황 정승을 위로했다.

"변변치 못한 사위를 두어서 낯을 들 수가 없습니다. 사돈 영감 보기도 민망스럽고요."

"사람이란 누구나 실수가 있는 법인데 젊은 혈기에 그럴 수도 있는 것이지요."

"그래서 말인데요. 맹 정승이 좀 도와 주셔야겠습니다."

"말씀을 하시지요."

"사건이 난 신창현이 맹 정승의 고향 아니오?"

"그렇습니다만……."

"수습하는 일을 좀 도와주십시오. 맞아 죽은 자가 아전인데 그의 형이 서울에 와서 사헌부, 사간원, 형조 등을 기웃거리고 다닌답니다. 맹 대감께서 고향에 연락해서 좀 무마하는 방법이 없을까요?"

"내가 나서서 될 일이면 나서야지요, 신창현감이 이웃에서 자란 친구이니 현감을 통해서 내가 한번 힘써 보리다."

"이 은혜를 잊지 않겠습니다."

맹사성은 현감과 함께 죽은 아전의 형인 표복만을 불렀다.

"동생분이 당한 일은 참으로 유감이요."

맹사성은 조의를 표한 뒤 어렵게 말문을 열었다.

"아시다시피 서달은 앞날이 창창한 사람인데 실수를 해서 일생을 망치게 되었소. 젊은 사람 하나 살려 주시오."

그러나 표복만은 아무 대답도 하지 않았다.

"우리 고장 신창의 아름다운 풍속을 생각해서……. 살인이 났다는 것이 알려지면 뭐 좋을 리가 있겠습니까?"

맹사성과 현감의 설득으로 표복만은 상당한 뇌물을 받고 입을 다물기로 했다.

표복만은 고향으로 내려가 제수에게 사정했다.

"죽은 사람은 어떻게 해도 다시 살아날 수 없습니다. 우리 고을 출신 재상과 현임 수령의 부탁을 거절했다가는 이 몸이 어디 가서 살아남겠습니까."

표복만은 상당한 재물과 함께 서달의 합의서를 전달했다.

진상이 밝혀지자, 황희는 임금에게 좌의정을 사직한다는 글을 올렸다.

"신이 도량이 좁고 지식이 얕아 재상감으로는 적당하지 못하면서 국정을 다스리는 자리에 있었음을 심히 부끄럽게 생각합니다. 지은 죗값을 달게 받겠습니다."

"과인이 가장 믿었던 두 정승이 이럴 수가 있단 말인가. 군신의 의가 천민들보다도 못하지 않은가."

임금은 좌의정 황희와 우의정 맹사성, 그리고 서달의 아버지이며 황희의 사돈인 서선을 의금부에 가두라고 선지를 내렸다.

임금은 상참에서 대소 신료 모두를 향해 크게 꾸짖었다.

"위로 정승에서부터 밑으로 노비에 이르기까지 이렇게 공도를 어지럽히는 일은 고금에 없을 것이오. 사람을 죽이고, 금주령을 어기고 술을 마시고, 뇌물로 입을 막고, 권력을 이용해 거짓 보고를 올리고……. 이번 사건은 해선 안 될 일을 모두 갖추었소. 사람의 목숨은 임금이나 정승이나, 아전이나 천민이나 다 하나밖에 없는 귀중한 것이오. 경들은 신창현 아전의 죽음을 거울로 삼아야 할 것이요."

"전하. 망극하여이다."

의금부에서 상계가 올라왔다.

"좌의정 황희, 우의정 맹사성 파면. 판서 서성 직첩 회수. 형조참판 신개 강음현으로 좌천. 대사헌 조계성은 태인으로. 형조좌랑 안숭선은 배천으로 각각 유배. 현감 이수강은 장 백 대. 신창현감 곽규와 신창교도 노호는 장 90대에 노역 2년 반을 속(贖)으로 바친다. 장본인 서달은 형률에 의하면 교수형이 당연하다."

"또 죽여야 한단 말이냐? 죽은 자는 죽고 그 죽인 자를 또 죽이고……. 끝없이 죽음을 명하는 것이 권도란 말인가?"

진노하기는 했으나, 막상 상계를 보고 임금은 탄식했다.

"서달은 속육전에 비추면 교형에 해당함이 틀림없다. 그러나 외아들이니 목숨은 빼앗지 말라. 유형을 내리고 그것에 해당하는 속을 바치게 하라. 그리고 일을 거짓으로 만드는 데 참여한 직산 지사 조순은 부모상 중이니 장 백 대를 속으로 바치게 하라."

세종은 나흘이 지난 뒤 좌의정 황희와 우의정 맹사성을 석방하라고 선지를 내렸다. 그러나 황희는 조정에 나오지 않았다.

임금은 집현전 관원을 황희의 집에 보내 뜻을 전달하였다.

"조정에 있는 신하로서 누가 능히 제 직분을 다 했노라고 할 수 있겠는가. 이와 같이 간다면 조정이 아주 비게 될까 걱정이다."

임금의 뜻을 전달받은 황희는 다시 조정에 나왔다.

"그대의 죄를 다 갚을 때까지 조정을 위해 일하도록 하시오."

임금이 빙긋이 웃었다.

뭇 대신의 무릎을 꿇게 한 여인

세종대왕

임금을 괴롭히는 종실 관련 친인척들의 추문은 그치지 않았다. 세종의 누이동생인 정선공주가 20세의 젊은 나이로 세상을 떠났다. 임금은 몹시 슬퍼하며 사흘 동안 조례도 중지하고 애도를 표했다.

"과인이 지난번 옛글을 보니 왕의 누이가 왕의 딸보다 낫다고 하였소. 비록 궁을 떠나 살았지만 장례에 사용하는 모든 물자를 왕실에서 부담하도록 하시오."

임금은 장례의 절차에 각별히 신경을 쓰라고 지시했다. 공주의 어머니 원경대비는 생전에 몸이 약한 공주를 가련하게 생각하여 끔찍이 위해주었다. 말년에는 정선공주 집에 피접을 가서 오랫동안 머무르기도 했다.

공주는 일찍이 헌부장 남휘에게 시집갔다. 남휘는 나이 들어도 철이 없어 싸움질이나 하고 여러 여인들과 간통을 일삼고 다녀 왕실의 골칫거리였다. 정선공주의 장례를 치른 지 몇 달 되지도 않아 승정원에서 남휘의 횡포를 임금에게 보고했다.

남휘는 공주가 살아 있을 때 칠원부원군 윤자남의 첩 윤이를 빼앗아 자기의 첩으로 삼았다. 군(軍)에 속한 노비였다. 어느 날 윤이가 외출하여 4촌의 집에 가자 남휘가 공연히 질투하여 화를 내며 뒤쫓아갔다.

남의 집에 쳐들어 간 남휘는 윤이의 머리채를 끌고 마당으로 나와 누구와 사통하러 왔느냐고 트집을 잡으며 마구 때려 빈사 상태에 이르게 했다. 말리는 4촌도 구타해 목숨이 위태롭게까지 되었다.

임금이 듣고 크게 탄식하였다.

"여자가 시집 한번 잘 못 가면 신세 망치고 요절한다는 것이 정선공주를 두고 한 말이구나. 남휘를 당장 잡아 와서 내 앞에 무릎을 꿇려라!"

좀체 역성을 내지 않는 임금이 몹시 화를 냈다. 즉시 남휘가 붙들려 왔다.

"너는 종실에 장가든 덕분에 부귀를 누려왔다. 무슨 공적도 없는데 어찌 이런 호사를 누리나 하고 늘 겸손한 마음을 지녀야 마땅할 것이다. 너는 무술년에도 조정의 관원을 구타하여 사헌부에서 소를 올려 죄를 주라 했으나, 내가 정선공주를 생각하여 죄를 묻지 않았다. 또 공주가 병이 위중할 때 내가 전의를 데리고 갔는데, 너는 병에는 관심이 없고 내시들을 데리고 쌍육놀이만 하고 있었다."

임금이 잠시 불쌍한 공주를 생각하며 눈시울을 적시다가 말을 이었다.

"또 윤자당의 비첩 윤이는 당시 남편 상을 당해 거상 중에 있었는데 그 여자를 데려와 첩으로 삼는 짐승 같은 짓을 했다. 공신의 첩을 강제로 데려온 주제에 이제 때려서 죽을 지경을 만들었으니 이것이 사람이 할 짓이냐!"

임금은 형조에 일러 남휘에게 내렸던 노비를 모두 거두고 집밖에 나오지 못하게 하였다.

그러나 사헌부, 사간원에서는 그냥 넘어가지 않았다.

"삼강의 기본을 흔든 남휘를 사헌부로 하여금 엄히 다스리게 하소서. 전하께서 은혜를 베풀어 집에만 있게 하였으나, 그것도 지키지 않고 광흥창에 가서 녹을 내놓으라고 횡포를 부렸으니 국문케 하소서."

임금은 윤허하지 않았다.

조정에서 올라오는 보고나 상소는 간통 등 풍속에 관계된 것이 상당히 많았다. 그 중에도 조정을 발칵 뒤집은 풍속 사건이 있었다.

임금에게 처음 말을 꺼낸 것은 신빈이었다.

"전하, 오늘 영빈한테 들었는데요. 요즘 대신들 사이에 인사가 '당신도?'가 유행이라는 군요."

영빈은 임금 세종의 첫 번째 후궁인 강 씨를 말하는 것인데, 키가 크고 생김새가 남자 같아 임금 세종이 잘 찾지 않는 후궁이었다.

"그게 인사라고?"

"예, 어디 현감인가 하는 양반 본처가 조정 대신들을 거의 모두 한 번씩 거쳤대요. 호호호. 우습지 않아요."

"아니. 그게 무슨 소리인고?"

이튿날 임금은 좌대언 김자에게 물어 보았다. 김자는 주저하다가 말했다.

"마마, 지금 사헌부에서 조사하고 있다 들었습니다. 곧 상계가 있을 것입니다."

유감동(兪甘同)이란 여자가 높고 낮은 벼슬아치 수십 명과 간통을 했다. 유감동은 평강현감 최인기의 정실이었는데 임지에서 도망쳐 서울에 올라와 온갖 남자들과 음행을 저질러 마침내 소문이 파다해졌다는 것이다.

유감동의 상대는 재상에서부터 장인(匠人)에 이르기까지 관리들만 수십 명이라고 했다. 음란하기가 고금에 견줄 데가 없다 하여 마침내 최 현감이 버렸다는 소문이었다. 그 후, 유감동은 이 남자 저 남자와 하룻밤, 혹은 며칠씩 잠자리를 하고 떠다니고 있었다.

며칠 후 사헌부에서 계가 올라왔다.

임금은 사건을 조사한 사헌부 참찬을 불러 직접 여러 가지를 물어 보았다.

“유감동은 누구인가?”

“검한성 유귀수의 딸이며 현감 최중기의 정처였습니다.”

“처였다고 하는 것은 무슨 뜻이냐?”

“지금은 부인이 아닙니다, 여러 남자의 첩 노릇을 했습니다.”

“유감동과 정을 통한 사람들은 누구누구냐.”

“수도 없이 많아 아직 다 드러나지 않았습니다. 우의정 정탁, 총제 정효문, 상호군 이효량, 해주 판관 오안로, 전 도사 이곡, 수정장 장지.”

“뭐? 장인들도?”

임금이 기가 막혀 입을 다물지 못했다.

“안자장 최문수. 은장 이성, 행수 변상동…….”

“그만 되었다. 정탁 우정승은 어떻게 얽혀 들었다더냐?”

“전하의 사면령 이전의 일이라 거론될 일은 아니라고 합니다. 그러나 정효문은 정 정승이 교접한 일이 있다는 것을 알면서 유감동과 사통했으니 숙모뻘 되는 여자를 범한 꼴입니다. 또한 이효량은 최중기의 매부이면서 유금동과 간통했으니 처남댁을 범한 셈입니다. 사헌부에서는 이 두 사례는 강상의 죄를 범한 것이니 엄중히 다스려야 할 것으로 생각하고 있습니다.”

“정효문은 어떻게 유감동을 알게 되었다는 거냐?”

“친구 집에 갔다가 얼굴을 본 뒤 따라 나와서 이야기를 하다가…….”

"집 밖에서?"

"예. 보리밭에 들어가서…… 짐승이나 마찬가지지요."

"참으로 어처구니없는 일이군."

"그 뒤에 계속해서 두 사람이 관계를 가졌다고 하니 유감동이 우정승과 상관있다는 것을 모르지 않았을 것입니다."

"그럴 테지."

"이승은 집에서 도망 나온 유감동을 첩으로 삼기도 했습니다. 그런데 친구인 변상동은 친구의 첩이 된 유감동을 또 몰래 간통하여 두 사람 관계가 얽히고설키게 되었습니다. 그뿐 아니라 유감동은 동시에 이승의 아비 집에도 드나들었다고 하니 놀라지 않을 수 없습니다."

"하늘 보기가 부끄러운 일이다. 조선이 동방예의지국 맞느냐?"

참찬이 대답을 못했다.

"유감동은 어떻게 생긴 여자냐?"

"날렵한 미인입니다. 항상 눈웃음을 치며 남자를 미혹시키는 재주가 비상하다고 합니다."

세종은 여자가 그만한 일을 저지를 때는 비범한 데가 있을 것이라고 생각했다.

"관진의 아전인 황치신은 길거리에서 유감동을 만났는데 단번에 눈이 맞아 길섶에서 교접을 하고는 집으로 데려가 몇 달을 살았고, 판관 오안로는 백성의 사표로서 몸가짐이 모범이 되어야 함에도 요부에 빠져 유감동을 관아에 끌어들여 사통했습니다. 전수생은 간통한 뒤 군자감에 비축한 쌀 한 말을 주었으니 도둑이나 진배가 없고, 김여달이란 자는 길에서 유감동을 만나자 순찰을 핑계대고 데리고 가서 강제로 교접한 뒤 집에까지 드나들며 사통했습니다."

참찬은 숨을 길게 내쉬고 말을 계속했다.

"유감동은 기생이라고 거짓말하고 간통한 일도 수없이 많습니다. 경우에 따라 사대부집 마님도 되고, 창기도 되고, 처녀도 되고 그렇게 했습니다."

"참으로 뛰어난 재주로다."

임금이 허탈하게 웃었다. 유감동의 일로 조정이 매일 시끌시끌했다. 아무 관련도 없는 관리들이 헛소문에 시달렸다.

"유감동의 감동은 달 감(甘) 자, 한 가지 동(同) 자라는데 그 짓이 달콤한 것과 같다는 뜻 아니겠어."

"호호호. 인물 났어, 인물"

나인들이나 내시들도 유감동을 화제 삼아 마음 놓고 웃었다.

임금은 사헌부에서 올라온 처벌의 내용을 보고 황희를 불러 의견을 물었다.

"정효문은 숙부 정탁 우정승의 일을 알면서 고의로 범했으니 내버려 둘 수 없겠습니다. 또한 처남댁을 범한 이효량도 그냥 넘길 수 없는 일이라고 아룁니다. 모두가 삼강오륜을 훼손했습니다."

임금이 비답을 내렸다.

"이 여자를 더 추국(推鞫)할 필요는 없다. 간부 수십 명이 밝혀졌고 재상까지 관련된 것을 알았으니 대체로 죄상이 나온 것 아닌가. 자꾸 떠들면 나라 전체가 음탕한 일을 입에 올리며 밤낮을 보내게 되겠다. 이 여자를 더 추국한다 하더라도 이 여자가 다 기억하지도 못할 것이다. 정효문은 알지 못하고 했다고 주장하고 공신의 아들이니 추국하지 말라. 그 외는 사헌부에서 올린 대로 모두 치죄하여 후세의 본보기가 되게 하라."

임금의 지시로 사건이 일단 마무리되기는 했다. 그러나 그와 비슷한 간통 사건은 끊이지를 않았다. 그중에도 금음동(今音同) 사건은 많은 사람들에게 핀잔의 대상이 되었다.

금음동은 소윤 조민경의 딸로 처녀 때부터 바람이 나서 여러 남자와 간통을 했다. 그 중에도 친척뻘인 양자부라는 유부남과 화간한 것이 문제가 되었다. 양자부는 남이 아니고 8촌 이내의 친인척임에도 화간을 했다는 것은 강상의 범죄로 간주되었다.

금음동과 양자부는 각기 곤장 백 대를 치고 도형 3년에 처해졌다. 곤장을 칠 때 여자는 보통 옷을 입은 채 치는데 금음동은 죄질이 나쁘다고 형틀에 맨 뒤 치마와 속곳 등을 벗겨 허연 엉덩이가 다 드러나게 하고 곤장을 때렸다. 백 대를 맞는 동안 금음동은 몇 번이나 까무러치고 아랫도리는 피범벅이 되었다. 둘러서서 구경하는 사람들이 웃지도 울지도 못했다.

세종은 쏟아져 들어오는 풍속 사범 처리에 넌덜머리가 났다. 세상이 이상해져서 그런 것인지, 원래 남녀 간의 일이란 것이 이런 것인데 노출이 안 되다가 당신이 왕이 되니까 다 드러나게 된 것인지, 이런 저런 만상을 떨칠 수가 없었다.

군왕인 자신은 여섯 명의 비빈을 거느리고 있고 하루 밤 인연으로 끝난 궁녀, 나인들이 얼마나 많은가. 그런데 군왕은 죄가 없고 여염집 여자가 다른 남자를 한번 보았다고 목을 잘라야 하는 경우가 있으니 이것이 정녕 인간사에서 옳은 일인가 하는 회의가 점점 깊어갔다.

일부일처를 숭상하는 조선의 풍습에 여자 종은 남편이 있건 없건 상전이 데리고 잘 수 있다는 것도 올바른 일은 아닌 것 같았다. 근본적으로 아버지나 어머니가 누구냐에 따라 짝을 마음대로 두어도 되고, 두어선 안 되기도 했다. 심지어 공신의 아들이라는 명분으로 감투도 거저 얻고 호화로운 생활을 할 수 있게 한 제도에 회의만 쌓여갔다.

군왕이 할 수 있는 한계가 기껏 법을 세우는 것밖에 없는데 그것도 경전이나 전례를 벗어날 수 없으니 무력할 뿐이었다. 임금은 경연에서 가장 토론의 중심이 되는 황희, 맹사성 등을 편전으로 부르고 요즘의 풍속범 사태에 대해 의견을 들어 보았다.

"사람이 금수와 다른 점은 욕망을 억제하고 도덕을 지키는 일일 것입니다. 도덕의 가장 큰 기준이 공맹의 가르침과 그 해석일진대 모든 백성이 유가의 도를 더 열심히 익혀야 할 것입니다."

황희의 의견이었다.

"우리 관습이 중국과 다른 점이 많고, 또 고려의 풍습 중에 이어 받아야 할 것도 없지는 않을 것입니다. 그런 고래의 의례를 새로이 만들고 다듬을 필요가 있다고 생각합니다."

"경의 생각이 타당한 것 같으오. 국가 만년 대계를 위해 어떤 정치의 틀을 만들어야 할지 집현전을 중심으로 궁구하기 바라오."

"남녀 간의 사통 범죄 중에도 친인척의 경우를 엄중히 다루는데도 많이 발생하니 이의 근본적 대책을 세울 필요가 있을 것 같습니다."

황희가 의견을 내놓았다.

"우리나라 상례(喪禮)에서, 상을 당해도 복을 입지 않는 친척의 관계(無服之親)는 서로 만나 보는 것이 풍속입니다. 그래서 스스럼없이 서로 만나게 되고 그로 인해 간통했다는 경우가 상당히 많습니다."

맹사성이 이어 말했다.

"앞으로 무복지친은 부동석하는 법을 만들면 어떻겠습니까?"

"무복이라면 바로 4촌이면 해당이 되는데 그렇게 가까운 사이를 한자리에 앉지 못하게 한다면 과연 옳은 일일까 모르겠소?"

황희와 맹사성이 아무 말이 없자 임금이 다시 말했다.

"차라리 풍속이 박하게 되더라도 사통하여 죽임을 당하는 것보다는 그것이 예방하는 방법이 될지도 모르지요."

세종은 사람의 목숨을 뺏는 지경에 이르는 것을 막는 방법이 있다면 좀 어렵더라도 실행하는 것이 좋다는 생각을 하였다.

"과년한 여식들은 빨리 짝을 맞추자는 풍습이 조혼을 부추겨 부작용이 많은 것 같습니다. 어린 시절 아무 것도 모르고 덜렁 결혼을 했다가 남녀 관계에 눈을 뜨게 되니 탈선이 쉽게 일어나게 되는 것 같습니다."

황희의 말이었다.

"조혼의 풍습은 명나라에서 해마다 공녀의 숫자를 늘리는 데도 원인이 있습니다."

맹사성의 분석이었다.

"명나라로 가는 공녀의 수를 줄이거나 없애는 방법은 없습니까?"

세종이 오래 전부터 생각해 오던 말을 했다.

"명나라에 간 공녀들은 크게 출세하여 영화를 누리는 여자도 있지만 대부분 비참하게 된다고 들었습니다."

임금이 한탄했다. 중국에 처녀를 바치는 공녀 제도는 전조인 고려 때 원나라가 요구함으로서 시작되었다. 여자가 부족한 원나라 왕실에서는 근친정책이라는 그럴듯한 명분을 내세워 처녀 공출을 계속 받아갔다. 끌려간 공녀들은 대부분 왕실의 궁녀가 되거나 고관의 첩이 되었다. 황후가 된 공녀도 있다. 왕자를 낳아 엄청난 권력과 영화를 누린 공녀도 있었다. 덕분에 황실에 고려풍이 유행되기도 하고 공녀를 귀하게 생각하기도 하였다. 그러나 대부분은 학대당하고 고생하다 죽어갔다. 명나라 태조는 조선 처녀를 왕후로 삼은 일도 있었다. 고려의 한 공녀는 석비(碩妃)가 되어 영락제(永樂帝)를 낳았다.

"순장을 당하기도 한다는데, 이역 멀리 끌려가 일찍 목숨을 빼앗기다니……."

"그렇습니다. 얼마 전에 명나라를 다녀온 사신들의 이야기를 들어보면 영락제 국상 때 순장을 당한 조선 여인이 많았다고 합니다."

"산 채로 순장을 했다는 뜻인가요?"

임금이 다시 물었다. 황희는 사신한테서 들은 이야기를 자세히 여쭈었다.

몇 년 전 명나라 사신 황엄이 조선 공녀 50명을 데리고 갈 때의 일입니다. 공녀 일행 중에 황씨 처녀가 있었는데 중국 땅에 들어서자마자 배가 아파 쓰러졌다.

당황한 황엄이 어떻게 하느냐고 일행들에게 물었다.

"김치 국물을 마시고 싶답니다."

역관이 알려주자 황엄은 더욱 당황했다. 공녀를 하나라도 잃고 가면 책임 추궁을 당하기 때문이었다.

"고기가 먹고 싶다면 내 살이라도 베어 주겠는데 명나라 땅, 이 황무지에서 무슨 재주로 재료를 구해서 조선의 김치를 만든단 말인가. 의원에게 보여도 무슨 병인지 모르고 그냥 배만 아프다고 저러니 낭패로다."

황 처녀는 계속 복통을 호소했다. 어느 날 저녁 오줌을 누다가 가죽에 싸인 가지만한 물건을 낳았는데 그것을 노비가 측간에 버렸다. 황 처녀에게는 이미 정을 통한 남자가 있었던 것이다. 황 처녀는 고향을 떠날 때 정을 통한 남자가 주었다는 빗을 늘 지니고 다녔다.

뒤에 영락제가 이 사실을 알고 처녀가 아닌 공녀를 보냈다고 벌컥 화를 냈다. 영락제는 조선 왕을 꾸짖는 칙서까지 만들고 문책 사신을 보내려고 했다. 이 사실을 알게 된 공녀 출신 궁인 한씨가 영락제에게 울면서 사정했다. 한씨는 궁인 중에도 영락제의 사랑을 독차지한 여인이었다.

“황제 폐하, 조선의 국왕은 시골에서 자라는 공녀 한 사람의 상태를 알지 못합니다. 하물며 처녀인지 아닌지는 도저히 알 길이 없사옵니다. 조선의 왕은 죄가 없사오니 제발 없었던 일로 해주십시오.”

한씨가 울면서 호소하자 영락제는 화를 풀었다,

“그러면 한 상궁이 그년 벌을 주어라.”

그래서 한 궁인은 황 공녀의 뺨을 한 차례 때리고 살려 주었다.

얼마 가지 않아 영락제가 죽고 인종이 즉위하였다. 죽은 황제를 위하여 궁녀 30명을 죽여서 함께 묻는 순장이 있었는데 한 궁인을 비롯한 대부분이 조선 여인이었다.

순장될 여인으로 뽑힌 궁녀들은 순장이 되던 날 모두 궁정 뜰에 모아 진수성찬을 차려 먹게 했으나 모두 통곡만 하였다. 음식상을 치운 뒤에는 궁녀들을 모두 대궐 마루로 올라가게 했다. 평상 위에 일렬로 세우고 대들보에서 늘어뜨린 올가미를 목에 걸었다. 그 상태에서 인종 황제가 나와 작별 인사를 했다.

얼마 안 가 평상을 빼내자 모두 목이 졸려 죽었다. 궁인 한씨가 죽어가며 마지막 말을 남겼다.

"낭아, 낭아, 나는 간다."

낭이 누군지는 아무도 알지 못했다.

"참으로 슬프고 참담한 일이오. 하늘이 내린 사람의 목숨이 얼마나 중한 것인데 그렇게 함부로 죽여서 데리고 간다는 말이오."

명나라 황실에서 일어난 공녀의 일생을 듣고 난 임금은 착잡했다. 세종은 어떻게 해서든지 조선의 힘을 기르고 조선의 문화를 만들어야겠다고 생각했다

"마마, 저희를 살려 주옵소서."

"쇤네를 버리지 마옵소서."

세종은 잠자리에서도 궁녀 한씨가 울부짖으며 조선 왕을 원망하는 악몽을 꾸었다.

화적 여장부의 한

황해도 감사로부터 급보가 올라왔다. 이조판서 허조를 거쳐 올라온 급보는 화척(禾尺)으로 보이는 무장한 도적떼가 강음현 천신사 탑재 고개에 나타나 명나라에서 오는 관원들의 봉물짐을 털다가 관군과 싸움이 붙었다는 것이었다.

화척은 무자리(楊水尺)라고도 한다. 원래 북방 변경 여진족 중에서 조선에 귀화하여 버들로 고리짝 등을 만들거나 짐승의 가죽을 다루는 천한 일을 하는 사람들을 일컫는다.

"도적떼는 숫자가 많고 말을 타고 활을 쏴서 진압하기가 무척 어렵습니다. 화포를 사용하는 자도 있었습니다. 감영의 호군, 역졸이

다 동원되어 한 명을 사살하고 남녀 7인을 잡아 서울로 압송하였습니다. 도둑떼의 두목은 남장을 한 여인이었는데 잡지 못하였습니다. 이들은 개경 쪽으로 달아났습니다. 필경 개경에 있는 화척이나 백정, 노비들과 관련이 있을 것입니다."

임금은 병조와 한성부, 개경 유수에게 명을 내려 진상을 더 조사하라고 지시했다. 화척, 백정, 노비 등이 난을 일으켰을 때는 그들대로 상당한 이유가 있을 것이라고 생각했다. 천민들의 숫자가 양민의 수를 육박하고 있는 터에 이들을 힘으로만 누를 것이 아니라 순화시키는 정책을 펴야겠다고 생각했다.

황해도 감사의 보고 내용 중에 남장을 한 여자가 두목이라는 부분이 임금의 관심을 끌었다,

"어떤 여자이기에 남장을 하고 도적떼의 두목이 되었단 말인가?"

남장한 여자 두목은 쉽게 잡히지 않았다. 뒤에 잡혀온 도적떼를 심문해 남장 여두목에 대해 몇 가지를 알아냈다.

"여자 두목은 북방 변경 출신의 홍득희(洪得希)라고 합니다."

"말을 잘 타며 활 솜씨가 뛰어나고 담력이 보통이 아닙니다. 웬만한 남자 두목은 당할 수가 없습니다. 아직 처녀이고 인물도 빠지지 않는 여자지만 남자들도 범접하지 못하는 위엄이 있습니다."

보고 내용에는 이런 구절이 있었다.

홍득희는 원래 함길도 변경의 소다로(蘇多老) 출신으로 화전민의 딸이었다. 경원 일대는 여진족과 조선인의 접경지대로 양쪽에서 번

갈아 땅을 차지하며 다투어 왔기 때문에 여진족의 소유인지 조선족의 소유인지 잘 구분이 되지 않는 국적 불명의 땅이었다. 홍득희 부모는 소다로 산속에서 화전을 일구며 살았다. 홍득희가 맏딸이고 남동생 석이가 있었다.

홍득희가 일곱 살 때의 일이었다. 네 식구가 겨울철 내내 잡아서 말린 노루 가죽을 팔러 소다로 읍내로 갔다. 가죽을 팔아 온 식구가 오랜만에 장국밥이라도 오붓하게 먹을 생각이었다. 그러나 거기서 뜻밖의 비극이 일가족을 덮쳐 득희의 운명을 바꾸었다. 노루 가죽을 흥정하고 있을 때 한 떼의 여진족 패거리가 노략질하러 들이닥쳤다. 변경 수비를 위해 나와 있던 관군들이 곧바로 달려와 싸움이 벌어졌다. 여진 화척들이 도망치기 시작하자 관군들은 화척처럼 보이는 사람들을 닥치는대로 끌고 갔다. 가죽을 팔고 있던 득희의 아버지와 어머니도 군영으로 끌려갔다. 울면서 부모를 따라가던 득희는 군영 밖 숲 속으로 어머니를 끌고 들어가는 병사들을 보았다. 겁이 나서 따라가지도 못하고 움츠리고 있었다. 숲 속에서 싸움 소리와 비명이 들렸다.

"나리들은 조선의 녹을 먹는 군사들인데 이 무슨 짓이요!"

아버지의 거센 항의가 들렸다. 아버지의 외마디 비명소리가 들렸다. 어머니의 비명도 잇따라 들려왔다.

겁에 질려 오돌오돌 떨고 있던 득희는 한참만에 아무 소리도 들리지 않는 숲 속으로 들어가 보았다.

"엄마!"

득희는 까무러쳤다. 아버지는 피투성이가 되어 죽어 있고 어머니는 소나무에 목이 매여 죽어 있었다.

득희와 석이 남매가 미친 듯이 울부짖고 있을 때였다. 이번에는 화척 떼거리가 왔다. 그들은 어머니의 시신을 소나무에서 풀어 내리고 아버지와 함께 산에 묻어 주었다. 득희 남매는 그 길로 화척들을 따라 산속으로 들어갔다.

산에서 화척들과 살게 된 득희는 말도 타고 활도 익히면서 자랐다. 득희의 무술은 뛰어났다. 아무도 득희의 활 솜씨를 당하지 못했다. 무술만이 아니었다. 득희는 전략과 전술에도 남다른 머리가 있었다.

"우리가 관아에 쳐들어갈 때는 홍 두목의 전략대로만 하면 돼. 그러면 절대 실패가 없을 거야."

무리의 부두목 이적합(伊狄哈)의 말이었다.

이적합은 원래 대동강변 아목하(阿木河) 출신의 여진인이었다. 여진족은 원래 말갈의 후예로 고구려가 망하자 여러 집단으로 흩어졌다. 후에 금나라, 원나라에 합쳐져 세력권을 형성하였으나 명나라가 들어서자 다시 뿔뿔이 흩어져 여러 집단이 서로 다투며 살고 있었다. 일부는 고려와 조선에 공물을 바치며 붙어살기도 했다.

태종 초기에 부족끼리 내분이 일어났다. 가장 큰 세력이며 친 조선 정책을 쓰고 있던 맹주 맹가첩목아(猛哥帖木兒)가 양목답올(楊木答兀)의 습격을 받아 죽고 처와 아들딸들이 모두 포로가 되어 끌려갔다.

이적합의 아버지는 맹가첩목아의 부하였는데, 그때 이적합과 동창 등을 데리고 소다로로 내려와 화적이 되었다.

아버지가 죽자 이적합은 자연스럽게 무리의 우두머리가 되었다. 그러나 함께 자란 득희의 실력을 인정한 그는 스스로 2인자 자리로 물러섰다.

화적떼 속에서 무술 실력을 다지며 자란 홍득희는 마침내 화적의 두목이 되었다.

어느 날 소다로 조선군 수비대의 막사를 습격한 홍득희는 많은 무기를 획득했다. 조선군 중에도 정예 부대에만 지급되는 화궁(火弓)과 화통, 화약을 손에 넣었다. 화궁과 화살은 고려 때 화약을 처음 들여와 화약 무기를 만든 최무선의 아들 최해산(崔海山)이 태종의 명을 받아 만든 여러 무기중의 하나였다. 오는 길에 흩어져 있던 조선 백정과 관아에서 도망쳐 나온 노비들도 상당수를 거두어 왔다.

홍득희의 뛰어난 무술과 관아 습격 때의 전략은 누구도 따라갈 수 없게 특출했다. 홍득희가 두목으로 부상하는 것은 아주 자연스러운 일이었다. 홍득희는 항상 남장을 하고 곰 가죽 털조끼를 입었다. 오뚝한 콧날과 하얀 피부는 어여쁜 처녀의 모습 그대로였으나 불타는 눈은 어느 사나이도 범접할 수 없는 위엄을 지니고 있었다.

그들은 함길도를 지나 황해도와 평안도로 활동무대를 옮겼다. 이곳이 명나라와 통하는 길목이기 때문에 왕래하는 상인이나 양국의 공물을 털기 위해서였다. 때로는 밥그릇 등을 만드는 장인들도 납치해 산채에서 부려먹기도 했다.

명나라 봉물을 습격했을 때도 몇 달 전부터 계획을 세우고 정탐을 해왔다. 관군의 배치와 동원 능력, 그리고 중요한 봉물이 지나가는 시일, 인원 등을 자세히 알아냈다.

“나는 조선인 20명을 데리고 천신사를 점령해서 숨어 있다가 사신 일행이 탑재 고개에 나타나면 사방에서 포위할 것입니다. 이적합 아저씨는 남은 사람을 이끌고 맞은편 산봉우리에 올라가 있다가 우리가 봉화로 신호를 올리면 즉시 바깥쪽에서 공격해 우리를 도와주십시오.”

“관군이 나타나면 우리가 유인해서 싸울 테니 홍 두목은 즉시 봉물을 가지고 개경 쪽으로 가시오.”

이적합이 큼직한 입을 일자로 꾹 다물며 각오를 다졌다. 이적합은 기골이 장대하고 장사였다. 도적 무리를 끌고 다니지만 성질이 포악하지는 않았다. 실력으로 두목이 되었지만 아직 나이가 어린 홍득희를 뒤에서 든든하게 받쳐 주는 사람이었다. 화척이건, 양반이건 다 같은 인간으로 태어나 사람이 만든 제도 때문에 천지 차이의 삶을 살아야 하는 데 대해 불만에 가득한 사람이었다. 자기보다 높은 처지에 있는 사람을 털어서 불쌍한 사람이 가지는 것은 죄가 아니라고 늘 주장했다.

홍득희는 그런 생각보다는 어머니의 정조를 더럽히고 아버지와 함께 처참하게 죽인 조선의 관군에게 복수를 해야 한다는 신념에 불

타고 있었다. 그러나 홍득희와는 달리 몸이 허약하고 담력이 떨어지는 남동생 홍석이는 항상 누나의 짐이 되었다.

"홍 두목. 탑재에 사람이 보입니다."

절 마당에 앉아있던 홍득희가 얼른 말을 타고 나갔다.

"30보 이내로 올 때까지 모두 꼼짝하지 말라. 30보 이내에 오면 맨 앞에 서 있는 갑사를 화살 한 발로 쓰러트리라. 그러면 일행이 멈춰 서고 당황할 테니 정비할 틈을 주지 말고 덮쳐 봉물을 실은 말 세 필을 끌고 가라."

그러나 홍득희의 이 명령은 지켜지지 않았다. 천신사 맞은편에 예비 사수로 숨어 있던 동창이 불화살을 쏘는 바람에 사신 일행은 전열을 가다듬고 오던 길을 되돌아가기 시작했다. 되돌아서 5백 보 정도만 가면 강음현 역졸의 초소가 있었다. 거기에는 늘 말과 군사 몇 명이 있어 해치우기가 쉽지 않았다.

"저놈들의 앞길을 빨리 막아라."

홍득희가 날렵한 솜씨로 말을 몰아 앞으로 달려 나갔다. 20여 명이 산속에서 일제히 뛰어나와 사신 시위군을 쫓아갔다. 역참 초소에서 보고 있던 군졸 서너 명이 달려 나왔다. 그리고 사신 일행을 초소 안으로 피신시키고 시위 갑사들과 함께 둥글게 포진했다. 홍득희 쪽을 향해 화살이 날아왔다.

"멈추어라!"

홍 두목은 공략이 쉽지 않을 것이란 판단이 들었다. 밀고 들어가면 목적 달성은 할 수 있겠지만 희생이 클 수도 있었다.

"후퇴하라. 절에 매복하라!"

홍 두목이 소리쳤다. 일행은 화살을 피해 되돌아서 절 입구의 일주문 앞에 포진했다. 상대의 병력은 10명 미만이었다. 그러나 그쪽도 만만한 무력은 아니었다. 명나라 사절을 호위하는 갑사들은 보통 군졸과는 달랐다. 고개 위에 있는 홍득희 군과 아래 백여 보 앞에 있는 관군은 서로 노려보며 대치하고 있었다. 홍득희는 그냥 산길로 해서 산채로 돌아갈까 하는 생각도 했으나 한번 시작한 일에서 물러서면 부하를 통솔하는데도 큰 영향이 있다고 생각하니 쉽게 후퇴할 수도 없었다.

"두목. 뒤쪽에서 관군이 옵니다."

그 때 후방 강음현 쪽 길에서 망을 보고 있던 동생 홍석이가 소리쳤다.

"뒤쪽?"

홍득희가 재빨리 절 담 위로 올라가 살폈다. 줄잡아 백 명은 됨직한 관군이 활과 창을 들고 뛰어오고 있었다.

"아니 저놈들이 언제 연락을 한 거야?"

홍득희는 이렇게 되면 봉물짐을 뺏기는커녕 살아서 빠져나가는 것도 어렵게 되었다고 생각했다.

"빨리 횃불 연기를 피워 이적합 부두목에게 알려라."

부하들은 푸른 생 솔가지를 꺾어 익숙하게 불을 피웠다. 청솔가지가 타자 하얀 연기를 뭉게뭉게 피워 올렸다. 맞은 편 산에서도 곧 알았다는 연기 신호가 왔다. 곧 이어 이적합의 군이 관군을 향해 활을 쏘았다. 그러나 훈련받은 관군이라 쉽게 대열이 무너지지 않았다. 이제 홍득희 군은 앞뒤에 적을 만나 한바탕 전투를 치르지 않고는 살아나가기 힘들게 되었다.

그러나 홍득희는 두목답게 침착했다.

"이 부두목한테 관군을 유인하라는 신호를 보내라. 도망가는 척하고 관군을 뒤로 빠지도록 하라고 신호하라."

홍득희의 지시는 곧 이적합에게 전달되었다. 그러나 상황은 홍득희 뜻대로 되지 않았다. 관군이 반으로 갈라져 한패는 이적합을 쫓아가고 한 패는 홍득희를 향해 달려들었다. 이제 피해서 산속으로 들어가기는 늦었다.

활 쏘는 거리보다 더 가깝게 근접해온 관군은 활을 버리고 창과 칼을 휘둘렀다. 홍득희는 앞의 갑사와 뒤의 관군을 맞아 무섭게 싸웠다. 홍득희의 칼에 관군 한 명이 쓰러졌다. 그들은 말을 타고 있는 홍득희를 여자라고 보지는 않는 것 같았다. 관군 한 명이 쓰러지자 관군의 기세가 주춤해졌다.

"석이야, 빨리 도망쳐라!"

홍득희가 소나무 뒤에 숨어있는 석이를 보고 소리쳤다. 그러나 석이는 도망갈 생각은 않고 소나무 뒤에서 계속 관군을 향해 화살을 날리고 있었다.

전투는 한 식경을 계속했으나 승부가 나지 않았다.

"모두 후퇴하라. 나를 따르라."

마침내 홍득희가 퇴각을 결심했다. 일행은 숲속으로 재빨리 흩어졌다. 그동안 이적합을 추격하던 관군은 길 가운데서 이적합과 육박전을 벌였다.

가까스로 탈출에 성공한 홍득희 일행은 산채에서 이번 싸움에 큰 피해가 있다는 것을 알았다.

화척 한 사람이 죽었고 일곱 명이 포로가 되었다. 포로가 된 일행 중 여자 한 명은 짐을 이고 따라 다니던 노비 출신의 여자였다. 잡혀간 사람 중에 동생 홍석이와 이적합이 있다는 것도 뒤늦게 알았다.

"석이야 ……."

그날 밤, 홍득희는 혼자 울었다. 사신 행렬을 터는 강도질을 하다가 잡혀갔으니 목이 떨어지는 것은 불을 보듯 명백한 일이었다. 싸움에 어둔한 석이가 언젠가 이런 일을 당하지 않을까 해서 늘 두려워하던 일이 실제로 일어난 것이다.

이적합과 함께 싸우다가 가까스로 살아나온 여진 화척 동창(童倉)이 홍득희 곁에 와서 조용히 앉았다.

"너무 슬퍼하지 마오, 석이는 몸은 약해도 사나이다운 기개는 누님 못지않으니 잘 견딜 것이오."

"석이도 석이지만 이적합 부두목과 다른 사람들도 걱정이에요."

홍득희가 눈물을 보이지 않으려고 고개를 돌려 하늘을 쳐다보았다. 청명한 보름달이 구월산 정상에 걸려 있었다. 달을 쳐다보니 눈물이 더 흘러내렸다. 어쩌다가 이런 모진 목숨이 살아 있어 어머니 아버지 떠나보내고 이제 혈육이라고는 하나 남은 남동생마저 이승을 하직하게 되는가.

홍득희는 며칠 동안 밥도 먹지 않고 산채 안방에 처박혀 꼼짝도 하지 않았다. 사흘이 지난 후 소두령 강두언, 홍상좌, 동창 등을 불러 사후 대책을 논의했다.

"잡혀갔던 사람 중 김남이가 풀려나 소식을 전해왔습니다."

김남이는 포로들 중 유일한 여자였고, 무기도 다룰 줄 몰랐다. 죄가 크지 않다 여겨 풀어준 듯했다.

강두언이 홍득희한테 보고했다.

"조정에서는 강음현 일을 크게 걱정하여 명나라 통로의 비적 뿌리를 뽑자고 하더랍니다."

"뿌리?"

"예. 맹사성을 도통제사로 임명하고 진무군을 편성하여 강음, 평산, 배천의 화척과 산적을 토벌한다고 합니다."

"그러면 평산의 장원만 등에게 연락해 대비하라고 이르고 우리와 손을 잡아 함께 행동하자고 전하시오."

홍득희는 이대로 주저앉을 수는 없다고 생각했다. 더 큰 일을 벌여서 세상을 뒤집어야겠다고 결심했다.

임금 세종은 황해도뿐만 아니라 사방에서 발호하는 천민 세력의 반란은 억압만으로 해결될 수 없다는 생각을 다졌다. 민심을 안정시키고, 백성의 생활 여건을 더 편하게 조성해 주어야 한다고 생각했다. 그 중에도 먹고사는 문제를 근본적으로 해결해야 한다. 그리하여 삶이 고통만 있는 것이 아니라 기쁜 날도 있음을 알게 하고, 사람은 모두 평등하게 살 권리를 가지고 있다는 것을 알려야 할 것 같았다.

세종의 이런 생각에는 불교의 영향이 있었다. 세종은 효령대군에게서 부처에 대한 새로운 학식을 많이 얻었다. 효령은 부처 얘기만 나오면 딴 사람이 된 듯 열의를 갖고 말을 풀어냈다.

"부처는 사람의 운명이 태어날 때부터 천민과 양반으로 구분되는 게 아니라고 했습니다."

효령은 임금의 눈치를 살피며 불법의 논리를 설명했다. 임금이 눈을 반짝이며 귀를 기울이자 효령은 경계심을 풀고 부처의 가르침에 대해 이야기했다.

"부처님은 '세상 사람은 타고난 신분으로 천한 게 아니요, 타고난 신분으로 귀한 것도 아니다. 사람은 자신의 행위 때문에 천하게 되기도 하고, 또 자신의 행위 때문에 귀하게 되기도 하는 것이다'라고 했습니다."

효령은 슬쩍 부처라는 말 뒤에 '님' 자를 붙였다.

"부처님은 사람이 무명(無明)에 휩싸여 어둠 속을 헤매며 살고 있지만, 각자 지니고 있는 밝은 불성(佛性)이 드러나면 모두 부처가 될 수 있다고 하셨습니다."

효령은 합장하며 고개를 숙이더니, 중생과 부처가 하나라는 의미로 두 손을 모아 포개는 것이라고 설명했다.

화척과 재인 등이 주축이 된 서북 지역의 도적을 소탕하기 위한 출병이 정해졌다.

"두드려 잡는 것만이 능사가 아니다. 그들이 근본적으로 진정한 백성이 되게 하는 길을 찾아보시오."

임금이 명하자, 며칠 뒤 병조에서 상계를 올렸다.

"화척은 본시 양인인데 하는 일이 천하고 이름이 특수하여 백성들이 다른 종류의 사람으로 보고 인사하기도 부끄러워하니 참으로 민망한 일입니다. 앞으로 화척과 같은 일을 하는 사람들을 백정이라 부르도록 하는 것이 좋을 것 같습니다."

임금은 병조의 상계가 대단히 옳다고 생각하고 교지를 내렸다.

"앞으로 신백정(新白丁)은 호구를 적에 올리게 하고 경작하지 않는 땅과 묵은 밭을 많이 가지고 있는 사람은 그것을 내놓아 신백정이 개간하도록 하라. 그리고 신백정은 여염집 동네에 섞여 살게 하고 버들과 가죽으로 만든 공산품과, 말갈기와 말총 등으로 만든 물건은 공납을 면제하라. 명분 없는 부역을 시키지 말고 무재(武才)가 있는 자는 시위대 등에서 채용하라. 무재가 있는 자를 골라 복무하게 하는 것은 도절제사가 행하라."

임금은 법을 엄격히 시행하기 위한 조치도 잊지 않았다.

"그러나 일정한 일을 하지 않고 이리저리 떠돌아다니는 신백정은 철저히 조사하여 법대로 처리하라."

세종의 조치는 획기적인 것이었다.

임금의 배려와는 상관없이 홍득희의 대담한 반란은 착착 준비가 진행되었다. 배천, 평산뿐 아니라 경기도 고양, 인왕산, 무악산 기슭에 숨어 사는 화척, 백정들과도 유기적인 연락망을 만들었다. 그리고 한성 전옥에 갇혀 국문을 받고 있는 이적합과 홍석이를 구출하기 위하여 계획을 진행했다.

홍득희 일당은 두세 명씩 짝을 지어 관원이나 순라꾼의 눈에 띄지 않게 서울로 잠입했다. 도처에서 모인 이들은 살곶이 건너 백사장에서 모의했다.

"한성 전옥(典獄)을 열려면 우선 한성의 병력을 다른 곳으로 유인해야 합니다."

화적 출신 장원만이 전략을 제안했다.

"장 두령의 말이 맞소. 우선 한성 순찰 병력을 모두 한강 포구로 이동시키도록 해야겠습니다."

홍득희가 장 두령의 작전을 좀 더 구체적으로 설명했다.

"한강변에 있는 관아나 나루를 습격하여 모든 한강 포구가 비상상태가 되게 만들면 경계 병력이 이동하여 한성 중심은 공백 상태에 빠질 것입니다. 우리는 그때 행동하면 될 것입니다."

“역시 듣던 대로 홍 처녀는 전략가이구려. 하하하.”

장원만이 흡족해했다. 이렇게 의기투합한 화적떼는 마침내 일을 저질렀다.

권부의 중심을 향해 칼을 겨누다

뚝섬 앞 백사장에서 화척 출신, 노비 출신, 그리고 서얼(庶孼) 출신 남녀 10여 명이 모였다. 홍득희의 강음현 무용담을 들은 각 지역의 신백정들이 모여들었다.

홍득희가 자연스럽게 두목으로 인정받았다. 서울 무악산을 무대로 소 잡는 일과 갖바치를 겸해서 하던 강원만이 가장 연장이었으나 글을 몰라 두목의 자리는 사양했다. 그러나 과감한 성격답게 돌격대장의 역을 자진하고 나섰다. 충주에서 온 박무는 버들 백정이지만 지금은 화적떼를 거느리고 중원에서 암약하고 있었다. 음성에서 온 도자는 산사의 노비들과 가깝게 지내는 사이였다. 신백정은 아니지만 서얼 출신으로 벼슬길이 막힌 이영생, 한성부의 관노인 김영기, 김천용 부자 등이 중심 패거리였다. 강원만과 김영기는 서울의 관아 사정을 손바닥 보듯 환히 알고 있었다. 홍득희의 참모격인 동창은 머리에 먹물이 들고 화통을 잘 다루어 화력의 중심이었다.

"한성부에 배치된 좌우군, 보충군 등 방어 병력은 얼마나 되나요?"

홍득희가 이영생을 보고 물었다.

"보충군을 다 동원하면 1만 명이 넘습니다. 한성부가 위급해지면 조정의 삼군부가 다 동원될 테니 숫자는 조선 전군의 절반이 우리 상대가 된다고 보아야지요."

"음. 전쟁이 나겠군요. 이렇게 벌레처럼 사는 것보다는 싸워서 죽는 편이 나은 것 아닐까요?"

홍득희가 비장한 각오를 보였다.

"우리들 새끼를 위해서도 한목숨 아끼지 말아야 합니다."

충주 박무가 각오를 내비쳤다. 얼굴을 덮을 듯한 무성한 수염이 장비의 모습과 흡사했다.

"홍 두령이 결단을 내리시오."

이영생이 조용히 말했다.

"우선 한성의 방어 군사를 흩어 놓는 일부터 해야겠어요."

"어디로 흩어 놓습니까?"

이영생이 다시 물었다.

"한성 전옥과 의금부 옥사에서 멀리 떨어져 있는 중요 관아가 어떤 것이 있습니까?"

홍득희가 물었다.

"중요 관아라기보다 경비를 소홀히 했다가는 큰일나는 곳이 있다면 고양 한강변에 있는 낙천정일 것입니다. 임금과 대신들이 수시로 가는 곳이거든요."

김천용이 말했다. 그는 한성 부윤의 노비로 있기 때문에 중요 관아를 잘 알고 있었다.

"그리고 살곶이의 사복시 양마장이 있습니다."

"사복시 양마장?"

"조정에서 쓰는 말의 상당수와 궁중에서 쓰이는 소를 기르는 곳이 양마장인데 그 곳을 건드리면 가만있지 못할 것입니다."

"거기에 싸움말도 있겠군요?"

홍득희가 눈을 반짝였다.

"물론입니다."

"그거 잘 되었군. 그곳을 털어 우리 전투용 말도 조달하고……. 아주 쑥밭을 만듭시다. 소는 군량미로 쓰고요."

강원만이 신이 나서 떠들었다.

"그렇게 합시다. 관군을 여러 곳으로 흩으려면 양마장 한 곳만 건드려서는 부족합니다. 동시에 다른 곳을 한 곳 더 습격하면 더 어지러워질 것 같은데……."

홍득희가 일행을 둘러보았다. 제멋대로 차린 행색에 험상궂은 얼굴들이 화적떼 그대로였다.

"광흥창이 좋을 듯 합니다."

한성부 노비 김영기가 말했다.

"그곳은 나라에서 녹을 주기 위해 물품을 모아 놓은 창고인데 항상 경비에 신경을 쓰고 있는 곳입니다."

"좋아요. 그럼 살곶이 양마장과 광흥창을 동시에 습격합시다. 양마장은 내가 지휘할 테니 광흥창은 강 두령이 맡으시오."

"좋습니다. 우리도 양반들처럼 나라의 녹을 받아봅시다. 하하하."

"시각은 4월 24일 밤으로 정합니다. 그동안 동창과 김영기 부자는 두 곳을 다 면밀히 살피고 도주로를 잘 챙겨 놓으시오."

홍득희가 바지에 묻은 모래를 툭툭 털고 서면서 말했다.

살곶이 목장의 초저녁은 한가했다. 말들은 거의 마구간으로 다 들어가고 소들은 풀밭에 앉아서 되새김질을 하고 있었다.

박무, 동창 등이 울타리 밑에 납작 엎드려 목장 안의 동정을 살폈다. 홍득희는 좀 떨어진 곳에서 말을 타고 그들을 지켜보고 있었다.

""설마 오늘도 또 말 도둑들이 오지는 않겠지. 하루이틀도 아니고, 언제까지 내가 이런 순찰병 노릇이나 해야 한단 말이냐. 대체 어디서 들어오는 도둑놈들이야?"

말을 키우는 관원인 양리마가 앞장서서 걷다가 물었다. 어둑어둑해서 얼굴은 잘 보이지 않았으나 덩치가 커 보였다.

"아무래도 아차산에 사는 쇠백정들 소행 같습니다. 이놈들 잡히기만 해봐라. 가랑이를 확 찢어 여편네를 생과부로 만들어 놓을 거다."

순행하는 자는 마부 같았다.

"저놈 저거, 우리 보고 하는 소리 아냐. 내 이놈 절대 가만 두지 않을 것이다."

숨어서 듣고 있던 털북숭이 박무가 칼을 들고 쫓아 들어갔다. 급한 자기 성질을 이기지 못했다.

"엇! 웬놈이냐?"

마부가 채찍을 들고 대항하려고 했다. 양리마는 칼을 든 두 사람 보고는 꼼짝하지 못하고 덜덜 떨기만 했다.

"이놈. 그래 내가 아차산 쇠백정이다. 네놈 마누라부터 생과부를 만들어 놓겠다."

"이놈 봐라. 백정 놈의 새끼가, 살기 싫은가 보다. 오늘 잘 만났다. 이 노옴!"

마부가 한껏 기개를 부렸으나 얼마 가지 못했다.

"컥!"

마부는 외마디 비명을 지르며 피를 뿜으며 쓰러졌다.

"아이구, 나으리! 살려줍쇼."

마부가 죽는 것을 보고 양리마는 납작 꿇어 앉아 빌었다.

"나보고 나으리라고? 하하하. 내 평생 처음 들어보는 말이네. 그래 살려주마. 대신 제일 잘 달리는 말 열 마리하고 살찐 암소 두 마리 내

놔라."

"예, 예."

박무는 곧 화척들을 불러 말 열 마리와 암소 두 마리를 끌고 나왔다. 양리마는 갓을 벗기고 말뚝에 꽁꽁 묶어 두었다.

멀리서 말 위에 앉은 채 이 모양을 보고 있던 홍득희는 웃음을 참지 못했다.

전리품을 가지고 오는 박무를 보고 홍득희가 물었다.

"박 두령. 왜 저자는 살려주었소?"

"살려 두어야 보고를 할 것 아닙니까? 저놈이 분명 제 책임을 덜어보려고 쇠백정 수십 명이 왔다고 보고할 것입니다. 그래야 병졸을 더 많이 동원할 것 아닙니까?"

"박 두령 말이 맞구려."

해시가 넘어 모두 임시 사령부인 인왕산 강원만의 산채에 모였다.

"암소 두 마리가 생겼으니 고기 한번 실컷 먹게 생겼군. 밤중에 암놈을 잘도 가려냈군. 누가 쇠백정 아니랄까봐. 하하하."

강원만이 너털웃음을 웃었다.

"강 두령 쪽은 어땠나요?"

홍득희가 물었다.

"저기 쌓아놓은 것 보시오. 우리가 열흘은 족히 먹을 쌀, 콩, 그리고 옷감 한 오십 필 가져 왔지요. 모두 색시들 해 입히면 밤일 힘써 줄걸요. 하하하."

강원만은 또 너털웃음을 웃다가 홍득희가 처녀라는 것을 의식했는지 웃음을 뚝 그쳤다. 모두 입을 가리고 소리를 죽여 웃었다.

과연 한성부에서는 홍득희의 예측대로 난리가 났다. 한성부뿐 아니라 조정도 시끄러워졌다. 한성 부윤 김소가 병조와 호조를 통해 임금 세종에게 양마장의 변괴를 보고했다.

"이번 일은 누가 저질렀는지 아직도 모른다는 것인가?"

임금 세종이 우의정 황희를 보고 물었다. 좌의정 이직, 의정부 참찬 최윤덕, 호조판서 안순, 예조판서 신상, 병조참판 정초 등이 임금 앞에 부복했다.

"한성 부윤은 아차산 백정들의 짓이 아닌가 한답니다."

"말 열 필을 가져간 것을 보면 한두 사람의 짓이 아닐 것입니다. 떼를 지어 다니는 도적일 것입니다."

참찬 최윤덕의 말이었다.

"말을 타는 도적이라면 지난번 황해도 강음현에 나타났던 그 화적떼 일지도 모르는 일 아닌가?"

임금 세종이 계속해서 말했다.

"그때 화적의 두목이 여자라고 하지 않았나?"

"예. 그때의 여두목은 북방 변경 출신의 처자 홍득희입니다."

머뭇거리던 병조참판 정초가 대답했다.

"그 때 잡혀온 도적떼의 포로들이 아직 한성부 전옥에 있는가?"

"의금부 옥사로 옮겨서 국문을 계속하고 있습니다."

정탁이 대답했다.

"쉽게 치죄 처리하지 말고 상세하게 국문하여야 할 것이오. 특히 그 여두목 홍득희에 대해서는 더 알아봐야 할 것이요. 경원이라면 우리 할아버지와 상왕 태종의 고토이니 무슨 관련이 있을지도 모르지. 말을 잘 타는 집안이라면 내력을 알아보아야 할 것이오."

세종이 홍득희에 대해 관심을 보이는 이유를 대신들은 짐작했다.

"이번 일도 그 도적떼와 관련이 있을 것 같소. 예사 도둑들이 아니니 대비책을 단단히 세우시오."

병조참판 정초가 다시 아뢰었다.

"살곶이 목장과 광흥창이 동시에 털린 것을 보면 같은 무리의 소행일 수도 있습니다. 조만간 또 습격해 올 조짐이 있습니다."

"한성부와 병조는 도통총제와 의논하여 대비책을 알리시오."

임금 세종의 교지에 따라 한성 방범 대책이 세워졌다.

우선 한성으로 통하는 모든 관문을 철저히 감시하는 일이었다. 사람이 드나드는 관문도 중요하지만 화통 등 무기를 가진 화적떼가 출입하는 곳은 한강의 각 포구일 가능성이 많았다. 두모포, 마전포, 강나루 강변, 아차산이 가까운 중랑포, 답심 등이 주요 방어 포구 및 지역이었다.

한성부의 군사 대부분을 풀어 배치하고, 각 대문과 시구문 등 소문까지 호군 5명을 한 조로 하여 순행을 실시했다. 포구에서는 통행금지가 풀리기 이전까지 짐의 하역을 금지시키고 통행금지가 풀린 이후에는 짐 검사를 철저히 하여 우마와 화약, 무기를 수색했다.

홍득희가 예상한 대로 한성의 병력이 모두 변두리로 빠져나갔다. 이제 한성의 중심 거리는 거의 공백 상태가 되었다.

"서울을 다 불태웁시다. 그러면 새로운 세상이 올 것 아닙니까?"

무악산 강원만의 비밀 산채에서 모인 여러 지역의 두령들이 제각각 의견을 내놓았다.

"우선 군자금을 만들어야 하니까 대감들 집부터 텁시다."

"백성들 고혈 짜서 사냥 다니는 왕족 나부랭이부터 털어야 해요."

"이명덕, 황희, 조말생……."

대체로 고관들의 집을 털자는 것이고 그러자면 서울 전체를 불 지르자는 의견들이었다.

"좋습니다. 그럼 대궐은 건드리지 말고 부유한 양반이란 놈들 많이 사는 곳부터 불을 지릅시다."

"양반 많이 사는 곳이라면 수진방, 안국방, 태평방……."

각자의 의견을 듣고 있던 홍득희가 대강 정리를 했다.

"부유한 양반 동네와 대신들이 사는 집을 털어서 군자금으로 삼고 동창 두령은 자세한 계획을 세우시오. 김영기, 김천용 부자는 우리 편이 될 만한 노비들을 은밀히 포섭해서 거사가 시작되면 호응하도록 하시오. 실패하면 우리는 모두 운종가 네거리서 사지가 찢겨 죽을 것이오."

"죽음을 겁내지 맙시다!"

박무가 주먹을 불끈 쥐어 보였다.

"거사는 다음 달 초하룻날입니다. 그 동안 각 두령들은 준비를 철저히 하시오."

다음 달 초하루면 보름 정도 남았다. 무엇보다 보름 동안 한성을 지키는 군사 배치가 바뀌지 않아야 한다. 계속해서 긴장 상태를 유지하기 위해서는 각 포구나 관아 창고가 있는 성 밖의 지역에서 말썽을 일으켜야 했다.

드디어 준비한 날이 왔다.

"우리가 목표로 한 수진방과 태평방은 아무 경계도 없습니다."

숭례문 밖에서 말을 타고 기다리고 있는 홍득희에게 동창이 마지막 보고를 했다. 홍득희는 숭례문을 닫기 전에 성안으로 들어갔다. 그리고 수진방과 가까운 경복궁 서쪽 영추문 앞에 숨었다.

사대문을 닫는 시각을 알리는 종로의 종루에서 우렁찬 종소리가 울렸다.

그때 수진방 쪽에서 갑자기 불길이 치솟기 시작했다. 어디서 날아오는지 모르는 불화살이 대신의 집 기둥에 불을 붙였다.

"불이야!"

사방에서 아우성 소리가 났다. 동시에 육조거리 뒤에서 화통을 쏘는 소리가 벼락 치듯 하고 불꽃이 하늘 높이 치솟았다.

수진방에서 방화를 시작한 것은 강원만이다.

얼마 안가 이번에는 태평방 민가에서 불길이 솟았다. 사람들이 뛰어나와 우왕좌왕했다. 숭례문으로 가는 육조거리 앞은 대낮처럼 훤히 밝았다.

홍득희는 준수방에 숨겨 두었던 부하들을 풀어 고관집의 노비들과 합세하게 했다. 그리고 수레와 말을 동원해 불난 집에 뛰어 들어가 값나가는 물건을 무차별로 약탈해서 청계산으로 실어 나르기 시작했다.

"중전마마, 큰일 났사옵니다. 서울이 불바다가 되었습니다."

승정원에서 당직자가 내전으로 달려가 소헌왕후에게 급보를 알렸다.

"불, 불바다라고요."

저녁 다과를 즐기고 있던 소헌왕후는 놀라 문밖으로 나왔다. 광화문 넘어 수진방 쪽이 대낮처럼 훤했다.

"어째서 이런 재앙이 닥쳤느냐."

"한성 주변에 있는 신백정들이 난동을 일으킨 것 같습니다."

"빨리 전하께 알리고 종묘와 대궐에는 불이 번지지 않도록 최선을 다하시오."

조정에서 소헌왕후에게 급보를 알린 것은 임금이 대궐을 비우고 풍양 별장에 사냥하러 가 있었기 때문이다. 홍득희는 대궐 주변의 노비들을 통해 그 사실을 미리 알고 있었기 때문에 초하루를 거사일로 정한 것이다.

내금위와 병조에서 파발마를 띄웠다. 승정원에서는 전승색이 말을 타고 급보를 알리러 풍양으로 향했다. 뒤따라 몇몇 대신도 풍양으로 달렸다.

홍득희의 거사는 크게 성공하였다. 화적떼가 한양을 빠져나간 뒤에도 불은 옆집으로 계속 번졌다. 홍득희가 청계산 산채에 도착했을 때는 한양에서 따라온 노비들이 수십 명이었다. 약탈해온 금붙이 비단도 엄청났다.

이튿날 아침 해가 중천에 돋았을 때 세종은 급보를 받았다.

"무엇이, 서울이 불바다가 되었다고? 누구의 짓이냐?"

임금은 참담한 표정으로 쫓아온 대신들을 바라보았다.

"과인이 사냥 가지 않겠다고 했는데 경들이 자꾸 권하는 바람에 왔더니 이 모양이 되었군요. 과인의 잘못인지 경들의 잘못인지 모르겠소."

임금 세종은 급히 서울로 돌아왔다.

이틀 뒤 의정부에서 한양 대화재에 대한 보고가 있었다.

"2천여 가옥이 불에 타고 수백 가구의 재산이 털렸습니다. 그리고 환자와 노약자 30여 명이 불에 타 죽었습니다. 다행히 궁궐은 한 군데도 피해가 없습니다."

우의정 황희가 보고했다.

"누가 그런 짓을 했단 말이오?"

"현장에서 붙잡힌 노비와 신백정이 수십 명인데 불을 지르라고 지시한 자는 화적 강원만이라고 합니다. 불이 나자 도처의 노비들이 약속이나 한 듯이 뛰어나와 난동을 일으키고 재산을 약탈했습니다."

한성부윤 김소가 보고했다.

"강원만이 혼자 획책한 일이란 말이오?"

임금 세종이 믿기 어렵다는 듯이 말했다.

"남자 전복을 입은 여자 두목이 말을 타고 지휘를 했다고 합니다. 그 여자는 불화살을 쏘는데 대낮에 명궁이 쏘는 것처럼 정확했다고 합니다."

"그 여자가 바로 홍득희로구나. 놀라운 일이야. 놀라운 일."

임금 세종이 착잡한 표정으로 몇 번이고 되풀이해서 말했다.

"화공을 받은 집은 어떤 사람들의 집이었소?"

"전직, 현직 할 것 없이 당상관 이상의 신료들 집이었습니다. 재산을 털린 집도 정확히 이런 신료들의 집이었습니다."

한성 부윤이 말을 계속했다.

"사전에 누군가가 조사를 한 것 같사옵니다."

"아마 합세한 노비들이 내통하고 있었던 것 같습니다."

"방화에 가담한 자들은 엄중히 다스려야 합니다. 잡힌 자 중에 16세 이상은 모두 교형에 처하게 하옵소서. 평민으로서 가담한 자 중에 15세 이하는 그 어미와 누이, 아비, 아비의 첩, 할아비, 할미는 모두 공신의 노비로 주게 하옵소서."

대사헌 김명성이 아뢰었다.

"지금 벌주는 게 능사가 아니오. 비록 노비와 신백정과 평민이라고 하지만 왜 그렇게 많은 사람이 불을 지르는 데 가담했는지 그것이 걱정이오."

임금 세종은 크게 한숨을 쉬었다.

천민은 하늘이 내린 굴레인가

세종은 화적들이 한성을 불지른 것에 큰 충격을 받았다. 보위에 오른 지도 10년이 다 되어가지만 이렇게 큰 회의에 휩싸인 적은 없었다. 보위에 오른 뒤 4년간은 상왕 태종이 모든 결정을 내려 옆에서 배우는 입장이었지만, 이제 홀로 모든 결정을 내려야 한다는 것이 두려웠다. 어떤 때는 전혀 자신이 없기도 했다.

한성 습격 사건의 화적 두목이 홍득희라는 것이 내내 임금의 심중에 남았다. 왕실의 뿌리인 동북 변경 출신이라는 것도 마음에 걸렸다. 여자의 몸으로 도적떼의 우두머리가 되었다는 것은 어떤 면에서 홍득희의 출중한 능력을 말하는 것 같기도 했다.

임금 세종은 태조나 태종처럼 강한 결단력이나 무서운 돌파력을 가진 사람은 아니었다. 닮았다면 정종 태상왕을 닮았다. 생각은 깊이 하는 편이나, 결단력은 모자라지 않은가. 홍득희는 임금 자신이 가지지 못한 용맹성과 상왕 태종 같은 범접 못할 위엄이 있는 것 같았다. 천민으로 태어나지 않았다면 원경대비 같은 여장부가 되었을지도 모르는 일이었다.

경연이 끝나자 벌써 며칠 째 계속되고 있는 한성부 화재 사건에 대한 공론이 다시 시작되었다.

"살곶이 등 중요한 목장에는 불시에 감독관을 보내 양리마의 근무를 점검하고 단속해야 할 것입니다. 양리마 등 관원들이 말과 소를 훔쳐내 팔고는 도적 핑계를 대는지 잘 감찰해야 할 것입니다. 또한 인근에 있는 신백정들은 오륙십 리 밖으로 쫓아내야 할 것입니다."

한성부윤의 보고를 듣던 임금 세종은 은근히 짜증이 났다.

"지금 마소 몇 마리를 걱정하고 있을 때요?"

"황송하옵니다."

부윤이 머리를 조아렸다.

"화적은 예로부터 반란으로 간주하여 반드시 극형에 처했습니다. 바라옵건대 이번 연루자들도 모두 극형에 처해야 할 것으로 아뢰옵니다."

병조판서 조말생이 말했다.

"지금 도적들은 서울의 사방에 있는 산을 의지하여 우마를 도살하고 마음대로 나무를 베고 있습니다. 이런 곳을 파악하여 방호하는 사람을 지정하고 불시에 검문을 강화하여 체포하여야 할 것입니다."

사헌부 집의 김종서가 말했다.

"불 지르는 도적떼가 비단 한성 등 경기도뿐 아니라 황해도, 평안도, 함길도에서까지 날뛰고 있습니다. 청컨대 경기 유후사, 황해도와 평안도 각 고을에 거주하는 시위패, 갑사, 진군을 움직여 토벌에 나서야 할 것입니다."

병조판서는 계속해서 건의했다.

"이 지역에 거주하는 신백정 중에도 성분이 양호한 자들을 뽑아 보충군에 편입하고 유사시 동원할 수 있는 체제를 갖추어야 할 것입니다."

"도성의 서쪽 무악산 아래에 신백정이 모여 살고 있습니다. 한성 저자에 소와 말을 밀도살해서 공급하는 것은 거의 이자들의 짓입니다. 마땅히 서울 밖으로 쫓아내야 합니다."

황희와 조말생이 같은 뜻의 말을 했다.

"무작정 쫓아내는 것만이 능사는 아니오. 그들도 이 나라 백성인데 쫓아내더라도 먹고살 궁리를 해주어야 그런 짓을 하지 않을 것 아니오."

임금 세종이 듣고 있다가 말했다.

"지당하신 분부입니다."

호조판서 안순의 말이었다.

"충청 감사가 보고해온 화적 대처 방안이 그럴 듯합니다."

황희가 나섰다.

"무슨 방책인지 자세히 이야기하시오."

"각 고을마다 자체적으로 도적을 막는 방편을 하고 있습니다. 마을마다 담력 있고 근검한 사람을 모아 서로 두목을 뽑고 조를 편성했다고 합니다. 활, 화살, 몽둥이, 칼, 낫 등을 준비하고 밤마다 순행을 돈다 합니다. 야간 순행을 할 때는 서로 암호로 소리를 내어 연락하고 마을에 도적떼가 나타나면 즉시 이웃 마을 두목에게 알려 달려가 합세한다고 합니다."

"백성들이 그렇게 나서는데 관아에서는 무엇을 도와주는가요?"

임금이 물었다.

"각 호구마다 인구의 이동을 수시로 감찰하여 신백정이 이입하면 즉시 잡아다가 범죄자의 죄상이나 이름, 생년월일, 인상 및 그의 조상 등에 관한 사항을 살펴본다 합니다."

"신백정이라고 해서 무작정 가두기부터 하는 것은 잘하는 짓이 아닐 거요."

세종은 조정이나 지방 관아에서 하는 일들이 진정 백성을 위한 길이 아닌 경우도 많다는 것을 자주 느꼈다. 좇아야 할 규칙이나 법도가 있다고 함부로 사용하는 것은 옳은 일이 아니다. 임금도 규칙이나 법도를 지키기 위하여 천도를 어길 수 없다는 옛사람들의 말을 되새기곤 했다.

임금은 잡혀온 홍득희 일당들의 국문 결과가 궁금했다. 의금부에 가두고 국문을 하고 있는 죄수들의 사정을 가장 잘 아는 의금부 제조 하연을 불러 국문 내용을 물어 보았다.

"갇혀있는 화적들을 어떻게 조사하고 있느냐?"

하연이 대답했다.

"갇힌 자들은 서로 엉뚱한 소리를 하고 있어 아직 조사가 끝나지 않았습니다."

"갇힌 자 중에 동북지방 출신도 있느냐?"

"예. 북청, 길주, 영흥 출신이 많이 있습니다. 함길도 출신 두지와 귀생이란 자는 조금도 뉘우치는 기색이 없습니다. 오히려 고관 동현의 집 등, 자신이 불 지른 곳을 자랑스럽게 대고 있습니다."

"그놈들이 홍득희의 패거리냐?"

"그러하옵니다."

임금은 한참 생각에 잠기더니 말을 이었다.

"아무쪼록 냉정한 마음으로 조사하여 밝게 판단하도록 하라."

제조 하연은 임금의 말이 무슨 뜻인지 확실히 이해하지 못한 듯 고개를 갸웃거리며 편전을 물러났다.

며칠 뒤, 임금은 의금부 제조 하연을 다시 불렀다.

"홍득희와 연관된 신백정 중에 홍득희의 내력을 잘 아는 동북 출신은 없느냐?"

"홍석이라는 놈이 있는데 홍득희의 친척인 것 같습니다."

"그래? 그놈을 심문하여 홍득희의 내력을 좀 알아오너라."

한편 한성부 전옥에서 의금부 옥사로 옮겨온 홍석이는 지내기가 훨씬 편했다. 감시하는 형리들도 점잖은 편이었고 식사도 훨씬 좋았다.

한성부가 화적들에게 습격당한 이후 신백정의 대대적인 검거가 계속되었다. 끌려온 신백정으로 한성부 전옥이 넘치자 의금부 옥사에도 죄수가 밀려 들어왔다.

"아이고 사람 죽는다. 아이고 배야."

홍석이가 갇혀 있는 방의 건너편에서 한 여자가 숨넘어가는 소리를 냈다.

홍석이가 목책 사이로 내다보니 여옥(女獄)에서 나는 소리였다. 남옥과의 사이에 칸막이가 있어서 잘 보이지는 않았으나 여죄수가 배를 움켜쥐고 죽겠다는 듯 앓는 소리를 냈다.

"허허. 이 오밤중에 저걸 어쩐다. 의원을 불러올 수도 없고."

당직 형리가 당황해서 어쩔 줄을 몰랐다.

"아이고, 나 죽네. 사람 살려."

여인의 숨넘어가는 절규는 계속되었다.

얼마 있다가 전옥 교위가 달려왔다.

"큰일이군. 며칠 전에 전하께서 옥중 죄수의 건강 상태를 특별히 돌보아 불상사가 없도록 하라는 특별 교지가 있으셨는데…."

밖에서 떠드는 소리를 듣고 있던 홍석이가 형리를 불렀다.

"여보쇼, 나리."

홍석이가 소리쳤다. 몇 번 소리를 치자 형리 하나가 귀찮다는 듯이 옥문 앞으로 왔다.

"너까지 뭐야? 이 백정 놈아."

"저기 아픈 사람, 내가 고칠 수 있소."

홍석이가 자신 있게 말했다. 홍석이는 의술, 특히 침을 놓는 데는 깊은 지식이 있었다. 경원 사다로에 살 때 침술에 대해 배운 일이 있었다. 여진족 마을에는 부족장인 맹가첩목아(猛哥帖木兒)의 전속 무당이 있었다. 그 무당의 남편 목탑올이는 뛰어난 여진족 침술을 알고 있었다. 홍석이는 그를 따라다니며 침술을 배워 산채의 웬만한 병은 다 고친 경험이 있었다. 홍석이는 이렇게 몸은 약하지만 성격이 차분하고 머리가 좋아 남다른 재주가 있었다.

"정말이냐?"

"자신 있어요."

곧 교위가 달려왔다.

"글쎄 이놈이 저 여인을 고칠 수 있다고 큰소리를 쳐요."

"그 횃불 이리 대 보아."

교위가 홍석이의 얼굴을 자세히 보았다.

"총각이냐?"

"예."

"네놈이 편작이라도 안 돼. 저 죄수는 여자야."

교위는 의술을 못 믿겠다는 것보다는 남녀가 유별하다는 것에 더 신경을 썼다.

"내외법이 엄연한데 남의 여자 몸을 총각 놈이 만지게 두었다가는 내가 살아남지 못해."

교위가 아쉽다는 듯이 돌아섰다.

"이보시오, 나리. 사람의 목숨이 달린 일인데 그까짓 내외법이 무슨 썩어질 내외법이오."

교위가 돌아섰다.

"그놈 말깨나 많네. 야! 이 백정 놈아, 너 어디서 온 놈이냐?"

"동북면에서 왔어요. 정말 내가 낫게 할 수 있어요."

홍석이가 입을 댓 발쯤 내밀고 말을 이었다.

"그런데 나리, 말버릇 좀 고치시오. 말끝마다 백정백정 하는데 백정의 목숨이나 저 죽어가는 여자의 목숨이나 왕후장상의 목숨이나 다 똑같은 목숨들이오."

"그놈 사설도 좋다."

"동북면? 경원이냐, 길주냐, 함흥이냐?"

전옥이 관심을 보였다. 왕실의 고토가 동북이기 때문에 신경이 쓰인 것 같았다.

"그깟 것은 알 것 없고요."

"저 주둥아리가 함부로 뱉어."

형리가 주먹을 쥐어 보였다.

"내가 눈을 가리고 저 여자 손에만 침을 놓아서 고칠게요."

홍석이가 타협안을 내놓았다.

"눈을 감고 침을 놓는다고? 만약 못 고치면 네 모가지를 내놓아야 한다."

교위도 뾰족한 방법이 없자 받아들일 태세였다.

"허허허. 병을 고치든 안 고치든 나는 목이 떨어지게 되어 있는데 죽은 놈 목을 또 칠 거요?"

"저놈을 꺼내 여옥으로 끌고 가자."

"눈을 가려야 되겠지요?"

홍석이는 갑자기 의원이 되어 수건으로 눈을 가린 채 숨이 끊어질 듯이 비명을 지르는 여수인을 만났다. 홍석이는 자기 바지춤 사타구니에 손을 쑥 넣었다.

"이 놈아, 여자 앞에서 사타구니에 손은 왜 넣느냐?"

교위의 말이 끝나기도 전에 홍석이는 바지 속에 달린 주머니에 감춰둔 침봉 통을 꺼냈다.

홍석이는 여자의 손목을 쥐고 진맥을 한 뒤 몇 군데에 침을 놓았다. 그러자 신기하게도 여자가 비명을 그쳤다.

"완전히 고치자면 일주일은 걸리겠지만 우선 죽지는 않을 것이오."

교위가 아주 신기하게 생각했다.

"네놈의 인술은 잊지 않으마."

남자 옥사로 돌아오며 교위가 부드럽게 말했다.

"그런데 한 가지 물어 봅시다. 저 여자가 노비는 아닌 것 같은데요. 누굽니까?"

"노비 아닌 것을 네놈이 어떻게 알아?"

"손목을 만져 보았잖아요. 진맥만 하면 이 여자가 남편이 있나 없나도 알아요."

"재주가 보통이 아닌 놈이군."

"저 여자는 남편이 있는 것 같은데요. 그런데 왜 잡혀 왔어요?"

"저 여죄수는 마전에 사는 지장이라는 아전의 마누라다. 그런데 왜 들어왔는지 진맥을 하고도 모르냐?"

교위가 히죽히죽 웃으며 말했다.

"눈을 가려서 몰랐는데요."

홍석이도 잘 받아넘겼다.

"그 놈 말도 잘 하는구나. 저 죄수는 의붓자식 정귀수라는 놈과 간통하다가 들켰다는군. 아비와 아들을 다 가지고 논 여자야. 하하하."

"예? 자기 의붓자식하고요?"

홍석이가 입을 딱 벌렸다.

"이놈아. 그 연놈의 목은 염라대왕이 맡아 두었다더라. 네놈은 네 목이나 잘 쓰다듬고 있어라."

홍석이가 감방으로 다시 들어가려고 할 때였다.

"잠깐, 네가 홍득희의 친척이냐?"

전옥은 의금부 제조 하연이 하던 말이 생각났다.

"그건 왜 묻는 거요. 홍득희도 오늘 밤 잡혀 왔나요?"

홍석이가 멈칫하며 물었다.

"이놈아 묻는 말에나 대답해라."

교위가, 짜증스럽게 말했다.

"잡혀왔는지 아닌지를 알려 주지 않으면 대답하지 않겠소."

홍석이가 단호하게 말했다.

"이놈이 목이 몇 갠데 지랄하느냐?"

형리가 벌컥 화를 냈다.

"목? 한 개뿐인데 열 번은 죽이고 싶지요? 미안해서 이를 어쩌지."

형리는 약이 올라 어쩔 줄 몰랐다.

"홍득희는 잡지 못했다. 그래 너와 친척간이냐?"

"그렇소. 우리 누님이요."

교위는 갑자기 얼굴빛이 달라졌다.

날이 밝기가 무섭게 교위는 제조에게 달려가 밤에 있었던 일을 단숨에 털어 놓았다.

의금부 제조의 이야기를 자세히 듣고 난 임금은 흥미로운 표정을 감추지 않았다.

"신기한 일이로군. 홍석이가 정말 홍득희의 동생이란 말이지? 침 놓는 솜씨가 보통이 아니군."

"예. 그렇습니다. 눈을 가렸기 때문에 환자의 얼굴도 보지 못했습니다. 여옥에서 들려오는 비명 소리만 듣고 어디가 아픈지 알았습니다. 손목 진맥을 하고는 침 놓을 맥을 정확히 찾아 침을 놓았습니다. 소경이 침을 잘 놓는다는 말을 들은 바는 있습니다만, 참 신기한 일입니다."

"그놈을 다른 곳에 가두고 따로 관리를 하여라. 먹을 것도 충분히 주고 국문이 끝나고 모두 처벌을 할 때도 목을 치거나 멀리 보내지 말라. 그 인술이 아까우니 두고 보자꾸나."

임금 세종이 홍석이를 살리고자 하는 데는 두 가지 뜻이 있었다. 제조의 말대로 편작이나 화타에 가까운 재주가 아깝고 홍득희를 좀 더 알아보려면 동생이 제격이기 때문이었다. 여진족 맹가첩목아 집안의 비법 의술이라면 전수해서 조선의 인술로 개발할 수도 있다는 생각이 들었다.

"오늘 아주 희한한 이야기를 들었소."

저녁에 내전에 들어온 임금 세종이 소헌왕후와 다과상을 마주 놓고 앉아 입을 열었다.

"좋은 일이 있으셨습니까? 요즘 전하의 용안이 그리 편치 않으신 것 같습니다. 전번의 병환이 아직 쾌차되지 않으셨나 봅니다."

"좋은 일이라기보다는 신기한 일이지요."

임금 세종은 낮에 의금부 제조에게서 들은 홍석이 이야기를 자세히 했다.

"참으로 신통한 일입니다."

한참 생각하던 소헌왕후가 조심스럽게 말을 꺼냈다.

"그 백정이 그렇게 용하다면 우리 구(璆)의 처를 좀 보이면 어떻겠습니까?"

이구, 세종의 넷째 왕자인 임영대군의 처 남씨는 문제가 있는 며느리였다. 남씨는 시집온 지 며칠 안 되어 이상한 행동을 보였다. 남씨는 나이가 열두 살인데 자다가 요에 오줌을 쌌다. 안구가 항상 불안하게 움직였으며 말할 때 혀가 짧아 발음이 정확하지 않았다. 하는 행동이 경망하여 마치 미친 사람 같았다. 소헌왕후가 자세히 보니 인중에 불로 뜸을 한 자국이 있었고 이마와 머리에도 쑥 뜬 흉터가 있었다.

소헌왕후는 함부로 말도 못하고 가슴만 앓았다. 생각다 못해 전의감 노중례를 몰래 불러 남씨 집에 출입하던 의원을 찾아 사정을 알아보라고 했다. 자세히 알아보고 온 노중례가 보고했다.

"남 대감 집에 출입하던 김사지라는 의원에게 자세한 이야기를 들었는데 황당한 일이옵니다."

노중례가 심히 난처한 얼굴로 말을 계속했다.

"남씨가 어릴 때 광기가 있었답니다."

"광기라면 미친병에 걸렸단 말이오?"

소헌왕후가 놀라 얼굴이 창백해졌다.

"그러하옵니다. 화엄종의 승 을유가 고친다고 뜸질을 했는데 흉터만 남았다고 합니다. 또 그 집에 드나드는 무당이 있었는데 그도 어릴 적 미친병을 완전히 낫게 하지는 못하였다고 합니다."

"그 집안에 문제는 없었나요?"

소헌왕후가 또 물었다.

"조부 남경문이 미친병이 있었답니다. 외가에도 미친병 걸린 자가 있었다고 합니다."

노중례한테 깊은 사정을 들어 알게 된 소헌왕후는 임금 세종에게 내력을 이야기했었다.

임영대군의 처 때문에 큰 고민에 빠져있던 소헌왕후인지라, 용한 의술을 가진 사람이 있다니까 그 얘기부터 꺼낸 것이었다.

"왕실 가족을 백정이 진맥한다는 것은 참으로 경우가 어려운 것이지요."

임금 세종은 선뜻 결정을 하지 못했다.

"그자는 백정일 뿐 아니라 화적으로 목이 달아날 죄인이고, 더구나 남자이지요. 어떤 경우로 보나 있을 수 없는 일이긴 하지만, 며늘아기를 내칠 수도 없고 다시 한 번 생각해 보지요."

임금 세종은 지신사 정흠지를 은밀히 불렀다.

"너는 임영대군의 처가 어떤 처지인지 알고 있지?"

"예. 짐작은 하고 있습니다."

"짐작한 대로 미친병이다. 미친병은 고치기 어려운 병으로 모두 알고 있지만 과인은 그렇게 생각지 않는다."

한참 뜸을 들인 뒤 임금이 말을 이었다.

"지금 의금부에 갇혀있는 화적떼 중에 홍석이란 놈이 있다."

임금의 입에서 예상하지 않은 말이 나오자 정흠지가 놀랐다.

"그놈을 아무도 모르게 만나서 소견을 좀 들어오너라."

"미친병을 고칠 수 있는지 알아보라는 분부신지요?"

"그렇다. 임영대군 처의 병 모양은 들은 바가 있을 테니 내가 말하지 않아도 잘 알 터……."

지신사 정흠지가 절을 하고 물러섰을 때 임금이 다시 당부했다.

"이 일을 절대 다른 사람에게 알리지 말라. 대신들이 알게 되면 과인이 견디기 힘들게 될 것이다."

지신사 정흠지가 돌아서서 다시 인사를 하고 대전을 나갔다.

임영대군은 첫 번째 처가 문제가 되었지만 뒤에도 계속 여자 문제가 잇따랐다. 때문에 양녕대군 이상의 파문을 일으키며 궁중의 풍운아가 되었고, 이로 인해 아버지 임금은 대신들에게 오래 동안 시달리게 된다.

임금의 미친 며느리와 신백정

세종대왕

임금은 홍석이가 임영대군의 처를 진맥하게 하였다. 물론 비밀리에 진행하였다. 임금은 가장 입이 무겁고 믿을 만한 인물인 사헌부 집의 김종서를 불렀다. 김종서는 키는 작지만 체격이 다부지고 지혜와 담력이 뛰어난 문신이었다. 그는 절재(節齋)란 호가 말해주듯 행동거지가 반듯했다.

"경이 은밀히 내 명을 좀 집행해야겠소. 비록 규율에 어긋나는 일이지만 집안의 부모가 며느리자식을 위해 하는 일이오. 이 일에 한해서 경은 입이 없는 것이라 생각하시오."

김종서는 긴장해서 임금의 당부를 들었다.

“지금 의금부 죄수 중에 홍석이란 자가 있소. 그자는 원래 동북 변경 화적인데 신통한 의술을 지녔다 하오.”

임금은 잠깐 말을 끊고 김종서의 표정을 살폈다.

“넷째 구(璆)의 짝인 며늘아기 말인데….”

“임영대군 말씀이신가요?”

“음, 그렇소. 그 며느리가 좀 모자란다는 것은 경도 들은 바가 있을 것이오.”

“알고 있습니다.”

“그래서 그 홍석이란 놈을 자세히 알아보고 우리 며느리 병을 고칠 수 있는지 진맥을 좀 해 보았으면 하오. 이 일을 아무도 모르게 할 사람으로 경이 적임자 같아 불렀소.”

“분부대로 거행하고 결과를 여쭙겠습니다.”

임금은 이어 다른 당부도 했다.

“그놈이 한성부에 불을 지른 신백정들의 여두목 홍득희의 동생이라고 하니 그것도 좀 알아보시오.”

김종서는 사헌부에서 별도로 홍석이를 조사할 일이 있다는 핑계로 불러냈다.

“네가 홍득희의 동생이냐?”

홍석이는 화적답지 않게 얼굴이 순해 보이고 여자처럼 곱상했다.

“누님이 잡혀왔습니까?”

묻는 품세가 보기보다는 강단이 있어 보였다.

"그건 내 소관이 아니네."

"그런데 저 같은 화적한테 나리같이 지체 높은 분이 무슨 볼일이 있어 부르셨습니까?"

"자네는 침술이 뛰어나다던데 정신이 좀 모자라는 사람도 고칠 수 있나?"

"정신이 이상하다고요? 그런 사람이 어디 한두 사람입니까? 벼슬하는 사람치고 정신 이상하지 않은 사람이 몇이나 되나요?"

"허허허. 자네 말이 과히 틀린 건 아니네. 그래 고쳐본 경험이 있느냐는 말일세."

"진맥을 해 보아야 알겠습니다."

홍석이는 신중한 목소리로 대답했다.

"그렇다면 날 따라 같이 좀 가야겠네. 지금부터 자네는 어디서 누굴 만나든 절대 발설해서는 안 되네."

"그렇게 겁나는 일을 왜 시키십니까?"

홍석이가 장난기어린 목소리로 물었다.

"자, 눈을 좀 가릴 테니 그렇게 알고 시키는 대로 하게."

김종서는 홍석이의 질문을 들은 체 말은 체했다. 그리고 홍석이에게 눈가리개를 씌우고, 여자들이 타는 가마에 태워 신강궁으로 향했다.

임영대군의 처소에 당도하자, 김종서는 이 내관을 은밀히 불렀다. 그리고 소문나지 않도록 각별히 신경 쓰라고 당부한 다음 신강궁 별채로 임영대군의 처, 남씨를 불러냈다. 별채는 원경대비가 쓰던 내실이 있는 곳이었다. 남씨도 눈을 가린 채 별채로 불려 왔다.

"눈을 풀지 않아도 진맥은 할 수 있겠지?"

김종서가 홍석이한테 확인했다.

"그렇게 하겠습니다."

홍석이는 눈가리개를 풀지 않고 남씨의 손목을 잡았다.

"여자 아이인데요."

홍석이가 맥을 짚고 다소 놀라는 표정으로 말했다.

"말조심하게."

김종서가 주의를 주었다.

한참 진맥을 하고 나서 홍석이가 입을 열었다.

"따로 말씀드리겠습니다."

김종서는 남씨를 밖으로 내보냈다.

"말해 보게."

"이 눈가리개부터 풀어주시오."

눈가리개를 풀자 홍석이는 사방을 한참 둘러본 뒤 입을 열었다.

"여기는 궁궐이군요. 방금 제가 진맥한 분이 공주마마인가요?"

홍석이의 말을 듣고 김종서는 깜짝 놀랐다.

"왜 그런 말을 하는가?"

"저기 걸려 있는 당의 가운데에 초록색 꽃광주리 비단주머니가 있지 않습니까? 그것은 왕비마마의 주머니지요. 그리고 진맥을 해본

바 잉태한 일이 없는 젊은 여자이니, 중전마마는 아닌 것 같고."

"자네가 중전마마의 궁낭(宮囊)을 어떻게 아느냐?"

"하하하, 궁중으로 가는 봉물짐을 털다가 본 일이 있습니다. 그때 경차관인가 뭔가 하는 나리가 얘기해서 유심히 보았죠."

김종서는 홍석이의 세밀한 관찰력에 혀를 내둘렀다.

"그건 그렇고, 진맥 결과는 어떤가?"

홍석이가 고개를 갸웃하며 답했다.

"좀 오래 되어서 힘들겠습니다. 허락하신다면 한 두어 달 침을 놓아 보겠습니다만, 장담할 수가 없습니다."

세종은 김종서의 보고를 받고 고개를 끄덕였다. 비록 화적이기는 하지만 똑똑하다는 생각이 들었다. 어쩌면 넷째 며느리의 병을 고칠 수 있지 않을까 하는 기대가 생겼다.

"오늘 저녁은 교태전에 갈 것이다."

임금은 제조상궁에게 미리 일러둔 대로 소헌왕후가 있는 교태전으로 갔다.

"구의 처의 병을 어쩌면 고칠 수 있을지 모르겠군요."

상침 상궁들이 침수 차비를 마치고 나가자 임금이 소헌왕후를 그윽한 눈으로 바라보며 말했다.

"그 화적이 그렇게 할 수 있다고 합니까?"

소헌왕후가 웃으며 물었다. 30대에 이른 중전은 원래 피부가 고왔지만 왕자를 다섯이나 생산했는데도 여전히 아름다웠다. 소헌왕후가 나중에 문종이 된 세자 향(珦)을 낳은 것은 왕비가 되기 4년 전인 18세 때였다. 이때 남편 충녕대군의 나이는 16세였다. 그로부터 3년 뒤에는 둘째인 수양대군 유를 낳았고, 왕비가 되던 해에는 셋째 안평대군, 이듬해에 넷째 임영대군, 그리고 3년 뒤에 광평대군을 낳았다.

"궐 안에 있는 전의나 의녀들이 할 수 없는 일을 그 자라고 해서 해낼 것이라고 보지는 않지만, 그래도 한번 기다려 봅시다."

"그렇게 용한 사람이 화적이 되었다니, 참 안타까운 일입니다."

"그래서 천민들도 타고난 재질을 살려 나라를 위해 더 보람 있는 일을 할 수 있도록 제도를 바꾸어 나가야겠소."

"전하께서 관심을 가지고 젊은 학자들을 모아놓은 집현전 같은 데서 그런 연구를 하고 계시지 않습니까."

"자, 이제 머리 아픈 이야기는 그만 하고 우리 회포나 한번 풀어봅시다. 과인이 교태전에 들른 것이 한 달도 넘었지요?"

임금이 중전의 허리를 슬그머니 껴안았다.

"아직 상궁들의 차비가 덜 된 것 같사옵니다."

소헌왕후가 얼굴을 붉히며 말했다. 차비가 덜 되었다고 하는 것은 아직 상궁 여덟 명이 왕비의 침실 사방에서 지키고 있다는 뜻이다. 그 상궁들이 물러가라는 신호이기도 하다.

왕비의 침실은 교태전이었다. 임금의 생활공간인 강녕전의 바로 뒤쪽에 위치해 임금이 드나들기에 가장 가까운 전각이다.

교태전은 높은 담으로 둘러싸여 있고, 밖에서는 시위 갑사가 주야로 지키고 있었다. 전각 안은 우물 정(井)자 모양으로 아홉 개의 방이 칸막이 문으로 막혀 있다. 가운데 큰 방이 왕비의 온돌 침실이다. 임금과 왕비가 잠잘 때는 사방 여덟 개의 방에서 상궁들이 밤새워 숙직한다. 밖에는 갑사 시위대, 안에는 상궁 여덟 명이 지키는 것은 자객의 침입 같은 것을 막기 위해서다. 여덟 명의 상궁은 방의 통로를 열어 놓아 서로를 감시할 수 있도록 하였다.

"어험!"

임금이 큰 기침을 한 번 하였다. 왕후와 함께 운우의 정을 나누겠다는 신호였다. 구중궁궐 가장 깊숙한 곳에서 지밀하게 이루어지는 성상의 운우지정을 위해 여섯 명의 궁녀는 자리를 피했다. 제조상궁과 가장 나이 많은 한 상궁만 남았다.

"한 상궁."

중전이 조용히 불렀다.

"마마, 대령이옵니다."

한 상궁이 발걸음을 죽이고 들어와 황촉을 껐다.

"오늘은 물러가 있어도 좋을 것 같다."

뒷걸음으로 나가는 상궁을 향해 임금이 말했다. 임금은 어쩐지 오늘은 아무에게도 왕후를 품는 모습을 보이고 싶지 않았다.

임금이 보위에 오른 지 10년이 가깝지만 초년의 4년간은 악몽 같았다. 부왕 태종의 시대였다. 왕후 집안이 도륙나면서 경복궁은 눈물의 궁전이었다. 상왕과 대비를 저세상으로 보내고 겨우 정신을 가다듬고 정사에 몰두한 지 겨우 4, 5년이었다.

세종이 정사를 도맡은 뒤 가장 회의에 빠진 것은 매일 사람을 그렇게 죽여야 하는 것인가 하는 것이었다. 목을 베어 죽이고, 매질해서 죽이고, 물에 빠트려 죽이고, 사지를 찢어죽이고, 그것도 모자라 몸을 두 갈래로 찢어 죽이는 환형(轘刑), 거열형 같은 잔혹한 명령도 내려야 했다. 매일 올라오는 상계는 죽이고 벌주자는 것이 대부분이었다.

처음에는 도저히 보위를 지킬 수 없을 것 같았으나 세월이 흐를수록 부왕이 왜 그렇게 하지 않으면 안 되었나 하는 것을 차차 이해하게 되었다. 국가를 유지하고 많은 사람들의 삶을 안전하게 지키기 위해서는 형벌이라는 것이 있어야 했다. 다만 어떻게 해야 억울한 사람이 없게 하고 목숨을 빼앗지 않고 질서를 유지하느냐 하는 것이 난제였다.

또 한 가지 고민은 사람의 귀천에 관한 것이었다. 천민도 생명인데 존중은 못하더라도 사람으로 인정은 해줘야 하지 않는가 하는 생각을 버릴 수 없었다. 그러나 임금의 생각은 사방의 벽에 부딪쳐, 군주의 힘만으로는 변화가 불가능하다는 것을 뼈저리게 느끼고 있었다.

회의, 고뇌, 연민의 세월이 흐르는 동안 비빈한테서 태어난 왕자와 공주가 벌써 열 명이 넘었다.

다음날 조회에서 천민들 문제에 대해 논의를 하는 도중, 임금 세종이 불쑥 불교의 교리에 대해 대신들에게 물어 보았다.

"불씨는 태어난 사람은 모두 불성을 지니고 있고 평등하다고 했다지요. 그것이 옳은 말이라면 양반과 천민은 구별을 하지 말라는 뜻인가요? 경들의 의견은 어떠하시오."

대신들은 깜짝 놀라 눈을 둥그렇게 뜨고 임금을 바라보았다.

"불씨는 혹세무민하는 이로 세상을 바로 인도하지 못하는 줄로 아룁니다."

좌의정 황희가 의견을 말했다.

"그러면 명나라는 어찌하여 오래 전부터 불씨를 숭상하고 황제도 궁중 안에서 불교 의식인 수륙재(水陸齋)를 행하는 거요?"

임금이 반문을 이어갔다.

"중국에도 유학의 학설을 신봉하고 지키려는 사람이 많을 터인데 어찌하여 우리와 다른가요?"

"중국은 태조 고황제 이후로 모두 불교 의식을 좋아하였다고 합니다. 그 중에도 홍희(洪熙) 황제께서 가장 좋아하여 처음 수륙재를 차렸다 합니다."

호조판서 안순이 대답했다.

"신들도 중국에 갔을 때 그들이 불교를 좋아하는 것을 직접 보았습니다."

서선, 권진 참판 등이 안순의 말을 거들었다.

"지금 사방에서 신백정을 비롯한 천민들이 도적질과 방화 약탈을 빈번히 일으키고 있는데, 이는 조정에 불만이 있다기보다는 불씨가 말하는 모든 생명의 존귀함을 인정받지 못하는데서 생긴 불만이 아닌가 싶소."

대신들은 모두 아무 말도 하지 않았다. 유학자인 그들도 임금의 말이 천부당만부당하다고 생각 했으나, 임금의 소신을 알고 있는 터라 입을 다물고 말았다.

"도망한 신백정들에 대한 대책은 어떻게 세우고 있소?"

임금이 형조판서 노한을 보고 물었다.

"좌우군 총제와 한성부에서 체포를 위해 노력하고 있습니다. 또한 서북과 충청 지역 관찰사들도 토벌에 나서고 있습니다."

"거처와 이름이 밝혀진 신백정을 체포하기 위하여 그 가족들을 잡아들여놓고 국문하고 있습니다."

한성 부윤이 대답했다.

"가족이야 무슨 죄가 있겠소. 의금부와 형조 그리고 한성부에서는 도망간 신백정을 잡기 위해 가족을 잡아다 괴롭히는 가족 연좌는 즉시 폐지하고 다 풀어주시오."

임금이 단호하게 말했다.

임금이 조회를 마치려고 대신들을 돌아볼 때였다.

"선공감(繕工監) 이간(李侃)의 일은 아직 교지가 없으셨사옵니다."

대사헌 김명성이 아뢰었다. 이간의 일이란 이간이란 자가 대사성 황현, 양주부사 이승직, 한을기, 장영실, 황득수, 조맹발 등에게 뇌물을 준 것이 적발되어 그 처벌을 임금에게 상계했으나 오래 동안 비답을 내리지 않은 사건이었다.

임금이 답을 내리지 않은 것은 장영실 때문이었다. 재주가 뛰어난 장영실은 오래 동안 명나라에 유학 가서 많은 지식을 얻어 왔을 뿐만 아니라 귀중한 천문 서적을 많이 가져왔다. 또한 장영실에게 시켜놓은 일이 너무 많고 지금 그 결과를 기다리고 있기 때문이다.

장영실을 임용할 때부터 조정에서는 반대가 빗발쳤다. 기생의 아들은 천민에 속하는데 면천하고 벼슬을 준다는 것은 이 나라에서 가당치 않다는 내용이었다.

한참 생각하던 임금이 결단을 내렸다.

"형률대로 시행하시오. 다만 황득수와 조맹발은 공신의 아들이니 속전으로 갚도록 하시오."

사헌부에서 상계한 형벌은 뇌물 내용이 경미하니 장 20대를 치는 것이었다. 따라서 장영실도 태형 20대를 맞고 다시 원직에 복귀했다.

김종서와 함께 궁궐에 들어가 진맥을 하고 옥사로 다시 돌아온 홍석이는 옥내 동료들로부터 이상한 눈길을 받았다. 금세 알아차린 홍석이가 동료들에게 말했다.

"형, 나 나쁜 짓 하고 온 것 아닙니다."

홍석이는 감방의 좌장격인 이적합에게 호소했다.

"지금 벼슬아치들과 내통해서 니가 누님을 팔아먹으러 다닌다는 말이 파다하다. 사실대로 밝히는 것이 좋을 것이다."

이적합이 싸늘한 눈길을 거두지 않고 말했다.

"아닙니다. 사실은……."

홍석이는 갑자기 김종서의 얼굴이 머릿속에 떠올라 말을 멈추었다. 절대로 발설하지 않겠다고 약속하지 않았던가.

"왜 말을 못 하느냐? 네가 그 놈들의 간자 노릇을 하는 바에야 목숨이 붙어날 것 같으냐? 우리는 어차피 죽은 목숨이야. 홍 두목을 팔아먹는 어리석은 짓을 해 보았자, 종로 네거리서 사지가 찢겨 죽기는 마찬가지다."

이적합이 점점 분개한 목소리로 말했다.

"형, 절대로 그런 것 아니야. 나 때가 되면 다 얘기할 거야."

그러나 이적합을 비롯한 화적 동료들은 믿지 않는 눈치였다.

오해 속에서도 홍석이는 사흘에 한 번씩 수강궁 별전에 가서 남씨에게 침을 놓는 치료를 계속했다. 김종서와 함께 왕복하면서 틈만 보이면 조정의 화적 대응책에 대해 찔러 보았으나 손톱도 들어가지 않았다.

그러던 어느 날이었다.

"자네, 조정에서 전하는 말을 홍득희한테 긴히 전달할 방법이 있겠는가?"

김종서가 뜻밖의 질문을 했다.

"갇혀있는 놈이 무슨 재주로 누님을 만납니까?"

홍석이가 일부러 시큰둥하게 말했다.

"너를 풀어주면 될 것 아닌가?"

김종서가 입가에 미소를 약간 띠었다.

"그랬다가 나리 목이 열 개라도 당하지 못할 거요."

홍석이는 일부러 어깃장을 놓아 보았다.

김종서는 임금 세종의 뜻을 잘 알기 때문에 홍득희를 만나 신백정 문제에 대해 대화를 하고 싶은 생각이 들었다. 이 일도 은밀히 진행하여 홍득희가 불상사를 당하지 않게 돌려보낼 것을 전제하고 말을 꺼낸 것이었다.

"정말 나를 놓아줄 수 있단 말입니까?"

"물론이지. 그 대신 네가 돌아오지 않으면 내가 대신 죽어야 한다."

김종서는 여전히 무표정하게 말했다.

"나리는 무얼 믿고 나한테 목숨을 걸려는 거요?"

"그동안 너의 행동거지가 나를 믿게 했다. 하지만 너 혼자 가는 것이 아니고 너를 지키기 위한 사람이 같이 갈 것이다. 그 사람은 너를 못 믿어서가 아니고 너를 놓아 주지 않을 때 빼내 오기 위한 사람이다. 어때, 하겠느냐?"

"누님을 데리고 나와야 합니까?"

"아무래도 그게 좋을지 모른다. 홍 두목을 잘 아는 신백정이 한사람 있는데 그 사람과 같이 가거라. 도착하거든 너는 멀리 있고 그 사람이 산채에 들어가 홍득희를 불러내게 하라. 밖에서 네가 직접 누나를 만난 뒤 내 말을 전하고 오면 된다."

"좋소. 시키는 대로 해보겠습니다. 어차피 이쪽 아니면 저쪽에서 목 달아날 놈인데."

그러나 김종서의 이 계획에는 큰 함정이 도사리고 있다는 것을 홍석이는 알지 못했다.

한편, 인왕산에 임시 산채를 틀고 있던 홍득희 일당은 인왕산이 토벌 대상이 되자 청계산으로 산채를 옮겼다. 청계산은 그리 높은 산은 아니지만 한성에서 가깝고 관악산과 연계되어 있어서 유사시에 퇴로로 이용하기 좋다고 생각해서였다.

"의금부 옥사에 있는 이적합과 홍석이를 구하는 것이 급합니다. 아마 다음 달쯤 형을 집행하려고 들 테니 그 전에 옥문을 열어야 할 겁니다."

강원만이 홍득희를 돌아보며 말했다.

"우선 의금부 옥사의 방비부터 자세히 알아야 할 것이오."

"박무가 모두 챙겨 놓았습니다. 아마 한 백 명은 덤벼들어야 옥문을 열 것입니다. 구출해서 산채로 돌아올 말 스무 마리는 확보해 놓았습니다."

박무가 대답했다.

"화약은 충분히 준비했나요?"

홍득희가 물었다.

"어제 최해산의 집 창고를 털어서 세 가마 가져왔습니다."

강원만의 말이었다. 최해산은 고려 때 화약 무기를 제조해 큰 공을 세운 문하부사 최무선의 아들로 임금의 부름을 받아 집에서 화약 무기를 제조하고 있었다.

"화포 두 문을 초지진에서 빼앗아 왔습니다. 성능이 기가 막힌다고 합니다."

박무가 신이 나서 떠들었다.

"아무리 좋은 무기라도 정확하게 사용할 줄 아는 것이 중요합니다. 연습을 해 보았나요?"

홍득희가 물었다.

"소리가 너무 크게 나서 연습은 못해 보았습니다만 하는 법은 한성에서 군노질 하다 온 사람들이 있어 잘 압니다. 거사 일을 언제로 잡느냐만 남은 것 같습니다."

강원만이 홍득희를 재촉했다.

"청계산에서 한성으로 가자면 노량진이나 마전포(麻田浦) 나루를 거쳐야 합니다. 마전포로 가면 숭례문을 뚫어야 하고 노량진으로 가면 서대문을 거쳐야 하는데 모두 만만찮은 일이오."

홍득희가 좌중을 돌아보며 의견을 구했다.

"떼를 지어 들어가면 성안에 들어가기도 전에 전력이 다 소모되고 말겁니다. 그러니 며칠 전부터 변장하고 슬금슬금 잠입했다가 일시에 작정한 장소에 모여서 덤벼야 할 것입니다."

강원만의 의견이었다.

“그렇게 했을 경우 말과 화포를 어떻게 가지고 가느냐 하는 것이 문제일 거요.”

홍득희가 걱정을 했다.

“말과 화포는 밤에는 감시가 없는 고양 이산포 나루를 밤중에 건너야 할 것 같습니다.”

김천용이 말했다.

홍득희는 의금부 옥사를 습격하기 위한 구체적인 계획을 세우기 시작했다. 습격하기 이전에 김종서의 밀사가 오리라는 것을 아무도 알지 못했다.

《세종대왕 이도》2권에 계속

조선왕실 가계도

제 1 대 태조

성계, 1335~140
재위기간: 1392. 7~ 1398. 12 (6년 6개월)
정비: 2명, 적자녀 : 8남 3녀
후궁: 4명, 서자녀 : 2녀
능호: 건원릉(경기도 구리시 인창동)

제 2대 정종

방과, 영안대군, 1357~1419
재위기간 : 1399. 1~1400. 12 (2년)
정비: 1명, 적자녀 : 없음
후궁: 9명, 서자녀 : 17남 8녀
능호 : 후릉(경기도 개성시 판문구 영정리)

제 3대 태종

방원, 정안대군, 1367~1422
재위기간 : 1401. 1~1418. 8 (17년 8개월)
정비: 1명, 적자녀 : 4남 4녀
후궁: 9명, 서자녀 : 8남 13녀
능호 : 헌릉(서울 서초구 내곡동)

원경 왕후 민씨 (4남 4녀)

1355~1420
능호: 헌릉(서울 서초구 내곡동)

- 양녕대군
- 효령대군
- **충녕대군**
- 성녕대군
- 정순공주
- 경정공주
- 경안공주
- 정선공주

효빈 김씨 (1남)

- 경녕군

신빈 신씨 (3남 7녀)

- 함녕군
- 온녕군
- 근녕군
- 정신옹주
- 정정옹주
- 숙정옹주
- 소신옹주
- 숙녕옹주
- 숙경옹주
- 숙근옹주

선빈 안씨 (1남 2녀)

- 의녕군
- 소숙옹주
- 경신옹주

의빈 권씨 (1녀)

- 정혜옹주

소빈 노씨 (1녀)

- 숙혜옹주

숙의 최씨 (1남)

- 희령군

덕숙옹주 이씨 (1남 1녀)

- 후령군
- 숙순옹주

덕숙옹주 이씨 (1남)

- 혜령군

덕숙옹주 이씨 (1녀)

- 숙안옹주

제 4대 세종

도, 충녕대군, 1397~1450
재위기간: 1418. 8~1450. 2
(31년 7개월)
정비: 1명, 적자녀 : 8남 2녀
후궁: 5명, 서자녀 : 10남 2녀
능호: 영릉(경기도 여주군 성산)

- 8남 2녀 — **소헌왕후 심씨** (청송 심씨 온 — 순흥 안씨(父: 안천보))
  - 1395~1446
  - 능호: 영릉
  - **제5대 문종**
    - 향, 1414~1452
    - 재위기간: 1450. 3 ~ 1452. 5(2년 3개월)
    - 정비: 1명, 적자녀 : 1남 1녀
    - 정비: 1명, 적자녀 : 1남 1녀
    - 능호: 현릉(경기도 구리시 인창동)
    - 1남 1녀 — **현덕 왕후 권씨**
      - 1418~1441
      - 능호: 현릉
      - (경기도 구리시 인창동)
      - **제6대 단종**
        - 홍위, 1441~1457
        - 재위기간: 1452. 5 ~ 1455. 윤6 (3년 2개월)
        - 정비: 1명, 자녀: 없음
        - 능호: 장릉(강원도 영월)
      - 경혜공주
  - **제7대 세조**
    - 유, 수양대군, 1417~1468
    - 재위기간 : 1455. 윤6 ~ 1468. 9(13년 3개월)
    - 정비 : 1명, 적자녀 : 2남 1녀
    - 후궁 : 1명, 서자녀 : 2남
    - 능호 : 광릉(경기도 남양주시 진접면)
  - 안평대군
  - 임영대군
  - 광평대군
  - 금성대군
  - 평원대군
  - 영응대군
  - 정소공주
  - 정의공주
- 1남 — **영빈 강씨**
  - 화의군
- 6남 2녀 — **신빈 김씨**
  - 계양군
  - 의창군
  - 밀성군
  - 익현군
  - 영해군
  - 담양군
- 3남 — **혜빈 양씨**
  - 한남군
  - 수춘군
  - 영풍군
- 1녀 — **숙원 이씨**
  - 정안옹주
- 1녀 — **상침 송씨**
  - 정현옹주

세종 시대 정부 조직도

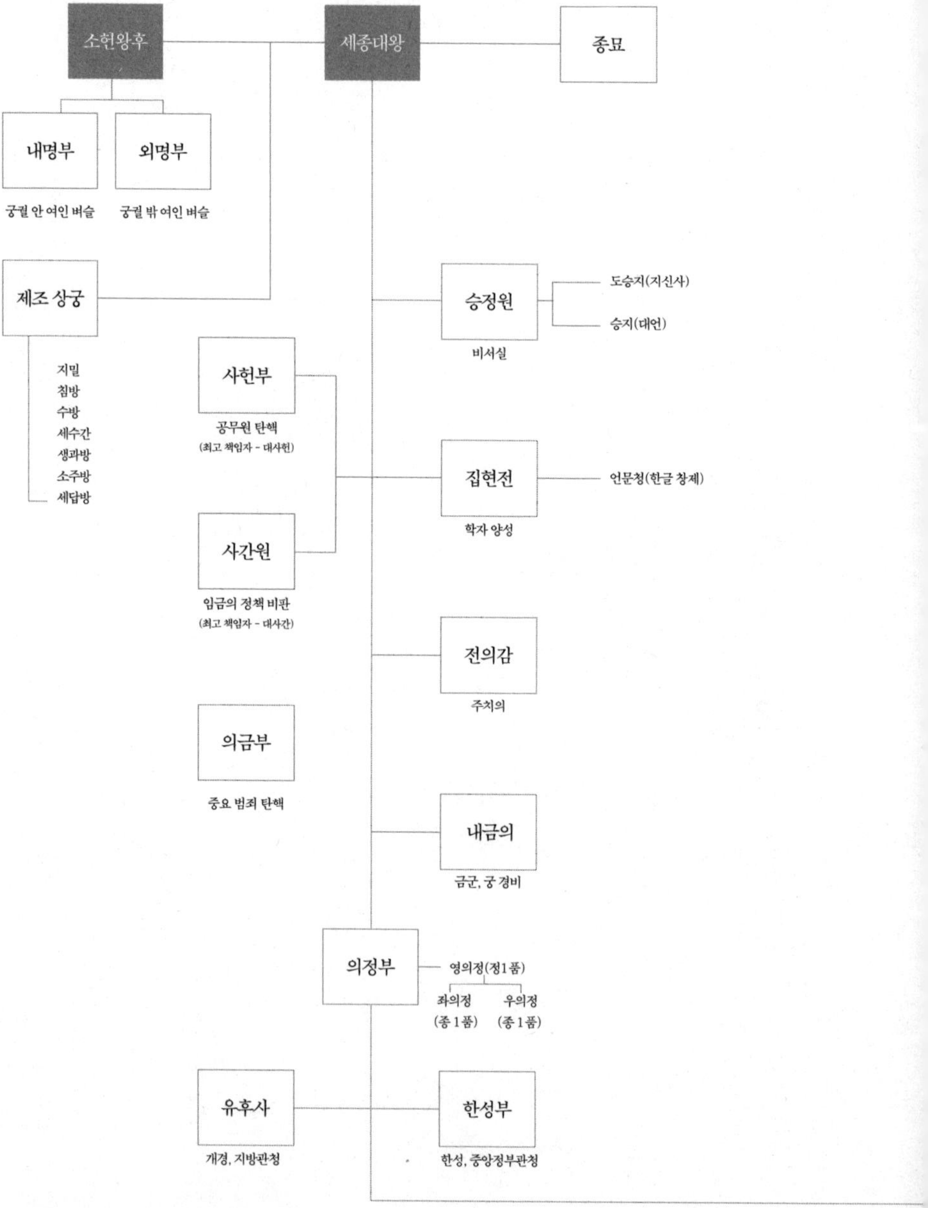

소헌왕후
세종대왕
종묘
내명부
외명부
궁궐 안 여인 벼슬
궁궐 밖 여인 벼슬
제조 상궁
지밀
침방
수방
세수간
생과방
소주방
세답방
승정원
비서실
도승지(지신사)
승지(대언)
사헌부
공무원 탄핵
(최고 책임자 - 대사헌)
집현전
학자 양성
언문청(한글 창제)
사간원
임금의 정책 비판
(최고 책임자 - 대사간)
전의감
주치의
의금부
중요 범죄 탄핵
내금의
금군, 궁 경비
의정부
영의정(정1품)
좌의정
(종1품)
우의정
(종1품)
유후사
개경, 지방관청
한성부
한성, 중앙정부관청

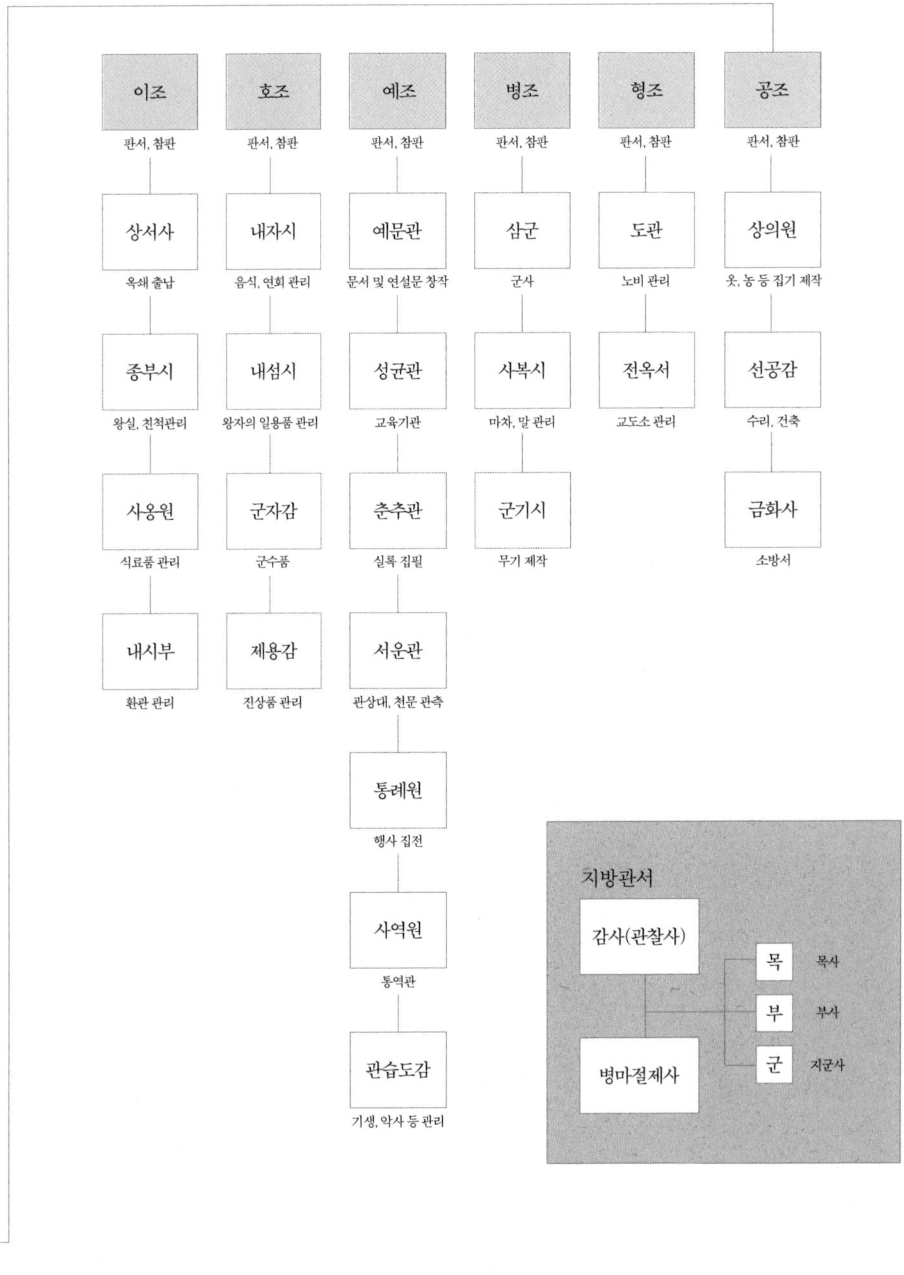
이조
판서, 참판
상서사
옥새 출납
종부시
왕실, 친척관리
사옹원
식료품 관리
내시부
환관 관리
호조
판서, 참판
내자시
음식, 연회 관리
내섬시
왕자의 일용품 관리
군자감
군수품
제용감
진상품 관리
예조
판서, 참판
예문관
문서 및 연설문 창작
성균관
교육기관
춘추관
실록 집필
서운관
관상대, 천문 관측
통례원
행사 집전
사역원
통역관
관습도감
기생, 악사 등 관리
병조
판서, 참판
삼군
군사
사복시
마차, 말 관리
군기시
무기 제작
형조
판서, 참판
도관
노비 관리
전옥서
교도소 관리
공조
판서, 참판
상의원
옷, 농 등 집기 제작
선공감
수리, 건축
금화사
소방서
지방관서
감사(관찰사)
병마절제사
목
목사
부
부사
군
지군사